, UNE DOSE D'ADRÉNALINE

ISBN : 978-2-37960-114-9

Thomas Lejeune

Une dose d'adrénaline

Livresque éditions

Les personnages et les situations de ce récit étant purement fictifs, toute ressemblance avec des personnes ou des situations existantes ou ayant existé ne saurait être que fortuite.

Aux enfants et à ceux devenus
plus grands, victimes en silence.
Aux destins brisés.
À toutes celles et tous ceux qui partent
du mauvais pied contre leur volonté.
Ne plus hésiter, parlez.
Et puisque vous existez, vivez !

« *Vivre, c'est la chose la plus rare du monde. La plupart des gens ne font qu'exister.* »

— Oscar Wilde.

« S'il y a une chose que l'on m'a apprise,
c'est que la vie se joue souvent à pas grand-chose.
Que l'on peut tomber, mais qu'il faut continuer à se relever.
Que ce monde n'a pas de place pour les faibles.
Mon père m'a appris tout ça, malgré lui.
Il paraît que la vie n'est qu'un jeu, qu'il ne faut rien regretter.
Alors moi, j'ai décidé de la jouer jusqu'au bout ».

Emmy

PROLOGUE

Nuit du dimanche 17 juin 2012

Trop tard

Dans la nuit et le silence de *Ballybough Road,* seul le réverbère le guidait. Une main enfouie dans la poche, l'autre cramponnée au col de son blaser pour esquiver le vent qui amplifiait son mal de crâne, il haletait d'un souffle chaud chargé de *whiskey*. Le pas lesté, il atteignit le haut du perron et racla le fond de ses poches pour saisir ses clés. Il laissa s'échapper des reçus de carte bancaire, preuves de ses récentes soirées au pub. La serrure déverrouillée, il agrippa la poignée et ouvrit la porte de tout son poids, sans retenue. Le bruit sourd du choc creusa un peu plus le mur en plâtre déjà impacté. La gorge pâteuse et le besoin d'avaler du solide, il fit un crochet par la cuisine, récupéra une banane perdue sur la table ainsi qu'une bouteille d'eau gazeuse dans le frigo en manque de vivres. Il marcha sur des bris d'assiette sale, ramassa les plus gros bouts puis partit se réfugier sur le canapé. Il alluma la télévision. Le flux d'images de couleurs saturées l'agressa, lui brûla la rétine. Comme pour effacer cette nouvelle soirée où il avait encore sombré, il frotta ses yeux bleus perçants aux veines gonflées puis se décapa le visage à l'aide de ses mains moites. Son passé d'homme d'affaires qui maîtrisait ses élans sur la boisson était bien derrière lui, cette époque où il savait arroser comme il se devait des signatures de contrats. Bercé par le son de la télévision, Pat s'éteignit sans lutter.

À peine une heure plus tard, une voiture passa en trombe sous ses fenêtres. Le klaxon hurleur le fit sursauter. Il beugla de rage contre ces jeunes cons sans doute plus imbibés que lui et qui criaient les vitres ouvertes.

Après s'être désenglué les yeux et frotté ses lobes d'oreilles charnus, il déchiffra l'heure sur le bandeau *News* de la chaîne info. Une heure cinquante et une. Son attention se prolongea à droite de la télé, sur cette rare photo de lui et ses enfants, datant de dix ans. Ayant regagné un fond de dignité humaine, il se leva et descendit l'escalier menant aux chambres. Sans se soucier de l'heure, il entra dans celle d'Emmy. Par le filet de lumière depuis le couloir, il trouva le lit sans vie, comme il s'en doutait. Il tira davantage la porte, constata le désordre dans la pièce, imagina la colère déchargée de sa fille. La douleur le frappait toujours, mais il savait vivre avec. Une faible odeur de brûlé lui réveilla les narines. Plus délicat, il jeta un œil dans celle du petit frère, Peter. Son petit sifflement dû à son rhume des derniers jours ne s'entendait plus. Après quelques secondes d'hésitation, il ouvrit la porte en grand et gifla l'interrupteur de la chambre. Peter n'y dormait pas. Là, c'était moins normal.

— Emmy ? Peter ? cria Pat d'une voix éraillée vers le couloir puis l'étage. Vous êtes là ? Vous êtes où ?

Aucune réponse. Pas de bruit. Il vérifia chaque pièce du bas, ouvrit l'arrière-cour. Personne. Le sous-sol était sans vie.

Subitement perdu, il se pressa à l'étage et ralluma chaque ampoule. Une sueur nappa son dos, ses yeux inquiets balayèrent le salon à la recherche du moindre détail. Le voyant rouge du répondeur s'affolait.

Le souffle court, il s'approcha du combiné, d'un air faussement calme. Convaincu que Peter le prévenait beaucoup trop tard d'une sortie, il se ressaisit, se raisonna. Encore vaseux, il agrippa le téléphone et s'assit sur l'accoudoir du canapé. La tonalité enclenchée, son index enfonça la touche au dessin d'enveloppe puis celle du haut-parleur. Tête basse, les yeux éteints, il se pinça le haut du nez et soupira de lassitude.

« *Vous avez un nouveau message. Bip. Reçu hier, à vingt et une heures douze. Bip. Poste de police de Fitzgibbon Street, ici inspecteur Jenkins...* ».

PREMIÈRE PARTIE

«J'ai toujours eu ce besoin de jouer pour vivre. Ma vie s'est arrêtée quand cet état d'esprit s'est échappé.»

CHAPITRE 1
Dimanche 17 juin 2012
16h58

— Si vous restez plusieurs jours, je vous conseille le *Dublin Pass*[1]. Avec les nombreuses attractions auxquelles vous aurez accès, il sera très vite rentabilisé. Voici la brochure. Et si vous êtes matinaux, je pourrais activer vos forfaits dès neuf heures demain.

Tandis que sa collègue Kelly commençait à éteindre les bornes d'informations tactiles, Emmy jeta un œil sur l'horloge.

— Merci, Mademoiselle. Si nous réservons nos places pour le spectacle de vendredi soir, vous y serez ?

La femme du couple belge agita le flyer de la troupe de *céilí*[2] où figurait Emmy.

— En espérant que vous apprécierez le folklore irlandais, je vous y donne rendez-vous !

Les touristes bruxellois quittèrent enfin le petit Office de Tourisme face à l'université de *Trinity College* où elle travaillait à mi-temps. Ce job partiel rapportait un tiers des revenus du foyer Highdall sans compter ses variables cachets de représentation. Mais avec ses soucis de genou devenus persistants depuis trois ans, repenser les possibilités de gagner sa vie la préoccupait de plus en plus. Le chômage, devenu une épidémie sur l'île et principalement chez les jeunes, n'offrait que de rares opportunités. Elle baissa le rideau, salua Kelly puis partit à vélo dans le dense trafic du cœur de Dublin. Malgré sa douleur à froid, cette activité lui était recommandée pour entretenir son articulation affaiblie.

1 - Pass touristique pour bénéficier d'une grande offre d'attractions de la ville.
2 - Danse typique irlandaise.

En délaissant le centre-ville, son visage se durcit. Davantage au niveau du pub où son père pouvait se trouver à cette heure-ci, dans ce lieu où il savait si bien se dévaloriser. Si souvent depuis le début de l'été. Mais quelques jours plus tôt, il lui avait promis : il n'y mettrait plus les pieds en semaine, après la menace d'Emmy de les laisser tomber, lui et Peter, pour de bon. Depuis qu'ils avaient dû emménager trois ans auparavant dans cette maison de rue bien moins cossue que la précédente, leur vie déjà amputée de la présence maternelle s'effritait sans cesse. Avec ce nouveau revers des années fastes du *Tigre celtique*[3], l'entreprise familiale de promoteur immobilier avait fait faillite trois ans plus tôt. Puis leur mère avait préféré s'envoler, pour de bon cette fois, avec leur ex-associé pour changer de business et de vie. Depuis cette époque - durant laquelle les commérages sur la débâcle financière étaient croissants -, Emmy avait appris à ses dépens à ne plus apprécier son quartier, ne plus affectionner son foyer.

À proximité du feu tricolore, elle accéléra pour passer à l'orange qui venait de s'afficher, mais un pic de douleur la freina dans son élan. Elle dut ralentir puis s'arrêter au rouge. Sur sa droite, le pub préféré de son père à la façade noire et aux lettres dorées avait sa porte grande ouverte. Le jeune employé empilait des fûts vides sur le trottoir. Le bruit de l'entrechoc métallique résonant creux l'agaça. Elle ne tourna pas la tête vers l'intérieur, souhaitant effacer de sa mémoire cet endroit de malheur où, trop de fois en pleurs, elle avait tenté de ramener son père à la raison et jusque chez eux. Mais une promesse l'engageait, alors elle fixa l'ampoule rouge du feu et la côte à grimper. Le vacarme du trafic s'apaisa ; une voix plus forte que celles des bavardages et rires du pub émergea. Être fauchée sur place l'aurait moins fait souffrir que de reconnaître cette gouaille désinhibée. De chaudes larmes s'échappèrent de ses yeux, ses muscles se tendirent. Le feu rouge s'éternisait et le ballet des véhicules fusait maintenant dans les artères diagonales.

3 - Désigne l'Irlande en période de forte croissance économique.

« À mon tour de payer ma tournée ! Je vais vous montrer qui est le vrai Pat ! »

Les mots de son père lui procurèrent une décharge d'adrénaline. Elle ressentit ses jambes trembler, son rythme cardiaque se déchaîner jusqu'à marteler ses tempes, et le besoin de passer à l'action inonder ses veines.

L'humiliation subie était trop insupportable, elle n'accepterait pas cette nouvelle trahison. Toujours bloquée au feu rouge, elle broya les poignées du guidon et libéra sa rage sur les pédales. Des crissements de pneus marquant le bitume se succédèrent sur le carrefour, et des mouvements de volants brusques évitèrent un carambolage, esquivèrent de peu la suicidaire qui grimpait à s'en décoller les poumons vers le sommet de la côte. Devant des passants effarés, le raffut des klaxons prolongés du trafic rameuta les soiffards sur le boulevard, dont Pat. Une pinte à la main, il demanda autour de lui qui avait pu bien foutre un merdier pareil. Le chargé aux fûts qui avait formé sa pile pointa du doigt le haut de la montée. Sa pinte de verre éclata en mille morceaux sur le trottoir. Bien qu'éméché, il reconnut la silhouette à bicyclette. Ses jambes flageolèrent et il s'appuya lourdement contre l'employé. Ses compères éclatèrent de rire face à leur acolyte blanc comme un linge.

— Hey, Pat, t'as mis trop d'eau dans ta bière ? L'ancien PDG va se mettre à rouiller. Ne nous fais pas le coup du patron qui n'a plus de quoi payer sa tournée, hein ?

Exténuée, Emmy termina son trajet au ralenti. Sa douleur au genou était reléguée au second plan face au désarroi familial revenu si vite le lui rappeler. Surtout qu'elle ne trouvait pas d'issue de secours. En roue libre sur *Ballybough Road*, elle passa devant l'ancien pressing désaffecté où squattait une bande de jeunes. Des têtes et des attitudes qu'elle n'appréciait pas près de chez elle, surtout quand son frère occupait beaucoup trop de son temps libre dans le lot.

Ce groupe ne comptait que de minables revendeurs de marijuana, sûrement des petites mains malléables en bas de l'échelle d'un trafic bien ancré, à l'ampleur qu'elle ne voulait pas connaître, et elle voulait encore moins savoir son jeune frère happé par ce fléau.

Aujourd'hui elle se sentait seule pour veiller sur Peter et affronter la réalité. Les nerfs à vif et le sang chaud, elle ne se démonta pas et s'arrêta à leur hauteur.

— Peter, tu viens ? Je vais avoir besoin de toi, tu sais bien… dit-elle en ne fixant que son petit frère.

Peter fit mine de ne pas s'en soucier, trop occupé à écouter les conneries de ses amis, même si les entendre pouffer de rire et imiter sa sœur le rabaissait.

— Laisse-moi.

— Non, Peter. Tu rentres avec moi !

— Quoi ? Va-t'en, je te dis. T'es pas ma mère !

— Non, mais papa ne peut pas encore venir te botter le cul. Et tu as du travail !

— T'es sérieuse à me parler comme si j'étais un gamin ? Devant mes potes en plus ? C'est pas toi qui vas dicter ma vie. Vas-y, bouge maintenant !

Consternée, prise de pitié pour son frère, Emmy s'immobilisa. Pour revendiquer son statut de caïd devant ses mauvaises fréquentations, Peter avança de deux pas vers Emmy et la fusilla du regard, lui affichant tout son mépris. Il le savait : pour être respecté, il devait la chasser. Sinon, ils s'occuperaient de lui, avec plus de violence cette fois-ci. Et pour surenchérir, Peter la bouscula. Suffisamment pour paraître sérieux auprès d'eux. Suffisamment pour permettre à Emmy de découvrir son avant-bras et sa peau laiteuse noircie d'hématomes. Et de le comprendre. Par amour, elle recula sous les railleries, continua son chemin, vélo à la main. Peter eut droit à des *check* de respect. Son image redorée à l'instant auprès de la seule tribu qui comptait pour lui, il se relâcha intérieurement.

Emmy récupéra le courrier et grimpa chez elle, le vélo calé sur l'épaule. Trois factures, un tas de prospectus pour des crédits à la consommation et deux lettres estampillées «*school*». Après avoir déposé son vélo en vrac dans le couloir de l'entrée, elle se pressa dans la cuisine pour traiter en premier ces deux courriers, balança le reste au passage sur le canapé capitonné servant de mouroir à son père. Après dix dossiers envoyés dans plusieurs villes d'Irlande, proches et éloignées, pour permettre à Peter un avenir moins chaotique qu'elle le craignait, six refus lui étaient déjà parvenus, malgré le fait de s'être déplacée, ou d'avoir plaidé par téléphone le caractère exemplaire de Peter caché derrière ses bulletins catastrophiques. Gagnée par la nervosité, elle se mordit la lèvre en décachetant la première enveloppe.

«*Cher... Merci d'avoir songé à notre établissement... C'est avec regret...*»

Cette formule détruisait encore ses maigres espoirs et, comme à chaque fois, elle jeta la lettre à la poubelle après l'avoir réduite en une vulgaire boule de papier compactée. Sa colère ravivée, elle ouvrit d'un doigt nerveux la seconde enveloppe juste au-dessus de la poubelle, son pied toujours sur la pédale d'ouverture. Prête à la déchirer en mille morceaux, la brûler ou la faire avaler au directeur de l'établissement. En suivant la première phrase de politesse, elle saisit le papier à deux mains, fronça les sourcils puis relâcha la pédale. Elle recula de deux pas pour se laisser tomber sur une chaise puis relut les motifs invoqués par l'établissement.

«Oh putain!» lâcha-t-elle en sourdine pour elle-même.

Elle bondit de son siège, fit un demi-tour sur la pointe des pieds en jurant contre chacun des autres établissements contactés. Enfin un espoir! Elle accourut à la porte. Mais, la main sur la poignée, elle se retint : elle appréhendait sa réaction. Elle préféra surveiller ses activités depuis la fenêtre du salon.

Dans un taxi garé à cheval sur le trottoir, le chauffeur discutait par la vitre abaissée côté passager avec le clan de Peter. Un des jeunes tenant un sac s'engouffra à l'arrière, puis le véhicule se réinséra à vive allure sur la route en direction du nord. Peter discutait avec un grand maigrichon à l'allure dépravée, casquette et capuche sur la tête. Emmy épia les mouvements vers le local abandonné où un autre jeune ressortit pressé, puis détala en scooter, l'air peu serein. Pour elle, tout était clair. Même si les transactions ne se passaient pas sous ses yeux, ils dealaient.

19h45.

Les restes du frigidaire, ayant servi à la préparation d'un encas pour elle et son frère, embaumaient la cuisine d'une odeur d'huile, de pomme de terre et plus légèrement de dinde grillée. Emmy trépignait d'impatience de voir Peter rentrer pour lui annoncer enfin son acceptation au pensionnat. Sur le coup, elle s'attendait à des protestations avec des insultes en prime, mais elle tiendrait bon pour qu'un jour, sans doute bien plus tard, il puisse apprécier le bon côté de ce changement radical : lui aurait la chance de redémarrer une nouvelle vie ailleurs ! Ne tenant plus en place, elle releva la fenêtre pour l'appeler. Peter était coincé entre un 4x4 noir mat et deux types plus âgés, l'allure de branleur en moins. Le teint penaud de son petit frère la crispa.

— Eh ! Lâchez mon frère !

L'avant-bras appuyé sous la gorge de Peter, l'agresseur ne se retourna pas. Sortie en trombe, Emmy coupa la route et fonça sur sa cible en s'égosillant. Sous ses yeux, l'homme gifla Peter qui refusait de prendre le sac plastique qu'il lui tendait. Un boutonneux, sans doute boosté par la première salve du chef, agrippa Peter par son sweat et le molesta à son tour.

— Lâche-le, connard !

Arrivée à leur hauteur, Emmy joignit ses poings pour en faire un puissant bélier et visa les côtes de l'agresseur. Elle réussit à tirer son frère hors du groupe. Le chef stoppa le boutonneux survolté, prêt à tabasser Emmy.

— Casse-toi ! lui cracha au visage le chef du clan.

La carcasse de l'adulte aux pupilles noires, à la coupe *undercut* et aux joues burinées, pouvait clairement avoir le dessus. Mais Emmy se répétait en boucle « je n'ai pas peur » en soutenant le regard du chef pour paraître sûre d'elle. Affublé d'un rictus, celui que ses troupes appelaient « le boss » s'approcha d'elle. Sa veste ouverte frôla les seins d'Emmy. Un mélange d'odeur de cannabis et de parfum épicé lui piqua les narines. Le boss ferma son poing. Le coup partit à une vitesse fulgurante. Ses phalanges s'arrêtèrent juste au-dessus de la pommette d'Emmy. Il riait tandis qu'Emmy fixait son regard devenu salace.

— Tu veux me frapper ? Tu crois pouvoir m'impressionner ?

Malgré la crainte qui la rongeait depuis son arrivée sur les lieux, elle trouva le courage de tenir bon face aux caïds. Mais elle était pourtant pâle, son rythme cardiaque maltraitait sa poitrine sans interruption.

— Emmy, arrête ! Laisse-nous ! intervint Peter d'une voix affolée.

— Mais tu fous quoi avec eux ? l'engueula Emmy en le tirant vers elle. Allez, on rentre ! Ils ne valent pas la peine que tu gâches ton temps.

— Parce que toi tu penses valoir quelque chose ? Valoir mieux qu'eux ? Mieux que moi ? Qui es-tu pour l'assurer ?

— Celle qui va arrêter ce cirque sous nos fenêtres.

Le boss, qui la trouvait gonflée et plutôt à son goût, changea de jugement et arrêta son regard sur Peter qui réajustait son accoutrement pour reprendre l'allure d'un petit gangster de rue, sous la menace de sa sœur qui ne passerait pas.

— Ici, je suis chez moi. C'est mon territoire. Alors, tu vas surtout ne rien faire d'autre que de rentrer chez toi et continuer ta petite vie de merde. Si tu ne dégages pas rapidement, c'est ton frère qui payera ton insolence. Pas vrai, Peter ? Toi, tu sais qu'ici on ne rigole pas, hein ? dit-il en lui donnant un coup sur l'épaule droite. Il n'y avait pas mis toute sa force, pourtant Peter manqua de tomber en arrière.

Effarée, Emmy s'avança vers le chef.

— Peter pose problème ? Je crois rêver là ! Ne vous inquiétez pas, il ne va bientôt plus vous importuner dans vos affaires, je vous le garantis !

— Quoi ? lâcha Peter, inquiet de la suite.

À la mine réjouie de sa sœur, Peter comprit le message.

— T'es sérieuse là ?

Elle hocha la tête.

— Je vais nulle part !

Peter recula. Ses yeux chargés de haine envers sa sœur, il chopa le sac plastique rempli de rectangles recouverts d'aluminium des mains du chef et retrouva toute l'assurance perdue quelques minutes plus tôt. Il retourna auprès de ses amis.

— Tu veux jouer au petit con ? Je vous aurai prévenus ! J'en ai marre que personne ne réagisse.

Furieuse, elle les dévisagea un à un. À bout de forces, elle lança un dernier regard teinté d'amour blessé à son frère. Elle en avait tant fait pour lui depuis l'abandon de leur mère. Elle en avait trop fait pour tenter de maintenir en vie leur lien familial à l'allure de taudis menaçant de s'effondrer. De toute évidence, Peter s'en foutait, il ne s'en souvenait sans doute plus.

« Qui s'est déjà inquiété de mes envies ? » murmura-t--elle.

Sa volonté d'agir se décupla.

Emmy s'éclipsa.

Le boss fit craquer sa nuque, se frotta les mains, puis toisa Peter.

— Je veux rentrer dans les affaires, assura Peter qui cherchait l'adhésion de ses camarades.

— Tu affirmais pourtant le contraire, il y a deux minutes.

— Allez, je livre où ? relança Peter, un brin nerveux quant à la décision du boss resté stoïque.

Le boss claqua des doigts, héla Peter comme un chien. Il l'empoigna à la gorge et pressa son pouce contre sa carotide.

— Je sens ton cœur se mettre à flipper et moi, j'ai besoin de gars en qui je peux avoir confiance, des gars qui savent garder leur calme en toute circonstance. Tu penses avoir cette qualité ?

— Je peux le faire, Boss.

— OK. Je peux te faire bosser. Mais avant, tu vas aller voir ta sœur pour moi. Parce que mon business du Nord n'emploie pas de fiottes. Parce que les emmerdes, ce n'est pas bon pour le business. Tu sais que y'a plus de boulot sur cette île, hein ? Tu sais ce qui me ferait vraiment plaisir ?

Peter ne répondit pas. Craignant tout et n'importe quoi.

— Pourtant je la trouvais bonne, ta sœur. Mais j'aimerais voir et sentir son sang.

Le boss le relâcha, réajusta sa veste puis, d'un doigt, lui indiqua le chemin à prendre. Calé contre son 4x4 et les bras croisés, il conclut :

— Ne te prive pas, Peter. Le bruit ne me dérange pas. Vas-y, maintenant !

CHAPITRE 2

Dimanche 17 juin 2012

20h02

Emmy tournait en rond dans le salon, frappait le canapé à chaque sursaut de rage, sans oublier de libérer sa peine en insultant tout ce qui la contrariait. Elle appela Aaron. Ne pas réussir à le joindre rajouta une dose de colère dans sa journée cauchemardesque. Elle lui envoya un SMS :

« *Je vais vraiment me casser d'ici. J'en peux plus de cette vie de merde. Vivement demain soir.* »

Le comportement de son frère et de son père l'anéantissait. Elle était à bout. Retrouver Aaron demain soir et s'évader ensemble par leurs défis était sa morphine qui apaisait ses plaies, lui donnait l'espoir d'un avenir meilleur. Ici ou ailleurs. Demain ou plus tard.

Après une douche qui la calma peu, elle reprit ses tentatives de joindre son frère, mais encore sans succès. Elle dîna seule, l'estomac noué, face à l'assiette préparée pour Peter. Le bruit d'un scooter au pot débridé dans la rue l'empêcha de poursuivre son repas. Elle partit regarder par la fenêtre et reconnut Peter au guidon.

Profite, petit con de frère. Bientôt, tu seras loin de toute cette merde !

Le voir ranger sous sa veste de survêtement ce sac plastique qu'il n'osait pas toucher plus tôt dans la journée l'ulcéra. Elle rappela, encore et encore.

Enfin, il décrocha.

— Arrête tout ! Tout de suite ! Tu vas avoir des gros pro…

Elle ne put finir, son jeune frère vociféra comme jamais elle ne l'avait entendu :

— *Fuck off ! Fuck ! Off !*

Il raccrocha. Elle sentit qu'il avait délibérément choisi son camp, se rebellait contre l'aide de sa sœur. Et, inconsciemment, contre sa misérable vie sans avenir sans doute. Impuissante, elle le vit repartir euphorique sur la route. Elle attrapa l'assiette de Peter et la jeta au sol. La sensation du fracas ne la défoula qu'à moitié. Des morceaux de patates et de légumes jonchaient le sol tandis que le jus de viande marinée se répandait dans la pièce. Sur cette image, Emmy retourna au salon et se saisit du téléphone. Après avoir passé l'appel, elle termina toute tremblante, essoufflée. C'était fait. Sa dernière aide encore acceptable venait d'être faite. Peter devrait se débrouiller sans elle désormais.

Prête à sortir en ville et s'évader, elle jeta un dernier coup d'œil à son look et son visage puis claqua la porte. Dans le bus qui la menait au centre-ville, elle entrouvrit la large vitre en passant devant le groupe d'apprentis dealers.

— Vous allez payer ! leur hurla-t-elle, sans se soucier des passagers surpris.

Au *Gogarty's*[4], elle retrouva son noyau dur : copines d'université, du ballet de danse et surtout Hailey, sa plus proche amie. Dès la porte poussée, voir les verres se lever et se poser, entendre des rires enjoués, des conversations animées et des *Slainte*[5] proclamés, l'apaisa. Au-dessus de cette effervescence, le chanteur du soir s'égosillait en grattant frénétiquement ses cordes de guitare. La ferveur accrochée sur chaque personne la revigora. Elle reconnut très vite sa tribu grâce aux mèches violettes dans les cheveux blonds tressés d'Hailey. Dans ce pub, elles passaient de bons moments autour d'habituelles histoires de filles, de potins sexuels, de critiques… Ici, à leur minuscule table en bois patiné, servant juste de point de ralliement et d'entassement de verres. Après deux pintes descendues au cours des discussions, Emmy réquisitionna Hailey pour filer aux

4 - Pub du quartier de Temple Bar.
5 - Expression « santé ! »

toilettes où, après le long couloir, l'effervescence du pub laissa place aux résonances.

Depuis le compartiment *ladies*, elles entendirent les rires gras de mâles se soulageant, la faute aux murs trop fins. Deux autres timbres de voix plus éméchés qu'hilares se distinguèrent chez les hommes. Chacune silencieuse dans sa cabine, elles profitèrent contre leur volonté de la conversation derrière le frêle mur aux mille messages absurdes crayonnés.

— Allez ! Oh, Matthew, ressaisis-toi ! Elle va revenir ! Mais pas si tu continues à te saouler ! T'es un putain de joueur, en plus. Ne gâche pas ce talent !

— Je ne suis pas cuit ! Je sais encore boire. Je passe une bonne soirée, c'est tout. Mais elle me manque, putain !

— Raison de plus pour que tu redeviennes vaillant ! Elle aime te voir jouer, faut que tu reprennes ta vraie place. Celle de buteur ! Un grand attaquant d'avenir qui intégrera l'équipe des *Hill 16*[6] comme tu peux y prétendre, mon pote ! Tu ne rêves plus de grande finale en *All-Ireland*[7] à *Croke Park*[8] ?

— Tu te fous de moi ?

— Alors, focalise-toi sur cet objectif. On n'a pas tous ton talent. Imagine l'impression que tu lui redonnerais ! Pense à Megan !

Alors que les talons d'Hailey dansaient pendant qu'elle fredonnait devant la glace et vérifiait son aspect désirable, Emmy était restée assise sur la cuvette des toilettes.

Immobile, intriguée, elle écoutait l'échange masculin, certaine d'avoir reconnu la voix de Matthew. Aaron et lui étaient de très bons amis, également équipiers sur le terrain. Elle s'apprêta à tirer la chasse d'eau quand la conversation se poursuivit.

— Et puis, s'il y en a un qui te barre la route pour intégrer la sélection… Tu sais comment l'éliminer, non ?

L'ami de Matthew rigola sans retenue.

---

6 - Équipe première de football gaélique du Comté de Dublin.

7 - Championnat annuel disputé par équipes de comtés.

8 - Stade national des sports gaéliques.

— Je ne vois pas ce que tu veux dire, David. Je n’ai rien fait moi !

Son ton ironique se comprenait parfaitement à travers le mur des toilettes. Même si elle était persuadée qu’elle était infestée de microbes, Emmy colla sa tempe contre la cloison.

— C’est vrai, toi tu as les mains propres ! N’être que le commanditaire, c’est plus malin.

— Je n’y peux rien moi, si mon très cher coéquipier, qui se baladait un peu trop tard, est tombé sur des gars qui l’ont tabassé. Pur hasard. Tu étais dans le casting, non ? C’est con comme circonstance ! Tu t’en rends compte ? Pile la semaine précédant la finale ! Tu noteras que je suis passé le voir dès le lendemain matin. J’étais le premier à son chevet, j’y étais dès l’ouverture au public. Même sa copine qui chialait comme une conne est arrivée après. Si moi, je ne suis pas un vrai pote…

— Plus jamais je te présenterai comme mon pote, c’est trop dangereux. Je suis content de jouer à l’arrière et ne pas être en confrontation directe avec toi. Je n’oserais plus sortir de chez moi à l’approche des grands matchs ! Méfie-toi quand même de ton culot.

Les deux amis s’esclaffèrent puis sortirent des toilettes en se chahutant dans le couloir.

Chez les filles, Emmy quitta sa cabine comme un lion trop longtemps retenu en cage. Sans adresser un mot à sa copine qui s’apprêtait à la charrier, elle défonça la porte d’un pas décidé. Sentant que quelque chose clochait, Hailey la suivit et elles emboîtèrent le pas des deux hommes. Entendant le bruit menaçant des talons à leurs trousses, ils se retournèrent et David joua au gentleman. Il poussa son coéquipier sur le côté et ouvrit la lourde porte ramenant au pub. L’imitant, Matthew reconnut Emmy et s’apprêta à la saluer.

— Hey, Emmy ! Tu passes une bonne soirée ? Je n’ai pas vu Aar… Ouh !

Matthew ne put terminer sa phrase. Avant de franchir la porte, il eut le pouce du pied écrasé par le talon d’Emmy.

Dans sa manœuvre, elle s'affaissa sur lui en rajoutant un malheureux coup de coude dans les côtes. Elle ne s'excusa pas, mais le défia du regard. Pris au dépourvu, Matthew se cogna la tête contre un cadre en verre qui se brisa à ses pieds. Confuse, Hailey suivit l'élan de sa copine et se faufila dans la foule humaine.

— C'était qui ? s'étonna David qui n'en revenait pas du culot de cette fille.

— La copine d'Aaron. Elle m'a fait mal, putain !

Il se frotta l'arrière du crâne puis se remit aussitôt à rire de ses conneries. Sans David cette fois-ci qui réfléchit et devint circonspect.

— D'Aaron ? T'es sérieux ? s'inquiéta David qui tira son ami un peu plus au calme dans le couloir.

— Et alors ? On s'en tape. Elle doit avoir ses règles ou besoin d'être satisfaite. Tu veux être sympa et au final, pas une excuse, pas un bonsoir. Laisse tomber, je t'ai dit que c'est une conne. Je ne sais pas ce qu'Aaron lui trouve.

— À vrai dire, je ne sais pas qui est le plus con des deux !

David soupira lentement, consterné de voir son ami se foutre de l'incident.

— Quoi ? aboya Matthew.

— Tu la connais bien ?

— On était dans la même classe pendant toutes les années collège. J'vois pas le souci.

— Mais merde ! Réfléchis !

— J'vois pas…

— Et si elle nous avait entendus dans les chiottes ?

David s'adossa contre le mur, se frotta nerveusement le front. Son hilarité et assurance du soir venaient de s'envoler.

— Putain… On est dans la merde, poursuivit-il.

— Mais non. Si elles étaient dans les chiottes des mecs, je les aurais vues, contesta Matthew.

Furieux de cette scène qui n'aurait jamais dû se produire, David traîna son ami par la chemise jusqu'à l'entrée des toilettes *ladies*.

— Va dans les chiottes des femmes, installe-toi là où c'est encore chaud et tends l'oreille !

Matthew s'exécuta, trouva même le principe amusant.

— Matt ? Tu m'entends assez ou il faut que je continue à t'expliquer derrière ce mur ?

Sans crier, la voix de David parvenait aux oreilles de Matthew. Il défonça la porte d'un coup de pied et quitta la pièce qui sentait trop le parfum de femme à son goût. Nez à nez avec David qui haussait les épaules pour extérioriser l'évidence, Matthew n'affichait plus son sourire béat. Son état d'ébriété semblait également évaporé.

De retour dans la liesse du pub, ils dévisagèrent chaque âme, fouillèrent chaque table. David repéra la copine aux mèches violettes discutant au comptoir. Il s'approcha d'Hailey et l'agrippa par le bras. Hailey, qui aurait aimé se laisser charmer par de nouvelles têtes, ne leur adressa qu'une attention haineuse.

— Elle est où Emmy ? cria Matthew à l'oreille d'Hailey pour passer au-dessus du brouhaha.

— Eh ! Lâche-moi tout de suite, espèce de connard !

En se débattant, Hailey renversa son verre au sol. Les autres filles du groupe cessèrent leur discussion animée devant cette scène.

— Elle est partie et vous savez à cause de qui ?

— On se casse ! glissa David à l'oreille de Matthew.

Le duo se faufila sans ménagement entre la masse humaine agglutinée. Sortis en trombe, ils bousculèrent des clients en train de fumer. Une altercation se déclencha, mais le videur taillé comme un catcheur et au visage balafré stoppa le différend et renvoya chacun d'un côté.

Après avoir déguerpi et passé en revue les ruelles environnantes sans succès, ils sentirent leur stress monter d'un cran. Matthew jura et héla David quand il crut enfin apercevoir Emmy emprunter un étroit passage voûté. Matthew somma David de prendre la rue adjacente et courut à sa poursuite. Déboulant dans la ruelle humide et sombre sans repérer la jeune femme, il continua sa remontée vers le nord au plus court et franchit la *Liffey*[9] par *Ha'penny Bridge*.

Elle marchait vite, les avant-bras plantés dans les poches de son trench rouge. Ses talons heurtaient le pavé contre lequel elle pestait, car il ravivait sa douleur au genou. Elle préféra longer la *Liffey* avant de la traverser par *Rosie Hackett Bridge*, le dernier choix possible pour prolonger son trajet retour et emprunter des ruelles inhabituelles, mais peu fréquentées des dealers s'ils l'attendaient de pied ferme. Le besoin d'évacuer ses peines était palpable. Son cœur n'était définitivement plus à la fête. Encore un coup à encaisser, un de trop dans cette journée surréaliste. Elle voulait retrouver Aaron, tout lui avouer. Ce serait terrible, mais il saurait la vérité sur son ami. Attendre le lendemain soir lui paraissait si loin.

Elle arriva à un nouveau croisement, et un flot de voitures l'obligea à attendre au passage piéton. Dans la rue mal éclairée, il n'y avait pas grand monde. Elle patienta, la tête appuyée contre un poteau, se tint le front, au bord des sanglots. Se sentant terriblement seule, elle craqua. De rage, elle frappa le rebord du trottoir, gémit aussitôt et perdit son talon dans le choc. La chaussée libérée, elle s'engagea sur la route puis dans une ruelle longeant un terrain désaffecté chargé de détritus. Un groupe y organisait un barbecue sauvage avec de la musique. À deux pas de son quartier, plus une âme ne se distinguait ni de vibrations citadines. Elle écoutait le silence entrecoupé par ses pas, imagina comment parler à Aaron. Alors qu'elle était perdue dans ses pensées, une force l'agrippa, la tira à la renverse.

— Emmy !

Déjà sur la défensive, sa réaction s'intensifia quand elle reconnut les traits de l'homme dans la pénombre.

— Lâche-moi, connard ! Tu m'as suivie ? Mais t'es un grand malade !

Elle laissa parler sa crainte en essayant de l'intimider, même si son cœur rythmait parfaitement son angoisse. Il la molesta encore, se rapprocha d'elle. Emmy recula d'un pas.

9 - Fleuve coupant Dublin à l'horizontale.

— Pas de panique ! Je m'inquiète juste pour toi. Tu es partie si vite… Quelque chose ne va pas ?

— Tu oses me le demander ?

— Explique-moi.

— Tu veux qu'on parle ? De quoi ? De ton amitié pour Aaron ? Un conseil : quand tu vas pisser, tu devrais penser à fermer ta gueule. C'est une certitude même.

Sa rancœur envers Matthew se renforça avec ces derniers mots crachés au visage du traître.

— Mais qu'est-ce que tu crois avoir entendu ? Tu te trompes sûrement.

— J'entends parfaitement, répondit-elle en se tapotant l'oreille. Pas de chance pour toi que le mur des chiottes soit aussi épais que ton intelligence ! Presque aussi fin qu'une feuille de match. Tu sais, comme celle que vous signez avant chaque partie de *hurling*. Mieux, comme celle de la finale du championnat mineur. Encore mieux, disons exactement comme celle de la finale de l'an passé à *Croke Park*. Toi, tu dois le savoir, non ?

Emmy s'épuisait à surenchérir son monologue. Mais le besoin d'extérioriser était trop puissant, elle ne pouvait oublier la dépression qu'avait connue Aaron à cause de ce rendez-vous sportif ultime et avorté. Victime de multiples fractures, trop affaibli par les blessures et l'effet des cachets, il n'avait même pas eu la force de rester éveillé pour encourager les siens derrière un écran. Durant cette période, elle avait déserté les cours, s'était arrangée pour s'absenter de son travail, pour vivre chaque heure de convalescence auprès d'Aaron à l'hôpital. Elle était assise sur son lit à ce moment-là. Quand Matthew, lui, foulait injustement le paradis vert de Dublin sous l'acclamation des tribunes bondées qui attiraient chaque année plus de quatre-vingt mille passionnés venant de toute l'île.

Si unique. Si injuste.

— Tu délires ! aboya Matthew en la relâchant.

S'ils étaient amis jusqu'à ce soir, le lien de l'inimitié venait de se tisser.

— Alors je reste curieuse et excitée à l'idée de divertir Aaron sur cette blague que j'ai cru entendre. Je l'imagine déjà rire et ne plus pouvoir s'arrêter.

— Tu crois vraiment pouvoir me menacer ?

— Tu as prévu de me tabasser ? Pardon, tu prévois de me faire tabasser, moi aussi ? Vu que t'as pas les couilles de t'en charger toi-même ! Je comprends pourquoi Megan se cherche activement un nouveau mec !

— Si tu ne la fermes pas tout de suite, je vais vraiment te faire taire !

Matthew vérifia autour d'eux si quelqu'un venait. Tentant de se maîtriser, il encastra son poing contre le panneau publicitaire juste derrière la tête d'Emmy. Elle tourna la tête vers la main de Matthew. La peau sur ses phalanges avait cédé, du sang frais et épais coulait entre ses doigts. Apeurée, elle profita du fait que Matthew constatait les dégâts sur sa main pour poursuivre son trajet, mais sans courir. Sa respiration toxique lui bloquait la poitrine. Elle n'était plus qu'à deux rues de chez elle. Si son père pouvait être sur son chemin, elle pourrait l'apercevoir, l'appeler, agir. Alors, peut-être que pour une fois, il la sauverait.

Sans se retourner, elle entendit Matthew courir et haleter, se rapprocher d'elle. Son corps recula, elle sentit sa colonne vertébrale craquer.

— Tu crois que je vais te laisser filer ?

Ces mots chargés de haine glacèrent le sang d'Emmy. Elle sut aussitôt que la suite ne serait rien d'autre qu'un drame. Il l'agrippa par son trench de son poing rouge sang, la projeta contre le mur. Sa respiration se coupa. Coincée entre la paroi et cet ex-ami devenu prédateur, elle encaissa une lourde gifle sans fléchir. Sa lèvre inférieure se déchira. Le goût du sang tapissa sa langue et descendit dans sa trachée. Les doigts de Matthew se resserrèrent autour de sa gorge. Mais elle se débattit. À court d'oxygène, elle réussit à propulser son genou défaillant dans les parties intimes de son agresseur qui hurla et la relâcha. Ce réflexe lui permit de reprendre une bouffée d'air quand son bourreau vint à en manquer. Libérée, elle courut.

Athlétique et obstiné par sa proie, il la rattrapa à nouveau. Matthew agrippa les cheveux bruns d'Emmy et les lui tira de rage. La tête d'Emmy partit en arrière, stoppa net sa foulée. Le choc l'assourdit, elle en perdit ses repères. Les yeux injectés de sang, il lui broya férocement l'avant-bras droit avant de le lui retourner dans le dos et de la bloquer contre une barrière. Il l'écrasa sans retenue. Emmy cracha le sang resté dans sa bouche, puis réussit à se pencher un peu plus bas et, d'un coup de talon, elle heurta le tibia de Matthew. Il s'écarta, elle en profita pour lui échapper encore une fois, en priant pour que ce fût enfin la bonne. Mais il l'empoigna aussitôt, plus que déterminé à ne pas la laisser filer. Par réflexe, elle lui saisit à son tour les deux avant-bras. Cette prise lui remémora en un éclair ce geste basique de *céilí* ancré dans ses automatismes : la danse tournante. Sans y réfléchir davantage, elle planta ses griffes dans la chair de son partenaire d'un instant et réitéra sa frappe au tibia. Il se recroquevilla. De toutes ses forces, accompagnée d'un cri de désespoir, elle se mit à tourner avec son bourreau. Le plus vite possible, les yeux fermés. Trois tours rageurs, puis elle se stoppa, releva son pied. Immédiatement projetée contre la barrière, la tête de Matthew heurta les barreaux d'un son sourd. Emmy sprinta du plus vite qu'elle put, perdant au passage la ceinture en tissu de son trench rouge. Pas encore vaincu, Matthew repartit à ses trousses, ramassa la ceinture et la tendit fermement à plusieurs reprises. Comme excité par une pulsion devenue nette dans son esprit. Après cette scène irréparable et les évidentes conséquences pour lui, la faire taire devenait vital. Plus vite, plus fort et sûr de lui, il la rattrapa. Encore une fois.

Vidée, démunie, elle hurla son S.O.S. Personne ne se manifesta, la rue resta inerte. Les seuls véhicules passants roulaient bien trop vite ou trop loin d'eux. Persuadée de l'issue, elle implora son bourreau de ne pas faire quelque chose qu'il regretterait toute sa vie. Mais, face à la force chargée d'hormones et l'essoufflement terrifiant de Matthew, le corps d'Emmy se tétanisa. Elle ne put faire autrement que de rester immobile quand il lui habilla le cou de la ceinture rouge, déjà tachée de sang.

— Fini de jouer, Emmy. Ravi de t'avoir connue.

Il s'apprêtait à l'étrangler.

Pour de bon cette fois.

CHAPITRE 3

Dimanche 17 juin 2012

22h19

Une ombre haletante divaguait dans la nuit. L'âme en peine passa par-dessus le muret qui encerclait le jardin paroissial. Oppressée, elle n'hésita pas. La porte de l'église de *North Strand* s'ouvrit et se referma dans un éclat qui fit trembler la bâtisse. Le vicaire affairé à entretenir les flammes de bougeoirs sursauta et lâcha son allumette. Il se retourna et vit la pratiquante nocturne avancer d'un pas timoré. Les cheveux hirsutes, une pommette tuméfiée et le visage paniqué, elle se laissa tomber sur une chaise au milieu d'une rangée. Inquiète, elle ne cessa de regarder derrière elle, vers la porte close de l'église.

Le petit homme de foi joufflu et au crâne dégarni ne l'avait pas lâchée des yeux. Constatant que la jeune femme n'avait pas l'attitude d'une adepte et s'énervait sur son téléphone, il vint d'un pas lent à sa rencontre.

— Le réseau ne passe pas, mademoiselle, lui chuchota-t-il pour établir un contact amical.

Surprise et sur la défensive, elle lui empoigna l'avant-bras et le repoussa.

— Désolée… Je suis à cran. Je dois prévenir un proche pour qu'il me rejoigne ici.

Tout en acceptant ses excuses d'un hochement de tête, les yeux du vicaire naviguaient sur les multiples contusions de la jeune femme.

— Êtes-vous certaine que tout va bien ? insista-t-il.

— Non, ça ne va pas. J'ai passé ma journée à tomber sur des cons. Et là, je veux juste la paix !

— Le réseau est assez bon dans la cour et encore meilleur dès le portail franchi.

Emmy s'excitait sur la touche «appel» du téléphone. Remarquant bien qu'elle ne l'écoutait pas, le vicaire lui indiqua tout sourire la porte au fond de l'allée centrale.

— Je suis dans l'obligation de vous demander de quitter l'église. Nous ne sommes plus ouverts au public à cette heure aussi tardive. Que Dieu veille sur vous. Bonne nuit, mademoiselle.

— Attendez ! J'aimerais beaucoup… mais je dois rester ici. C'est ce qui est prévu. Enfin… Croyez-moi. Je ne vous mens pas. Je dois attendre ici, assura-t-elle avec un regard paniqué et se confondant en excuses.

L'église était un lieu sûr, il devait l'être, mais elle ne se sentait pas une seule seconde en sécurité.

— Pour une urgence, vous pourriez emprunter la ligne fixe du père Doylen.

Satisfait d'apporter une solution à cette égarée qui ne semblait pas tenir en place, le vicaire lui sourit à nouveau.

— Do… Doylen ? bégaya-t-elle.

Elle s'éjecta de la chaise. Son teint blêmit encore puis elle balaya du regard les quatre coins de l'édifice.

— Il… il exerce encore ?

— Parfaitement. Et il devrait avoir fini d'une seconde à l'autre ! confirma-t-il après avoir jeté un œil à sa montre.

— Vous avez raison, il se fait tard. Je vais rentrer. Je…

— Attendez ! Puisque vous le connaissez, sans doute sera-t-il ravi de vous saluer.

Sans lui permettre de finir sa phrase, elle se dirigea d'un pas rapide vers la sortie, déjà prête à rouvrir la porte et affronter la nuit. Pour se donner du courage, elle inspira jusqu'à sentir ses côtes se comprimer. Un bruit de charnière fatiguée coupa ses ardeurs et attira son attention. Une quinquagénaire vêtue d'un élégant manteau violet sortit du parloir vétuste et enfila ses lunettes opaques puis sa cloche ornée de fleurs. De sa main droite, elle abaissa le large bord de son chapeau. La repentie passa ensuite devant Emmy, quitta l'église et disparut dans la pénombre. S'échapper d'ici semblait si évident, si simple. Pourtant Emmy hésita à nouveau. À l'intérieur comme à l'extérieur, la peur la tenait.

— S'il vous plaît, attendez ! s'écria le prêtre en s'approchant de la sortie avec le vicaire qui lui chuchotait à l'oreille. Je serai ravi de vous aider. Pour le téléphone. C'est bien ce que vous recherchez, Mademoiselle ?

— En fait, je... Oui, j'aurais…

Elle cherchait à décliner l'offre, souhaitait éviter leurs regards. Mais trouver un endroit où son portable capterait à l'extérieur, plongée dans la nuit, la hantait.

— Je vais plutôt tenter de…

— Excusez-moi de vous couper, poursuivit le prêtre en plissant les yeux. Mademoiselle Emmy Highdall ? Je ne me trompe pas ?

Son plaisir affiché laissa apparaître des dents aussi rectangulaires qu'ordonnées. Ce sourire autant réconfortant que glaçant, Emmy ne pensait plus jamais le revoir, comme ses joues rougies et ses larges poches sous les yeux. La calvitie l'avait rattrapé, rien de plus apparemment.

— Vous faites erreur.

Elle aurait voulu le convaincre qu'il se trompait, mais sa manière de fuir son regard conforta l'idée du prêtre.

— Tu as bien grandi depuis, mais ton visage, je ne l'ai pas oublié.

Sur ces mots, elle redressa la tête et fixa le prêtre face à elle.

— Oui, je suis Emmy.

— Ma mémoire ne me fait pas encore défaut. C'est rassurant ! se félicita-t-il en cherchant l'approbation du vicaire.

Ses lèvres violacées s'étirèrent à nouveau pour remonter davantage à droite. Une expression qu'Emmy connaissait trop bien. Sa mémoire se rembobina. Toutes les visions de son passé enfouies sous le poids des années la submergèrent. Elle non plus n'avait pas oublié.

— Je peux emprunter votre téléphone ? demanda-t-elle en souhaitant fuir au plus vite cette nuit cauchemardesque.

— Il suffit de rejoindre mon bureau. Suis-moi.

— Je connais le chemin. Et j'ai besoin d'être seule, se dépêcha-t-elle d'ajouter.

Le prêtre, déjà en marche vers son bureau, s'arrêta net.

— Je ne dérangerai rien et je ne suis plus une enfant, précisa-t-elle sur un ton plus posé.

— Bien. Mais il faut que j'aille ouvrir...

— Filez-moi la clé.

— Et rebrancher la ligne, poursuivit-il, n'appréciant pas d'avoir été coupé. Les communications ne sont pas ce qu'il y a de plus fréquent ici !

La négociation ne semblait pas possible. Emmy préféra le suivre à distance jusqu'au fond de l'église. Il ouvrit, la laissa entrer et s'excusa un instant pour retourner auprès du vicaire.

— Vous pouvez disposer, frère Amish ! Fermez en partant.

Le ton du prêtre et son regard de diktat pressèrent frère Amish à prendre congé. Emmy entendit la lourde porte claquer et être verrouillée. Puis, un à un, les pas de Doylen s'approchèrent.

L'odeur poussiéreuse qui macérait dans le bureau du prêtre l'oppressait. Le passé redevint présent. Doylen se dirigea vers le téléphone et déroula d'une lenteur oppressante le câble téléphonique non raccordé à la prise murale.

— Résides-tu toujours dans le quartier de *Ballybough* ? meubla-t-il sans la regarder.

— Oui.

— Depuis combien de temps as-tu déserté les messes ? Je dirais...

— Dix ans, précisa-t-elle, avec des trémolos dans la voix.

Elle était sûre de cette réponse et en capacité de visualiser le déroulement précis de sa dernière présence ici. Chaque détail. Chaque seconde.

— Déjà ?

Il s'arrêta de dérouler le câble et adopta une pose songeuse, puis se mit à réfléchir en oscillant la tête.

— C'est bon, le téléphone fonctionne ? s'impatienta Emmy à nouveau gagnée par une vague de stress et l'envie de fuir.

— Tu n'as pas l'air d'en garder un bon souvenir, remarqua Doylen en se rapprochant d'elle.

Il passa derrière son ancienne élève pour atteindre la prise murale. Elle n'avait pas bougé et tint bon pour ne rien laisser paraître de son état, bien que l'odeur rance ancrée sur la soutane du prêtre la déstabilisait.

— Je dois appeler maintenant ! s'énerva-t-elle d'une voix chancelante en saisissant le combiné.

Le prêtre récupéra le socle du téléphone et enfonça son pouce sur le bouton de tonalité.

— Je sens en toi une sorte de rancœur. Peut-être même encore vive. Tu peux te confier, me parler, c'est bien mon noble rôle.

— Relâchez le bouton, putain ! Je dois téléphoner !

— Ne jure pas dans ce lieu, Emmy. Combien de fois te l'ai-je rappelé ? Et calme-toi ! Une aussi douce personne ne doit pas se comporter ainsi.

Il tendit sa main libre et ses longs doigts frêles vers la joue d'Emmy pour la caresser, se montrer proche. Elle l'écarta aussitôt d'un coup sec avec le combiné, pile sur le radius.

— Bas les pattes, vieux détraqué ! Si tu réessayes...

— Je ne veux que ton bien, t'aider ! Tu as l'air plutôt mal en point, laisse-moi te réconforter. J'ai toujours été plein d'affection envers toi... Tu ne te souviens pas ? s'offusqua Doylen en se massant le doigt.

— Je vis depuis toutes ces années avec cette *putain* d'affection ! Clouée dans ma poitrine ! cracha-t-elle en lui jetant le combiné au visage. Elle s'empressa de sortir de cette pièce pour s'éloigner à tout jamais de son voleur d'enfance.

Le prêtre prit le soin de réajuster sa soutane, de souffler un coup puis il ressortit de la pièce avant de donner un tour de clé. Sans se presser, il se dirigea dans l'allée centrale. Déjà à l'autre bout, Emmy qui avait sprinté depuis le bureau, s'acharnait sur la porte. Elle tira avec les mains, frappant avec ses pieds, en libérant toute sa force enfouie.

— N'y aurait-il pas une meilleure solution ?

Le prêtre lui montra les deux énormes clés rouillées accrochées autour d'un gadget en forme de crucifix qui se balançait au bout de ses doigts.

— Vous irez moisir en tôle ! Et là-bas, on vous réglera votre compte ! vociféra-t-elle.

Elle tenta une ultime fois sa chance contre cette porte qui montrait quelques faiblesses.

— Je crois que les choses sont claires ! constata-t-il, furieux. Je voulais m'assurer que nous étions sur la même longueur d'onde. Que le passé était derrière nous…

— Allez vous faire foutre !

— Discutons un instant, je te prie ! Je pense que nous avons des choses importantes à éclaircir avant que tu nous quittes…

— Tout est très clair. Trop d'enfants ont goûté à votre « affection ». Je reviendrai pour vous tuer !

N'ayant d'autre choix que de renoncer à ouvrir cette porte, elle chercha un endroit pour s'échapper loin du prêtre.

— Pourquoi en arriver là ? Pourquoi es-tu entrée ici ce soir, Emmy Highdall ? Où est passée la petite fille si bien élevée et obéissante dont j'ai le souvenir ?

Ses mots salissaient un peu plus ce refuge dédié aux pieuses pensées, sous le regard muet du Christ et des fresques de vitrail. Toutes impuissantes. Le cœur d'Emmy battait comme jamais. En silence, elle pria devant l'écran de son portable pour que l'icône du réseau reprît vie. À chaque pas que le traqueur posait, elle ressentait un nouveau coup de poignard. L'ombre du prêtre grandissait vers elle. Le haut de son corps la plongea dans l'obscurité. Elle se savait piégée, encore une fois.

— Allez au diable ! hurla Emmy dans un instinct de survie, au moment où le prêtre posa ses mains sur elle.

Vingt minutes s'étaient écoulées. Le prêtre portait sa main gauche sur son crâne où un hématome sanguinolent était apparu. De son autre main, il rebrancha la ligne téléphonique. Pris de tournis, il s'assit dans son fauteuil, ouvrit son tiroir et se servit un verre de *Poteen*[10] Le deuxième fut apprécié comme le premier, cul sec. Il sortit d'un sous-tiroir le carnet de comptes des aumônes, récupéra un post-it décoloré et composa le numéro de téléphone inscrit dessus. La tonalité résonna dans ses oreilles, n'améliorant pas son mal de crâne.

— Ermingh, bredouilla le destinataire de l'appel, l'esprit ailleurs.

— Prêtre Doylen à l'appareil. J'ai besoin de vous...

— Doylen ? s'étonna-t-il. Vous ne devriez pas être couché à cette heure-ci ?

— Serez-vous des nôtres à la messe de dimanche ? lâcha Doylen, la gorge resserrée.

Le boss de *Fitzgibbon*[11] laissa tomber le combiné et quitta son siège pour aller verrouiller la porte de son bureau. L'expression fermée et en se massant le bas du visage, il vint retrouver l'empreinte encore chaude de son fauteuil en cuir blanc.

— Vous ne m'avez pas manqué, reprit-il.

— Cette ligne est toujours... Hein ? Elle l'est ?

— Mais qu'est-ce qu'il se passe, mon vieux ?

— J'ai eu un souci ce soir...

— Crachez le morceau, Doylen !

— J'ai dû...

Au bout du fil, la respiration du prêtre était saccadée. Ermingh comprit que rien de bon ne suivrait.

— C'est en lien avec *Cold Winter*... bredouilla le prêtre.

— Putain, Doylen ! Mais pourquoi vous évoquez cette merde ? Personne ne doit plus jamais en parler, vous le savez ! Ce n'est plus aujourd'hui que je vais risquer ma place ! rugit Ermingh.

---

10 - Boisson traditionnelle irlandaise fortement alcoolisée à base d'orge maltée et obtenue par distillation.

11 - Poste de Police (*Garda Station* en irlandais) de la rue de Fitzgibbon à Dublin.

À l’autre bout du fil, les tympans du prêtre grésillèrent.
— Elle est revenue.
— Dans quoi vous êtes vous encore fourré, Doylen ?
— Elle va parler. Je le sais. Cette fois, il faut l’arrêter.

CHAPITRE 4

Dimanche 17 juin 2012

23h11

Père Doylen boitillait. Après s'être essuyé le front avec son mouchoir brodé en forme d'ellipse, il entassa les morceaux d'une banquette cassée, ainsi que trois sièges partiellement carbonisés. Il ne pourrait les remplacer de sitôt, ce qui impacterait le confort des pratiquants dès le dimanche à venir. Pour les bougies perdues, ce n'était pas un souci. En ce qui concernait le buste du pape, brisé en quatre, son absence serait forcément remarquée au moment où voudraient se recueillir les paroissiens. Et que dire des deux dalles fracturées ? Retrouver une pierre identique datant d'une époque archaïque serait quasiment impossible. Que pourrait-il répondre quand les premières interrogations lui parviendraient ?

On tambourina au porche de l'église.

— Doylen !

Le prêtre accourut, ce qui ne lui était plus arrivé depuis des années. Il ouvrit. Aveuglé par la *Maglite*[12] de l'imposant policier, il se dépêcha de le faire entrer puis refermer derrière lui. Ermingh passa le seuil, sans salut, déjà focalisé sur les traces manifestes de pugilat dans l'allée centrale.

— C'est quoi ce bordel, Doylen ?

Ermingh l'empoigna par la soutane au point de lui décoller les talons du sol. Sa proie ne montra aucune résistance et abaissa ses épaules.

— C'est arrivé si vite. Je n'ai pas pu l'en empêcher. C'est de sa faute !

— Qu'est-ce qu'elle foutait ici et à cette heure-là ?

12 - Lampe torche longue et métallique, souvent utilisée par la police.

— Elle avait peur ou ne se sentait pas bien. Elle voulait téléphoner. Je l'ai emmenée au bureau pour...

Ermingh le coupa d'une main ouverte pour masquer le visage du prêtre. D'autres détails n'étaient pas nécessaires.

— Putain Doylen ! C'est bien votre excuse ? Vous devriez être en train de croupir en prison à vous offrir chaque soir à des compagnons de cellule ! Vous le savez, mais vous recommencez ! Je me suis tu une fois, à condition de ne plus entendre parler de vous ! Je n'arrive pas à comprendre, et pourtant j'essaye, Doylen ! J'essaye de comprendre à quelle catégorie de prédateur vous appartenez !

L'étendue des dégâts réveilla les vieux démons du policier. Il tenta de faire taire son envie de pulvériser l'entrejambe du prêtre d'une balle et de le voir se vider de son sang. Ermingh aurait pu l'éliminer sur-le-champ et maquiller le tout. Sa colère et sa carrure lui suffisaient pour régler cette affaire en peu de temps. Il aurait dû s'en charger des années plus tôt. Il le regrettait. Mais aujourd'hui, c'était trop tard.

Le prêtre, blanc comme une hostie, la sueur suintante, les pupilles livides, redoutait le coup de grâce de celui qui l'avait couvert sur le scandale C*old winter*, cette série de révélations pédophiles qui avait ébranlé l'Irlande trois ans auparavant. Doylen devait son salut à Ermingh, en échange d'influence auprès de la hiérarchie policière. En ce temps-là, Ermingh n'était qu'un policier aux dents longues, promu au rang de *Seargent* qui participait à sa première grosse affaire. Celle sur laquelle il forgea son « savoir-faire » quand il ne collecta « pas assez de charges » contre Doylen. Cette enquête lui valut sa promotion fortuite à la direction de *Fitzgibbon Street* une poignée de mois plus tard. Promotion également obtenue grâce aux louanges de la paroisse auprès d'un fidèle du Christ et haut placé du QG national de *Phoenix Park*.

Ermingh avança lentement vers le pilier le plus proche des dégâts. Son pas lourd semblait subir le poids des années d'altération de la vérité.

— Tout s'est passé ici ? reprit-il en fixant la colonne de ciment blanc.

— Il y a eu le bureau... puis ici. Et je vous ai tout de suite appelé.

Ermingh se décapa le menton si parfaitement rasé et sortit de sa poche des gants bleus en latex. Il les enfila puis claqua l'extrémité de chaque doigt.

— Dans le bureau, bien évidemment. Il reste des affaires à elle ? Des preuves ?

— Je n'en ai pas retrouvé. J'ai déjà fait plusieurs fois le tour des lieux. Tout est allé si vite… lâcha-t-il d'un air bouleversé, incertain.

— Le sang sur le poteau, c'est à qui ?

— Le sien... Oui, je crois bien que c'est le sien.

— Vous croyez ?

L'entendre tâtonner rendait Ermingh davantage furieux. Il imposa au prêtre de s'asseoir et de ne plus bouger, puis il effectua plusieurs relevés sur la colonne, sur des bancs, au sol, avec précision et en silence. L'ADN d'Emmy pouvait se cacher partout. Une goutte de sueur, de la salive, un cheveu invisible, un effleurement de doigt ici ou là… Doylen n'osait plus parler, comprenant que chaque nouveau mot prononcé raviverait la haine du policier.

Après avoir fini ses relevés, Ermingh rejoignit le prêtre en marchant sur des œufs. Sans enlever ses gants, il saisit les mains du prêtre, racla sous chacun de ses ongles avec un coton-tige et rangea le tout dans une pochette plastique. Ensuite, il prit plusieurs photos des lieux avec son portable et finit par immortaliser le portrait de Doylen.

— Vous allez me pondre une belle version de cette soirée et me réciter une belle comptine qui m'aidera à trouver un sommeil paisible. Que j'y croie. Ouvrez le bureau !

Dans la pièce, Doylen s'essaya à un pathétique résumé de cette dernière heure. Ermingh l'écouta, le fixa de ses yeux minuscules, tantôt les poings serrés, tantôt la main portée au bas du visage. En se frottant le menton, il essayait surtout de rester concentré et de ne pas laisser échapper la rage cadenassée en lui. Les remords le rongeaient. Mais il n'avait pas d'autre choix que de se taire. Sa carrière en dépendait.

Son talkie-walkie accroché sur sa hanche droite grésilla et stoppa le discours de Doylen. Il ordonna au prêtre de ne pas bouger, sortit de la pièce et tenta d'affiner le canal du talkie.

— Ermingh pour Will. J'écoute.

— Code 10-67[13]. À l'instant sur *Ballybough road.*

La radio émit un son strident et la réception devint hasardeuse. Mais le simple nom de code suffit à Ermingh. Il éteignit son récepteur bruyant et retourna dans le bureau.

— Ramassez votre merdier dans le hall et sortez d'ici. Ne touchez à rien d'autre. Fermez le bureau à clé et avalez-la si vous le souhaitez ! Ensuite, rentrez chez vous.

— Oui, mais…

Ermingh interrompit l'élan du prêtre en portant sa main resserrée devant sa gorge flétrie.

— Rentrez chez vous, reprenez votre vie de nuisible terré dans sa tanière, comme s'il ne s'était rien passé. Je vous dirai dès demain à la première heure comment nous procéderons. Selon mes règles. Je crois qu'on va devoir rejouer au jeu de l'ascenseur, mon cher Doylen. J'aimerais beaucoup voir l'avenir proche avec plus de hauteur. Et à compter de ce soir, vous avez saisi l'opportunité d'appuyer sur le bouton. N'y réfléchissez pas trop longtemps, car j'ai tout pour vous attribuer une nouvelle pension. Heureusement pour vous que *Kilmainham Goal*[14] n'est plus qu'une attraction touristique. Et dernière chose, mettez à profit vos compétences : priez !

Ermingh décampa sans tarder. Il retrouva sa voiture banalisée, se délesta de son blaser de cuir noir qui l'étouffait et s'installa sur son siège. Après avoir frappé le volant d'un poing rageur, il fila vers le poste de police et la suite de sa nuit de service. Seul et en plein dilemme, son flair se réveilla au dernier feu rouge avant le poste de police. Il en-

13 - Code pour désigner « Appel d'une personne pour être secourue ».

14 - Ancienne prison de Dublin, devenue un musée.

clencha la marche arrière et fit demi-tour vers une cité mal fréquentée. Il se gara à l'entrée du parking, descendit de la voiture et partit s'adresser au jeune guetteur masqué sous sa capuche et assis dans l'escalier. Après quelques mots échangés, il s'engouffra dans l'immeuble.

Un quart d'heure plus tard, il revint au poste et passa devant son subordonné à l'accueil, sans même le saluer. Will McKoy l'informa au passage des derniers événements majeurs de la soirée. Rien de croustillant n'était survenu, juste l'interpellation de dealers en herbe, tous mineurs, sur *Ballybough road*. Ermingh était déjà au courant.

— On se les garde au chaud. Mettez Perkins sur le coup.

— Mais Perkins est déjà sur...

— On discute mes ordres, maintenant ? Et je veux le rapport au plus vite ! gueula-t-il avant de faire claquer sa porte de bureau, comme à son habitude.

Les invités de la nuit, retenus dans la cellule de plexiglas, n'avaient rien loupé du vacarme d'Ermingh. Aucun ne souhaitait avoir affaire à cet ours sans âme. Will apporta le dossier bleu à l'étiquette «*drug traffic*» dans le bureau d'Ermingh, puis ressortit aussitôt. Dix minutes de silence s'écoulèrent. Le boss ressurgit de sa tanière et ordonna à Will de lui ouvrir la cellule. Il tenait le dossier bleu, une fiche en dehors, retenue avec son pouce.

— Highdall ?

Les regards du petit groupe réuni au chaud fusillèrent le jeune homme qui déglutit dans la douleur. Ermingh lui fit signe de rappliquer. L'adolescent quitta la cellule, tentant de masquer sa panique, et suivit l'ombre du gaillard à la transpiration âcre. Certain de se faire cuisiner à la lampe aveuglante pour cracher les noms et les méthodes du gang baptisé «*Kings of the North*», Peter flippait comme jamais. Il restait surtout un jeune aveuglé par les séries policières.

De retour à son bureau, Ermingh s'échoua sur son fauteuil avant d'inviter Peter à s'asseoir.

— Non, pas là. C'est bien trop confortable. Pose ton cul sur le tabouret. C'est donc toi, Peter Highdall ?

— Oui.

— L'hébergement te plaît ?

— Ici ?

— Tu te lances à ton tour dans la livraison ? Tu as au moins du flair, c'est bien l'un des seuls secteurs d'avenir.

— C'était juste pour dépanner un mec qui ne pouvait pas aller chez un de ses potes et lui filer un truc. C'était pour rendre service. Et comme c'est un pote, je n'ai pas pensé à contrôler ce qu'il y avait dedans. J'ai fait confiance. Et maintenant, je suis là.

— Je crois que ton ou tes potes aimeraient beaucoup ton petit numéro. Tu vas me faire mentir. Tu pourrais aussi tenter ta chance dans le cinéma.

— Mais si, faut me croire !

— N'oublie pas de rajouter « monsieur l'inspecteur Ermingh », à la fin de tes phrases. Désolé, je ne m'étais pas encore présenté. Et ici, le boss, c'est moi. Pour être bref, j'en ai envoyé un paquet en tôle, et des vrais durs. Pour quelques mois, ou quelques années. Certains ne reverront jamais la *Liffey*. Alors si tu tiens à t'y promener quand tu le souhaiteras, épargne-moi tes conneries ! T'es tout blanc, Highdall ! Je pourrais très vite te voir te pisser dessus et te ramener en cellule pour amuser tes copains. À ton âge, ne vaut-il pas mieux continuer ses études ?

— Je dépannais juste pour ce soir, c'est tout, Monsieur Ermingh. Moi je veux partir d'ici, tenter ma chance au Canada ou en Australie. Y'en a plein qui se cassent là-bas.

— Le bon samaritain serait donc sous mes yeux ? Quel honneur, Peter ! Arrête un peu, tu veux ! Moi aussi je peux dépanner tes collègues, juste pour ce soir, en rapportant dans la foulée que c'est toi qui gères tout ce trafic. J'ai un certain don pour déclencher la signature des papiers compromettants.

— Mais c'est faux !

— C'est con, tu n'as pas de casier et tu vas avoir droit à ta première ligne de délinquance. Très embêtant pour beaucoup d'étapes dans la vie. Tu n'as même pas idée, crois-moi ! Surtout si tu souhaites trouver du boulot ailleurs plus tard.

— C'est bon, je ne le referai plus. Je peux vous donner les noms des clients que j'ai livrés.

— Maintenant ?

Ermingh se redressa contre son siège et ne masqua pas sa surprise, tandis que Peter s'affaissait, prêt à tout pour quitter les lieux.

— Oui, vous pouvez noter. J'ai dépanné Ben...

— Attends un peu ! T'es même pas foutu de négocier ? Putain, t'es un vrai débutant ! Les Anglais t'auraient vénéré pour haute trahison envers ton pays.

— ...

— Pourquoi tes amis pensent que c'est ta sœur qui aurait lancé l'alerte ?

— Parce qu'elle voulait qu'ils dégagent. Mais je me suis expliqué avec elle. Jamais elle n'aurait osé !

Peter se montrait choqué de cette hypothèse, car malgré leurs disputes, ils étaient proches et Peter savait qu'Emmy le protégerait toujours. Ermingh remonta ses manches, Peter remarqua ses larges avant-bras entièrement rasés. Il s'humecta l'index et tourna plusieurs pages de son dossier.

— Ah bon ? Reçu à 20h24, appel de la ligne *Eirecom*[15] raccordée au « *26 Ballybough Road* ». Identité de l'appelant : non déclinée. Interprétation du profil : jeune femme d'une vingtaine d'années. Autre détail : passablement énervée. Motif : soupçon de présence de trafic de drogue.

— Quoi ? Elle a fait ça ? Putain, là j'suis mort, soupira Peter, la mine déconfite.

— J'en touche deux mots à tes « copains » ?

— Vous n'allez pas le faire, sérieux ?

— Alors qu'as-tu à me proposer ?

— Je peux vous donner le nom des gars.

15 - Compagnie nationale irlandaise de télécommunication.

— Voilà, tu apprends vite. Vu que tu t'es montré très coopératif, je vais même être bon seigneur. Si tu te débrouilles pour que ce soit ta sœur qui vienne te récupérer à mon bureau, personne ne préviendra tes parents de ton séjour ici. Aucun casier à ton nom. Pour l'alibi de ta sortie nocturne, je te le laisse être créatif. Appelle-la.

Ermingh fit glisser son téléphone vers Peter.

— Elle n'est pas dans le coin, elle ne pourra pas m'aider.

— Je t'offre le silence en plus de la possibilité de te réconcilier avec elle et toi, tu t'en fous ? Alors ce n'est pas un problème si j'explique à tes potes qu'elle vous a balancés ?

— Ne dites rien ! Si vous le faites... j'suis mort ! J'ai plus qu'à partir, genre demain !

— Ah, tu vois que tu l'aimes, ta sœur. Je veux que tu t'en sortes, Peter. Je vais t'aider à y arriver. Et je suis même prêt à l'appeler pour toi. Je t'écoute !

Peter se tortillait sur son tabouret prêt à rendre l'âme. Les épaules voûtées, il énuméra les chiffres, mais préféra regarder le voilier en maquette baptisé «*Éireann*» plutôt qu'affronter les yeux froids et plissés du policier. Le numéro composé, Ermingh attendit. Aucune réponse. Il écouta la voix d'Emmy sur le répondeur, s'en imprégna et raccrocha au moment de laisser un message. La main posée sur le combiné, Ermingh cherchait à contenir son envie de régler ce merdier avant l'aube.

— Ta seule chance de ressortir d'ici blanc comme neige ne semble pas très joueuse. Dommage. Tu n'as aucune idée d'où et avec qui elle pourrait être ?

— Sûrement avec son mec ou des copines. Genre avec Hailey. Quand je l'ai revue, elle allait sortir. Sans doute à leur pub favori, le *Gogarthy's*, ou ailleurs dans *Temple Bar*.

— On avance. Donne-moi un numéro.

— C'est quoi le rapport avec eux ?

— On ne doit écarter aucune piste sur ce genre de trafic et connaître les proches des personnes portant plainte, obtenir un maximum de témoignages. C'est la règle sur chaque enquête.

— Je ne les ai pas.

Ermingh soupira et serra ses poings plusieurs fois. Cherchant à calmer ses nerfs tourmentés, il récupéra son rasoir portatif dans un tiroir de bureau. Puis il céda son siège moelleux à Peter pour qu'il mette un visage sur les noms des amis de sa sœur et des consommateurs qu'il « dépannait », par des recherches sur les réseaux sociaux. Après s'être rasé pour soulager son toc, et tartiné d'après-rasage, il vit enfin Peter relever sa tête. Ermingh regagna son trône. Il vérifia les informations récupérées par le jeune homme et les transféra à son contact rencontré plus tôt dans la cité, avant de rejoindre *Fitzgibbon Street*. Il rédigea un court mail qu'il intitula « Ils font l'actualité » avec un mince sourire aux lèvres.

— Avant de démarrer tes livraisons, as-tu été en contact avec elle ? Téléphone, SMS, mail ?

— Non.

— Sais-tu si quelqu'un en a eu ? Si on t'a dit où elle était ? Où elle allait ?

— Non. Non ! Et je m'en fous de sa vie ! Pourquoi Emmy vous intéresse autant ?

Peter gigotait, de retour sur son tabouret. La rage naissante contre sa sœur avec cette histoire de pensionnat se raviva. Ermingh ignora sa question.

— Qui voit-elle le plus souvent ?

— Je vous l'ai déjà dit. Son mec, Aaron. Ou sa copine, Hailey. Je n'en connais pas d'autres.

— Ils rentrent vers quelle heure du boulot, tes parents ?

Peter afficha une moue de dépit.

— Pff... Mon père ? Il travaille plus la descente d'alcool que sa recherche de boulot. Il habite plutôt au pub qu'à la maison. Occasionnellement, il fait des déménagements, mais on l'appelle de moins en moins.

— Et ta mère ?

— Elle est plus là.

— Je comprends mieux.

— Elle n'est pas morte et vit plutôt très bien. Elle nous a

quittés avant que je sache compter sur mes doigts, c'est ma sœur qui s'est chargée de me l'apprendre à sa place. Elle est partie avec un fils de... qui a fait couler la boîte de papa. Ils géraient la construction de maisons quand c'était la folie de l'immobilier dans ce pays. Et depuis, ma sœur se prend pour ma mère.

Au fil de son récit, Peter s'était énervé. Sa rancœur, accentuée. Il avait la parfaite allure du gamin déboussolé, esseulé, ravagé, comme on en trouvait à la pelle aux quatre coins de l'île.

Sachant qu'il n'obtiendrait rien de plus de cette éponge essorée, Ermingh le renvoya en cage. Il donna des consignes à Will McKoy et insista sur l'impératif de l'avertir dès la réception de toute information associée de loin ou de près à l'identité d'Emmy Highdall. Et de prévenir le père de Peter.

CHAPITRE 5

Lundi 18 juin 2012

00h53

La voiture banalisée d'Ermingh termina sa course au point mort, feux éteints. Il récupéra une nouvelle paire de gants bleus en latex et son *Glock 17,* calé sous son siège. Il l'avait subtilisé lors d'un braquage et déclaré non retrouvé. Au cas où. Il ne manqua pas d'enfiler sa casquette bleu nuit vissée jusqu'aux sourcils.

Ermingh marcha lentement sous les aboiements. Sur son passage, deux types au style surfeur *has been* l'accostèrent pour lui quémander une clope. Il les rembarra d'un seul «*no*» sans relever la tête. Devant la maison numéro 26, aucune lumière. Il fit le tour pour tenter d'y trouver de la vie. Une lueur qu'il prit pour un écran allumé vivotait dans la pièce. Il revêtit ses gants, pénétra dans l'arrière-cour et sans bruit, entrouvrit une fenêtre dans la pièce adjacente. Il perçut des sanglots provenant de la pièce éclairée et se ravisa à pénétrer par effraction. Il revint au point de départ, sonna puis ôta rapidement ses gants pour les fourrer dans sa poche.

La lueur disparut. Personne ne vint ouvrir. Il n'aimait pas ce genre d'entrée en matière ne désirait pas user de ses talents cachés ce soir.

— Miss Highdall ? cria-t-il après avoir tambouriné à la porte d'entrée avec sa torche. Emmy Highdall ? Ici le *superintendent*[16] Boris Ermingh, de *Fitzgibbon Garda Station* ! Ouvrez !

La jeune femme tira le rideau de l'alcôve et éclaira le visiteur nocturne avec son téléphone portable. Il dévoila son

16 - Grade supérieur, directeur d'un poste de police irlandaise.

insigne sans le plaquer contre la fenêtre, puis le rangea dans son blazer. Elle s'empressa de redonner vie au salon avant de déverrouiller la porte d'entrée. Ermingh découvrit une jeune femme frissonnante, aux yeux gonflés, griffée sur le bas de la mâchoire et lacérée au niveau du cou. Elle hésita, chercha de la confiance dans les petits yeux du visiteur, mais n'y trouva rien. Elle le fit entrer.

— Je ne m'attendais plus à ce que quelqu'un vienne.

— Nous avons eu votre alerte. Racontez-moi ce qu'il s'est passé et dans les moindres détails.

— Cette soirée a été horrible ! lâcha-t-elle à bout de souffle en se cachant le visage.

Ses mains tremblaient. La peur lui parcourait le corps. Encore sous le choc, elle doutait même des réelles intentions de l'officier. À compter de ce soir, n'importe qui pouvait représenter une menace à ses yeux.

— Tout s'embrouille dans ma tête. Je n'arrive pas à retracer... Je préfère répondre à des questions.

— Je m'adapte. L'essentiel est que vous puissiez vous livrer, Emmy.

Du bout du pied, Ermingh tira une chaise rangée sous la table puis sortit son carnet de notes. Se sentant épié par la jeune femme calée dans le fond du canapé, il lui offrit un timide sourire et actionna son stylo-bille.

L'interrogatoire démarra. Ermingh revint étape par étape sur les deux événements majeurs. Les agresseurs rencontrés, ce qu'elle savait sur ces personnes, et leur histoire en commun avant de s'intéresser rapidement à son altercation avec le prêtre. En professionnel d'expérience, Ermingh resserra l'étau pour amener la victime sur les traces d'ombres, les doutes, puis les éléments discordants concernant sa seconde agression. L'attitude bipolaire de l'officier concernant les deux délits désarma Emmy qui n'avait qu'une hâte : faire payer les coupables et tirer un trait sur les méandres de son passé.

— Pour le suspect, Matthew Riked, j'envoie des hommes l'interpeller. Considérez-le déjà hors d'état de nuire. Vous voilà rassurée ?

— Et le prêtre ? Il m'a brisée une première fois, sans le payer. Lui, il ne doit plus s'en tirer ! Je veux me sentir libérée d'une partie de ce poids, je suis décidée à...

— Mademoiselle ! la coupa Ermingh d'un ton sec.

— Il ne doit plus s'en tirer ! insista Emmy d'une voix frêle, elle qui venait à peine de retrouver un soupçon de vaillance et d'espoir.

Ermingh afficha un rictus crispé. Tout en fixant Emmy, il joignit ses mains en un parfait losange.

— Écoutez-moi. Je veux vous...

— Je ne peux pas laisser ce pervers continuer à baptiser des enfants ! Si ce n'est pas lui qui est appelé « le prêtre aux 100 enfants », il ne doit pas en être loin. Je ne sais pas pourquoi vous essayez de m'en dissuader, mais si vous ne me comprenez pas, j'irai trouver un policier qui saura m'écouter et le foutre en taule ! Laissez-moi maintenant !

Emmy se leva et indiqua la porte pour presser la sortie du policier qui ne bougea pas.

— Je vous comprends et ne cautionne pas de tels agissements. Mais admettez une chose, cet homme a été entendu et lavé de tout soupçon. Entre nous, s'il vous a causé du tort à une époque, vous auriez dû le dénoncer. Le menacer aujourd'hui, c'est un peu tard, et cela passerait pour un acte mensonger dans le but de recevoir une indemnité de l'état. Encore aujourd'hui, c'est un homme de foi apprécié dans le quartier. Les gens ont besoin de sa présence à l'église.

— Vous vous foutez de moi, là ?

Folle de rage, Emmy se positionna droite face à Ermingh. Ses yeux chargés de haine et ses poings resserrés étaient prêts à se défouler sur son visiteur.

— Mademoiselle...

— Comment pouvez-vous me sortir un truc pareil ? Tous ces gens, comme vous le dites, ont-ils tous été victimes de... Je n'en reviens pas !

Après la réplique outrée d'Emmy, Ermingh se leva, dardant un regard fouineur dans le salon, à la recherche d'inspiration. Sous l'œil suspect d'Emmy, il se déplaça en silence dans la pièce.

— Votre malheur tragique, mais unique, contre l'apaisement des malheurs quotidiens de «tous» ces gens qui traversent une période terrible de chômage de masse et qui endurent la maladie, ou la mort d'un proche. Toutes ces situations délicates et ces vies précaires qu'il écoute et réconforte... Sa présence est indispensable ici, appuya Ermingh d'un ton théâtral.

Tandis qu'Emmy restait scotchée face au discours du policier, ce dernier s'arrêta près de la télévision. La photo de famille lui insuffla une brèche.

— Quelle est la profession de votre père ?

— À part quelques heures en tant que déménageur, il est au chômage.

— Ah... compatit-il avec un regard de pitié pour Emmy

— Oui, il boit ! Et passe trop de son temps au pub. Nous sommes ruinés et déshonorés dans ce taudis !

— Est-il croyant et pratiquant ?

— Il a cessé de croire à quoi que ce soit depuis bien longtemps.

— Alors je suis certain que le Père Doylen serait d'un grand secours pour votre père. Des alcooliques, ce n'est pas ce qu'il manque, ici. Et il en a sorti d'affaire plus d'un ! Je veillerai dès demain à la première heure à ce qu'il soit d'une influence positive envers votre père, pour le bien de votre famille. Pensez-y !

Emmy se montra à nouveau effarée, atterrée face à la persistance de ce flic aux solutions malsaines.

— Mais vous êtes complètement taré !

— J'aurais tort de ne pas vous venir en aide, Emmy.

— Allez au diable ! Mon père ira crucifier ce type dès que je lui aurai enfin tout déballé ! dit-elle en ne parvenant plus à retenir ses larmes.

— Et votre frère ? Que devient-il dans ce schéma familial ?

— Ne vous souciez pas de Peter ! J'ai su m'en occuper à

temps et le remettre sur le bon chemin. Un nouveau départ au pensionnat, pour devenir enfin un homme, ce qu'il ne peut pas être en restant ici. Et si vous y pensez déjà, jamais mon frère ne franchira le seuil de l'église. Surtout de cette église ! Que ce pervers lui adresse le moindre sourire, le moindre regard et je lui arracherai les yeux en premier ! assura Emmy en exprimant sa rage.

Ermingh aurait voulu balancer la chaise pour exprimer sa contrariété et faire plier Emmy. Mais il se retint à temps de commettre cette faute stupide et fixa Emmy qui conservait son allure d'attaquante. Il inspira un grand coup et chargea.

— OK. J'ai entendu votre plaidoirie. Je vais être plus clair, Mademoiselle. Vous ne devez jamais, je répète, jamais, ébruiter ce qu'il s'est passé avec Doylen. Ni ce soir. Ni dans votre passé ! À personne ! N'y songez même pas une seconde. Oubliez tout immédiatement ! C'est dans votre intérêt.

— Dans mon intérêt ?

— Oui. Et celui de vos proches. Toutes les vérités ne sont pas bonnes à dire. Avec du recul, vous...

— Dès que j'ai vu votre sale gueule, j'ai su que vous étiez l'un de ces policiers qui étouffent les problèmes ! Vous y gagnez quoi en échange ?

— Ne soyez pas si médisante, je vous prie. Pensez une seconde à votre entourage.

— Même si en parler va me coûter, ils me soutiendront. C'est ma famille !

— Je ne pensais pas à vous. Imaginez que votre petit frère soit fortuitement trahi par une source fiable et inconnue. Et qu'il passe des mois, pire, des années en prison ! Il pourrait trop facilement être confondu avec un trafiquant de poids dans le coin. On ne soupçonne jamais assez les petites gueules d'ange et leur cartable d'écolier ! C'est possible, croyez-moi ! Passons à votre père, que je connais déjà assez. Je me souviens parfaitement de sa descente aux enfers. Une merde pareille, on ne l'oublie pas ! Voir son business et sa salope de femme partir avec un ami de *Galway* lui aussi, c'est moche ! Je pourrais feuilleter quelques dossiers de la brigade financière et m'assurer que le dossier instruit où figure votre père révèle des vices d'autorisation, des magouilles de promoteur restées non grattées. Ou une fraude bricolée ! Mieux, la mise en danger d'autrui ou abus de faiblesse ? Niveau indemnisation, ça doit briser une vie ! Simple comme bonjour ! Et votre petit copain ? L'appât du gain, des empreintes laissées au mauvais endroit... Et si les siennes étaient retrouvées sur une arme illicite ayant servi à un gros braquage ? Ou un malencontreux micron d'ADN sur le corps d'une vieille dame richissime ? Je m'arrête là ?

— Je...

Emmy se fit violence pour retenir sa nouvelle montée de larmes et ne pas les offrir à ce serviteur de la loi.

— Je n'ai pas de mot pour vous décrire, reprit-elle d'un ton méprisant.

— Je m'en tape de vos remarques ! Petite conne ! M'avez-vous enfin compris ? s'écria-t-il en tentant d'étouffer sa rage.

Elle sécha ses larmes au plus vite, chercha à calmer sa respiration et maîtriser le tournis qui lui embrouillait l'esprit. Elle serra ses poings, releva la tête pour fixer Ermingh, faisant son possible pour se montrer déterminée.

Ce soir, elle allait plus que jamais vivre la vie.

La sienne.

Ce soir, c'était pile ou face.

— Vingt mille et je la boucle, trancha-t-elle sans baisser sa garde.

— Vous vous prenez pour qui ? Vous croyez pouvoir négocier ?

— Vingt mille et je pars d'ici ! Je refais ma vie ailleurs. Si je dois abandonner ceux que j'aime, vous devez me dédommager. Sinon, vous perdez aussi ce qui vous tient en vie. Je ne suis pas la seule à pouvoir tout perdre, n'est-ce pas ?

Elle ne se démonta pas. Plus maintenant. La stupeur changea de camp.

— Vous êtes joueuse.

— Plus que tout.

Ermingh ressortit son carnet. Il s'humecta l'index et tourna plusieurs pages. Après s'être arrêté sur la feuille recherchée, il examina Emmy en se frottant le menton avant d'analyser les données inscrites. Deux colonnes composées de rangées de signes à gauche et des bâtonnets à droite, lui demandaient réflexion. Certaines lignes étaient raturées, d'autres entourées. Il scruta à nouveau la mine expectative d'Emmy. Après un long moment à se caresser le bas du visage, il se décida enfin. Il enclencha le poussoir de son stylo et griffonna un trait sec sur une nouvelle ligne.

— Laissez-moi cinq minutes et ne bougez pas de cette pièce !

Ermingh rangea son carnet et son stylo dans son blazer et s'apprêta à quitter la maison.

— Venez m'ouvrir !

— C'est ouvert, vous avez juste à appuyer sur la poignée.

— Ne discutez pas. Je vous dis de venir m'ouvrir !

Emmy s'exécuta. Elle laissa la porte entrouverte et regarda la démarche lourde et pressée du policier passer sous ses fenêtres. Elle repartit se lover dans son canapé. Ses pas firent craquer son parquet. Si habituée à cette musicalité du sol vieillissant, elle restait incapable de se souvenir de ceux d'Ermingh. Il était resté parfaitement silencieux, n'avait touché à rien. Même pas à la poignée de porte. Le palpitant d'Emmy s'emballa à nouveau. Elle bondit du canapé et descendit les escaliers pour rejoindre sa chambre.

Dans sa voiture, Ermingh resta pensif. Il ne tenait pas en place sur son siège et sa main droite martyrisait le haut du volant. La dernière fois qu'il avait été dans une pareille situation, c'était lors d'une délicate prise d'otages placée sous sa supervision. Il avait dû laisser brûler une taupe de son service, qu'il avait désignée éclaireur dans un bâtiment en proie aux flammes. Sur le rapport établi, il avait décrit qu'une fois la priorité des otages évacués, il n'avait pas réussi à localiser son collègue retrouvé calciné.

Il était temps d'agir. Ermingh sortit et ajusta une nouvelle paire de gants bleus tirée de son accoudoir, puis chargea son *Glock 17*, le déposa sur le siège passager. Dans la poche arrière de son siège, il récupéra plusieurs colliers *colsons*, un sac plastique et une petite burette d'essence. En regardant son « kit du meurtrier » à côté de son arme, il coupa la radio et baissa la fenêtre. S'imprégner de la nuit dublinoise endormie et inspirer son air épais et frais l'aiderait à trancher.

Pendant ce temps, Emmy s'activait. La situation ubuesque l'avait enivrée. Elle remplit une valise à la hâte. Elle n'était plus elle-même et se laissa pleinement posséder par la situation. Elle sortit d'un tiroir une enveloppe verte et y fourra divers éléments récupérés aux quatre coins de sa chambre dans un véritable raffut. Sa valise bouclée, elle tapa un texto sur son portable.

— Sale garce ! cria Ermingh furieux de la découvrir les mains sur son portable.

Ermingh l'en déposséda d'un revers de main et dans son élan, la gifla. Elle tomba à la renverse sur son lit. Son téléphone atterrit au sol. Il le réquisitionna et vérifia les manipulations effectuées. Il n'aimait pas non plus voir l'ordinateur éclairé. Il saisit une bouteille d'eau qui traînait près du lit et la vida dessus. L'écran implosa. Il s'attaqua ensuite à la valise entrouverte, l'éventra, cherchant si elle lui avait fait un coup en douce. Rien, ici encore. Il la défia du regard et se montra menaçant en s'approchant d'elle. Recluse et terrorisée, Emmy tenta de se protéger avec ses bras repliés devant sa tête.

— Pourquoi suis-je persuadé que tu te serais déjà envolée si j'étais arrivé deux minutes plus tard ? Tu joues à un jeu dangereux.

— Je ne comptais pas m'enfuir. Je suis prête à m'en aller

loin de cette vie. J'attends mon argent.

— On joue encore au Monopoly à ton âge ? s'étonna-t-il en découvrant la planche de jeu ouverte près de l'oreiller.

— Qu'est-ce que ça peut vous foutre ? J'ai toujours rêvé de m'offrir le *boulevard Saint-Michel* !

— Comment être certain que tu dis vrai ?

— Parce que je ne suis pas comme vous.

— Pff... Tu ne devais pas quitter le salon. Notre deal vient de prendre du plomb dans l'aile. De vingt mille, notre contrat vient de baisser à dix mille ! Sans réclamation possible.

— Non, vous m'avez promis vingt mille !

— Tu veux vingt mille ? Alors voici déjà la première moitié.

Ermingh récupéra la somme en faux billets du jeu de société éparpillés et les laissa tomber sur elle.

— Assez joué ! Tu auras dix mille comme je l'ai décidé. Range vite ta valise. Une voiture, appelons-la ton taxi, va se pointer d'ici quelques minutes. Tu vas monter dedans.

— Quoi ? J'ai encore besoin d'au moins une nuit pour décider où j'irai !

— Tu pars dès ce soir. Et comme tu as entamé ma confiance, je préfère te savoir accompagnée jusqu'à l'aéroport. Là, tu auras le choix pour quitter l'île. Et n'oublie jamais, je connaîtrai ton lieu de résidence, tes occupations, tes envies de revenir, tout ! Si tu songes à déraper, alors le scénario dont je t'ai offert un avant-goût se déroulera comme prévu. Sans doute avec un soupçon de touche personnelle.

Emmy serra les dents, préférant rester muette pour ne pas envenimer la situation. Elle tendit sa main vers lui.

— Mon argent ?

— La voiture va t'y conduire. C'est la règle de « notre jeu ».

— Comment pourrais-je vous croire ?

— La vie n'est-elle pas qu'un jeu, Mademoiselle Emmy ?

— Quoi ?

— C'est bien ce qui est écrit, de ta main je présume,

au-dessus de ta porte ?

— Si la vie n'est plus un jeu, alors vivre ne m'intéresse plus.

— Je vous verrai partir depuis ma voiture. Que la nuit vous emmène très loin, Mademoiselle Highdall !

Par la porte entrouverte, Ermingh s'éloigna de la maison et sa trace disparut sous les aboiements. Sa poche émit un bip inhabituel. Il sortit le portable d'Emmy. Un message d'Aaron venait de s'afficher : «*J'ai vu tes appels assez tard, désolé. C'est encore ton « père » ? Est-ce que tout va bien ? Tu veux que je passe ? Hâte pour demain soir ! A.*». Ermingh fit dérouler le fil des textos entre les deux tourtereaux pour s'approprier le langage d'Emmy. Il pianota ensuite de ses grossiers doigts : «*Tout va bien. On se verra demain, je suis crevée. E.*».

Avec hantise, Emmy restait plantée debout dans le salon, sa main retenant l'anse de sa valise. Attendant un signe. Elle était éreintée, tremblait par moments. Quand elle regarda vers la cuisine, les débris jonchaient toujours le sol, personne n'y avait prêté attention. Sur la table du salon, elle s'appliqua à défroisser la lettre de l'internat pour Peter. Elle cala le courrier sous une bouteille de *whiskey* en fin de vie.

Une voiture noire mate aux vitres teintées se gara devant chez elle. Emmy resserra sa prise sur sa valise pour faire taire son tremblement. Une décharge d'adrénaline l'aida à sortir et s'approcher du véhicule. La vitre teintée côté passager s'abaissa. Elle posa sa main sur la poignée et inspira une dernière bouffée d'air de *Ballybough.*

CHAPITRE 6

Nuit du dimanche 17 juin 2012

Trop tard

« Poste de police de Fitzgibbon Street, ici Inspector Jenkins. Votre fils, Peter, est en garde à vue chez nous depuis vingt et une heures vingt-neuf. Il sera entendu concernant un trafic de stupéfiants où son implication reste à définir. La durée légale de détention étant de 48 heures, vous serez tenu informé de l'évolution de l'affaire. »

Le mot « police » du message fit bondir Pat de son siège. Il ignora son lumbago et les palpitations de son cœur pour se précipiter dans l'entrée. Il fouilla les poches de son blaser pour remettre la main sur son portable. L'icône carrée en forme d'enveloppe s'afficha sur l'écran. Deux messages reçus. Pat écouta le début du premier, puis passa aussitôt au second, la gorge nouée.

« Inspector Jenkins à l'appareil. Il est vingt-trois heures passées de dix minutes. Votre fils, Peter, a été entendu et disculpé de l'affaire de stupéfiants. Peter étant mineur, nous aurions besoin que vous passiez le récupérer pour signer sa décharge. Vous pouvez rappeler à l'accueil si besoin. Merci ».

Pat s'appuya lourdement contre le mur et laissa sa frayeur s'envoler. Mais conscient de son état, il se résigna à appeler sa fille afin de se rendre au poste de police. Le contexte préoccupant lui ferait passer l'éponge, pensa-t-il. Emmy restant injoignable, il laissa un message fuyant. Un quart d'heure s'écoula sans réponse. Il se résolut à s'y rendre seul et se précipita pour rafraichir ses neurones sous le jet d'eau glacée du lavabo.

Pat claqua la porte et pressa le pas dans la rue, sa clé de

voiture à la main. Il jeta un regard à gauche, à droite, puis sur le trottoir d'en face, incapable de se souvenir où elle était garée, avant d'enfin apercevoir les clignotants s'animer. Il roula nerveusement, la fenêtre ouverte pour maintenir son semblant de maîtrise. Ses réflexes étaient approximatifs, et l'irresponsable conducteur s'effraya à deux reprises : sur *Kings avenue,* pour un chat noir aveuglé par les phares qui traversa au dernier moment, puis au carrefour *North circular road,* quand ses yeux hagards virent le feu passer au rouge, mais que son cerveau n'en eut conscience qu'après l'intersection franchie.

Puisqu'il ne trouva aucune place libre à proximité du poste de police, il se gara en double file, les *warnings* allumés. Face aux portes automatiques, il inspira un grand coup et força sur ses zygomatiques afin de les dégripper et paraître sobre. À l'intérieur, il croisa le regard de son fils qui se leva aussitôt et attendait, fébrile, la réaction de son père. D'un doigt accusateur, Pat le somma de se rasseoir. Peter obéit et se prit la tête entre ses mains.

— Monsieur Highdall ?

Pat adressa un signe de tête au policier à l'accueil, occupé au téléphone.

— Un instant, je vous prie.

Le policier rapprocha son combiné de son visage et continua à baragouiner. Pat buta sur le nom «*McKoy*», gravé sur la plaque métallique que portait l'agent en face de lui. Il toisa une nouvelle fois son fils. Malgré son air penaud, Peter reconnut l'attitude éméchée de son père, sa mâchoire relâchée, porteur de ce visage absent devenu familier. C'était la première fois qu'il le récupérait au poste de police, et l'adolescent craignait sa réaction, encore plus sous l'effet cumulé de la colère et de l'alcool.

McKoy se laissa rouler en arrière sur sa chaise pour piocher un document dans une petite pile d'un dossier déjà bien fourni, où l'on pouvait aisément lire la date du jour et le titre «*Drug Traffic*[17]». Ces lettres en gras firent grimper la

17 - Trafic de drogue.

tension de Pat. Imaginer son fils, son propre nom, associé à ce registre l'horrifiait. Le policier marmonna : « *OK. Je clos* », et raccrocha enfin.

— Signez ici. Sur chacune des deux feuilles, indiqua le policier.

— Qu'a fait mon fils, au final ? On ne m'a pas dit quel était le souci, questionna Pat d'un ton faussement calme et circonspect à l'idée de signer en bas du document.

— Je n'ai rien à voir là-dedans P'pa, je t'assure, intervint Peter affolé, en jetant un œil insistant au policier, à la recherche d'un soutien.

— Je parle à l'agent ! Assieds-toi ! s'énerva Pat.

Dans l'attente du verdict de McKoy, Pat garda son bras tendu vers l'arrière, maintenant une barrière symbolique avec son fils.

— Comme il vient de vous le dire, aucune charge n'est retenue contre Peter. Ce sont ses fréquentations qui sont maintenues au chaud, pondéra McKoy.

— Ah ! OK. Bien.

Les doigts de Pat se décrispèrent du haut du comptoir.

— Reste à surveiller son entourage pour qu'il ne remette plus les pieds ici. Hein, Peter ?

— Je n'ai rien fait de mal avec eux, je les connais un peu, c'est tout, insista-t-il.

Pat, qui ressentait à nouveau les effets secondaires de sa récente sortie au pub, souhaita rentrer au plus vite, avant d'éveiller auprès de l'agent, sa capacité à reprendre le volant.

— Je serai plus vigilant sur ses relations, bredouilla Pat. Nous pouvons disposer ? poursuivit-il.

Tandis que le policier retroussa ses narines et s'interrogeait sur Pat, ce dernier s'éloigna du bureau.

— Oui, pour moi c'est OK, confirma McKoy. Au plaisir de ne pas vous revoir ! Du moins pas ici.

— Bonne nuit ! Enfin, bonsoir...

Il se tut et salua l'officier d'un furtif geste de la main. Pat agrippa la manche de son fils, et ils franchirent les portes automatiques. Le duo rejoignit la voiture, sans s'adresser un mot. Ils n'avaient rien à se dire, et aucun ne voulait entrer dans cette complication-là. Chacun pour sa propre raison.

Midi allait sonner quand Peter émergea d'une courte nuit. Réveillé par la faim, il s'aventura groggy vers la cuisine. Mais en entendant son père touiller son café, il freina pour faire demi-tour. Les craquements du plancher le trahirent, et Pat l'interpella sans traîner. Face à face, Pat tapota sa joue pour rappeler à Peter que, sous son toit, le bonjour restait de rigueur. Lui qui avait reçu une si grande éducation et possédait un charisme de meneur d'hommes avant de connaître la faillite et la tromperie, il ne tolérait pas ce manquement.

— C'était la dernière fois que tu me faisais honte ainsi, c'est compris, Peter ?

— Je n'ai rien fait de mal. Même le policier l'a assuré.

— Qui fréquentes-tu dehors pour t'attirer ces graves ennuis ?

Sa tasse aux lèvres, il toisa son fils. Ses yeux s'agrandirent, ceux de Peter l'imitèrent.

— Personne. Juste des gars du collège. On s'entend bien, on rigole ensemble, je les vois de temps en temps. C'est tout. Mais je ne deale pas, je traîne juste avec eux.

— Tes copains de quinze ans dealent ? Mais c'est...

— Je ne savais pas ce qu'ils faisaient.

— Ah bon ? Toi et tes copains vous traînez ensemble, mais vous ne vous parlez pas ?

— Ils récupèrent du shit d'autres gars. Des grands que je ne connais pas. Et ils revendent à ceux qui en veulent, mais pas grand-chose, coupa Peter pour s'en dépêtrer au plus vite. Mais moi je n'en veux pas et je ne veux pas dealer ! Je t'assure P'pa !

Peter repensa à la veille où ses amis l'avaient chahuté. Plus violemment que d'habitude cette fois-ci, pour le faire rentrer dans la combine, car ils n'arrivaient pas à refourguer assez de cannabis dans leur réseau. Les trafiquants leur mettaient une grosse pression pour y parvenir tout de même, jusqu'à menacer leur famille. Mais ces détails, il les garda pour lui. La conversation cessa, et Pat termina son petit-déjeuner en cuisine. Peter s'éclipsa dans sa chambre, imaginant la vengeance probable de ses amis dès leur sortie de *Fitzgibbon Street*. Il maudissait sa sœur de chercher à dicter sa vie, de se mêler de tout alors qu'il se pensait assez grand pour s'en sortir sans elle. La veille, il n'avait pas réussi à remettre la main sur le courrier du pensionnat et vivait avec l'angoisse que son père fût au courant. Dans le doute, jamais il n'aborderait le sujet.

Pat, qui terminait de déjeuner et avait repris son rôle de responsable du foyer déstructuré, réessaya d'appeler sa fille. Toujours injoignable. Hésitant, il laissa un message : *« C'est Papa. Merci de me prévenir si tu déjeunes avec nous ou pas ce midi. Si tu es avec Aaron ou pas, enfin donne-moi des nouvelles... Bisous »*. Pat savait qu'Emmy pouvait tenir bon assez longtemps alors il partit interroger son fils. Allongé sur son lit, les bras en croix derrière la nuque, Peter scrutait le néant du plafond. Le désespoir peignait ses yeux.

— Tu sais où est ta sœur ?

— Je ne passe pas mon temps à la surveiller.

— Tu ne l'as pas vue hier ?

— Elle est rentrée après son boulot, comme d'habitude. Après je n'en sais rien ! J'étais « occupé », articula Peter, non mécontent de ne pas pouvoir renseigner son père sur la situation de sa sœur.

— Elle n'allait pas voir Aaron ? continua Pat afin de lui arracher la moindre information.

— Je m'en fous de sa vie ! Je voudrais juste dormir, là !

Peter tourna le dos à son père et se blottit sous sa couette, dans l'espoir d'avoir la paix et de ne pas entendre parler du pensionnat. Pat referma la porte et partit se renseigner sur la tendance météo depuis l'alcôve vitrée du salon. Le ciel était voilé. Des nuages proches du noir se rapprochaient de Dublin. Dehors comme dedans, la journée s'assombrissait.

CHAPITRE 7

Lundi 18 juin 2012

19h

À cette heure-ci, le lundi soir, c'était un rare moment où les trois membres de cette maison se croisaient à table. Peter rentrait affamé du foot, Emmy grignotait avant de partir en ville pour ses répétitions et Pat profitait de cet instant égayant ses semaines moroses. Rare instant où ils avaient une complicité, où ils traitaient les affaires du foyer. Ce soir, il y avait bien des dossiers en cours, et Pat ne voulait pas démarrer le repas sans sa fille. Pas ce soir. Il tenta de la joindre encore une fois. Toujours sur répondeur. Il fit défiler son répertoire.

— Bonsoir, Aaron, Patrick Highdall à l'appareil.

— Monsieur Highdall ? Bonsoir. Vous allez bien ? s'étonna Aaron de cet appel, puisque jamais Pat ne l'avait contacté.

— Emmy est avec toi ?

— Euh non. Pourquoi ?

— Tu l'as vue aujourd'hui ?

— Pas depuis hier midi. Mais on a rendez-vous sur le quai de *Connolly station*[18] à 21h30.

La voix fébrile de Pat le mit mal à l'aise, il pensa aussitôt à une nouvelle dispute entre eux. Aaron écourta l'appel et s'empressa d'envoyer un texto à Emmy : *« Hi Honey ! Tu devrais rassurer ton père, juste lui dire que tu es encore vivante ☺. Hâte du prochain défi ! À toute à l'heure à Connolly ! »*.

Aaron savait déjà ce qu'Emmy lui répondrait. Qu'elle était la seule responsable dans cette famille, qu'elle vou-

18 - Station de DART au centre de Dublin, sorte de train de banlieue.

lait partir loin de toute cette déchéance, mais qu'elle était obligée de gérer son petit frère, donc qu'elle ne pouvait pas et que si elle partait malgré tout, elle ne savait pas où aller. Aaron tentait toujours de la faire rire quand elle était à bout, la distrayant sur leur manière de jouer leur amour, même s'il se doutait qu'en réalité, le quotidien d'Emmy convertie en pseudo-mère, n'était pas réjouissant. Au fil des récits de ses déboires, il connaissait assez bien le père de sa copine sans le fréquenter. Le besoin d'évasion était à chaque fois un nouveau défi devenu vital pour tous les deux.

Afin d'offrir un peu de répit à sa petite amie, Aaron rappela Patrick. Il lui annonça qu'il avait eu Emmy au téléphone et elle l'avait prévenu qu'elle dépannait une troupe de *Ceili* qui se produisait en fin d'après-midi en banlieue de Dublin. Rassuré, Pat trouva un soupçon de réconfort pour piocher dans le frigo et grignoter seul un plat tout prêt, face à sa télévision. Il changea de chaîne quand le flash info « chômage », dont les médias étaient friands, démarra. Jamais il n'avait accepté son destin si cruel, selon ses termes. Au fond de lui, il se voyait toujours en grand manager qui traversait une passe difficile. Dans ses phases de sobriété, il reprenait des habitudes, des réflexes, s'adonnait parfois à des analyses assez poussées, devant ses enfants. Mais hormis cela, son train de vie du passé était en congé sans solde. Il avait chaque mois des rendez-vous au *Fàs*[19], mais aucune démarche ne s'était avérée concluante. Son statut d'« *ex-promoteur immobilier en recherche active d'emploi* » le rendait trop qualifié pour des taches de bas étages et indésirable par des boîtes qui recrutaient dans son secteur. La cause du refus était toujours la même : son passé.

23h02.

On tambourina à la porte. Le bruit le sortit net de son état végétatif devant un débat politique sur la récession du pays. Il se redressa, toujours tiraillé par son lumbago. Il mau-

19 - Équivalent du "pôle emploi" en France.

dissait cette énième journée de déménagement en sous-effectif. Il somma Peter d'aller voir et de ne pas ouvrir s'il s'agissait de ses amis du pub. Après plusieurs demandes, l'adolescent rebelle se résigna enfin à venir ouvrir. Il jeta un œil au judas. Il craignait d'y voir des gars prêt à le liquider ou un employé du pensionnat déterminé à l'emmener de force. Toutefois, aucune menace ne se présenta derrière cette porte. Il connaissait l'homme qu'il salua et invita à entrer.

— Bonsoir Monsieur Highdall. Emmy est là ?

— Elle n'est pas avec toi ? s'étonna Pat en découvrant Aaron chez lui, la mine stressée.

Il reprit une posture correcte, mais son visage devint blême en un instant.

— Non ! Elle n'a rien laissé pour moi, par hasard ? s'affola Aaron en les interrogeant du regard.

— Non. Mais pourquoi tu n'es pas avec elle ? Tu m'as dit que tu la retrouverais à la station de...

— Elle n'est pas venue sur le quai de *Connolly*. Et elle ne me répond pas. Elle n'est pas repassée par chez vous ?

— Non ! Je ne comprends rien, tu devais être avec elle ou pas ? Quand tu l'as eue au téléphone, elle était où ?

— Tout à l'heure, je... je ne l'ai pas eue. J'ai cru que vous vous étiez encore disputés, et qu'elle voulait vous le faire payer. Je ne...

— Une dispute ! Parce que chez toi, tout est rose, personne n'élève jamais la voix ?

— J'ai appelé Hailey, puis sa chef de troupe, sa collègue de l'Office de Tourisme, personne n'a pu me dire où elle est.

Submergé par un pic de stress, Pat bloqua sur la pendule du salon, avant de se taper le haut du crâne. Son regard s'était noirci, son inquiétude atteignait les limites de son contrôle. Il se rua sur Aaron.

— Mais tu t'es foutu de moi ! Ça fait plus d'une journée que je ne sais pas où est ma fille !

Aaron ne se laissa pas faire, et Peter réussit à dissuader

son père de poursuivre son action. Il se rassit lentement, complètement éteint. Aaron et Peter restèrent face à Pat, qui n'eut plus qu'une idée en tête : foncer au poste de police. Devoir y retourner le rendit davantage anxieux que la veille. Car sans vouloir céder à la panique, il s'y rendrait pour signaler la possible disparition de sa fille aînée. Peter préféra rester au domicile. Au cas où elle réapparaîtrait pendant leur absence, il pourrait les prévenir à la seconde près, avança-t-il. Surtout, il ne voulait pas recroiser ni le regard du boss de la police ni ceux de ses amis ou futurs bourreaux, sans doute encore en garde en vue, et certainement déjà avec un plan pour lui faire payer sa « trahison ».

Sur le trajet, le silence pesant et les bruits de carlingue renforçaient l'angoisse de Pat et Aaron. Ce dernier gardait les yeux rivés sur son téléphone, à l'affût d'une réponse d'Emmy. Au poste, ce n'était pas le sympathique McKoy qui était de service, mais un officier plus âgé et moins passionné, avec le grade de *sergeant*[20]. Il se signala, et comme la veille, le préposé décrocha son téléphone pour une brève communication, sa main masquant l'appareil.

— Attendez sur le banc. On viendra vous chercher.

Il reposa le combiné qui sonna à nouveau. Le *sergeant* décrocha. C'était pour une bagarre de rue à en croire les détails qu'il se répétait pour sa prise de notes. Sans les regarder, il leur indiqua du doigt la fontaine à eau à leur disposition. Pat et Aaron s'assirent côte à côte, le regard dans la même direction. Pat s'épongea le front, essayant de faire abstraction de cette femme en face d'eux, qui portait une perruque bleu métal et des bas résille déchirés. Elle était en pleurs et crachait des jurons. Elle était jeune et rageuse. Comme Emmy.

Un quart d'heure insoutenable plus tard, un homme costaud, aux cheveux brun coupés très court et d'une cinquantaine d'années, s'arrêta devant eux. Vêtu d'un pull bleu marine qui moulait son bas-ventre en forme de pneu crevé, il se distinguait par une mâchoire digne d'un carnassier et

20 - Grade de sergent dans la police irlandaise.

mise en avant par un rasage impeccable.

— Bonsoir Messieurs. *Superintendent* Ermingh ! se présenta-t-il.

Il offrit une forte poignée de main à chacun et les fixa droit dans les yeux. Aaron eut l'impression que cet homme aux billes minuscules cherchait à voir derrière ses pupilles. Il échangea brièvement avec son collègue au comptoir et montra le chemin à suivre pour rejoindre son bureau. Ils pénétrèrent dans l'endroit le plus agréable dont disposait le poste de *Fitzgibbon* : le bureau du boss.

Ermingh prit le temps de les écouter, chacun à leur tour. Il ne leur posa que de rares questions, très précises et notait beaucoup d'informations. Après reformulation pour ne négliger aucun détail, il raccompagna à l'accueil les deux dépositaires.

— Avec un peu d'imagination, selon vous, où a-t-elle toujours rêvé de se rendre ?

Pat et Aaron séchèrent sur le sujet.

— Dernière chose, j'imagine ce que vous ressentez, mais ne prenez pas d'initiatives personnelles. Il n'y a rien de pire que des parents émotifs ou des proches qui empiètent sur notre enquête. Vous comprenez ?

La consternation saisit Aaron et Pat.

— Un conseil, occupez-vous, sortez au pub, restez-y au chaud de bonnes heures et faites-vous ramener ou marchez. Mais surtout, laissez-nous enquêter !

Ermingh les observa quitter les lieux. Sa nervosité lui imposa des spasmes aux lèvres. Son souffle lourd déposa de la buée sur la vitre accolée aux portes automatiques. Il dessina une croix aussi grande que leurs silhouettes et effaça le tout de son avant-bras. Le téléphone de l'accueil sonna derrière lui.

— *Superintendent,* un incendie sur *Waterloo avenue* ! Vous prenez ?

— Soyez plus précis !

L'agent s'exécuta et attendit d'en connaître davantage.

— C'est l'église qui part en fumée.

— Je suis indisponible, que personne ne me dérange ! lança-t-il au *sergeant* avant de se presser à son bureau.

Il s'y enferma et baissa les stores.

CHAPITRE 8

Dimanche 1er juillet 2012

08h17

Pat somma Peter de remonter à l'étage. C'était l'heure de partir pour le centre-ville et prendre le bus en direction d'*Athlone*. Ses affaires avaient été préparées par Pat, prêtes et en lieu sûr, dans le salon. Barricadé dans sa chambre, Peter cognait dans tout ce qu'il trouvait malgré les stigmates de sa dernière semaine au collège. Celle-ci avait été un enfer. Chaque jour, il avait été frappé par ses anciens camarades, eux aussi victimes de maltraitances de la part de leurs supérieurs dans le trafic de marijuana. S'imaginant aux portes du purgatoire, il déboula dans la chambre d'Emmy pour se défouler, encore une fois. Sa sœur était introuvable depuis la nuit de sa garde à vue. Deux semaines sans nouvelles. Une absence dérisoire à ses yeux.

Son regard sombre croisa l'enveloppe verte qu'il avait déjà déchirée en deux et piétinée sur la moquette. Pour décharger sa colère, l'envie d'y mettre le feu l'excita. Il craqua une allumette pendant que son père, derrière la porte verrouillée, lui hurlait d'ouvrir, car le bus n'attendrait pas. Il commença par enflammer un billet rose de dix mille qui dépassait de l'enveloppe. En admiration devant la crémation, il manqua de se brûler les doigts. Il n'eut pas le temps de s'attaquer au reste. Pat était sur le point de faire céder la porte. Lui aussi était en train de tout perdre, et tenter de rectifier l'avenir de son fils importait autant que de revoir sa fille. Peter s'empressa de rassembler les parties de l'enveloppe jonchant le sol, puis les enfouit dans une pochette d'Emmy avant de la cacher sous son sweat. Le loquet sauta. Sous le coup de la colère, Pat se montra hargneux et l'expulsa de la pièce. Peter se débattit, et ils s'agrippèrent sauvagement. Puis, en pleurs, ils se tombèrent dans les bras, bien que Pat empestait un mélange de whiskey et de transpiration. Quant à Peter, il dégageait l'odeur de la peur de l'inconnu.

Sur le trottoir, devant le bus, Peter adressa un dernier regard perdu à son père, puis monta dans le convoi. Accueilli par un responsable du déplacement vers le pensionnat, il dut lui présenter son courrier d'acceptation pour *Athlone*. Le papier avait été martyrisé, puis décoré d'injures que Peter ne pourrait plus prononcer une fois sur place, sous la menace de réprimandes, lui annonça l'assistant. Le jeune homme dévisagea les futurs pensionnaires, eux aussi en partance de Dublin, puis se vautra sur une banquette vide. Après le départ du bus en rase campagne, Peter sortit la pochette d'Emmy à l'abri des regards. Puis il ouvrit la vitre en vue de s'en débarrasser. Repéré par l'assistant au sens de l'autorité très prononcé, il lui ordonna de se raviser et de ne pas chercher à recommencer. Peter s'exécuta, mais aurait préféré lui casser la gueule. Par ennui, il ouvrit la pochette. Scotché par sa découverte, il lâcha un « FUCK » qui parvint aux oreilles de son nouveau bourreau. Ce dernier revint lui expliquer qu'eux deux allaient être très proches.

Vissé sur son fauteuil et l'air hagard, Pat scrutait le parquet, ne remarquant qu'aujourd'hui l'état du sol, chargé d'une pellicule de poussière blanchâtre. Sa maison se dégradait sans cesse, à l'image de sa vie. Il se rappela qu'Emmy disait souvent qu'un jour, il faudrait penser à poser une plaque de porte où serait inscrit : « *The place where you shouldn't be* [21]! ». Son fils venait de claquer la porte du domicile. Depuis deux semaines, sa fille avait disparu et la police n'avait aucune piste sérieuse. Elle était majeure,

21 - « L'endroit où il ne faut pas être ».

alors les forces de l'ordre, habituées aux fugues de ce profil, n'en faisaient pas une priorité. Son ex-femme, qui avait oublié jusque-là leur existence, le harcelait au téléphone chaque jour depuis la disparition d'Emmy. Dix minutes de reproches en tout genre, parfois plus, et autant de temps à aboyer. Ils se haïssaient davantage à chaque appel. Aujourd'hui encore, le téléphone allait sûrement sonner, à neuf heures quarante-cinq, après la clôture de la réunion de collaborateurs dans l'entreprise qu'elle codirigeait. Un jour de trop pour Pat. Il ne supportait plus cette étiquette de roi de l'échec financier et familial. Au final, c'était lui qui avait été abusé, se martelait-il.

Il avait accordé sa confiance aveugle à son ex-associé, Sean Grinkol, pour ses compétences de financier. Il l'avait chargé de placer des parts de la société sur des fonds spéculatifs dans le but de peser plus lourd. Tout était parti en fumée avec la crise. Sans oublier le coup de grâce : il fut contraint par l'état d'assumer les coûts de démolition de toutes ses maisons en chantier, ou prêtes à y accueillir une famille. Soit des centaines de milliers d'euros à rembourser sur une durée aussi longue qu'un crédit immobilier. Au final, Sean Grinkol qui avait quitté *Galway* comme eux pour s'installer à Dublin depuis les prémices du *Tigre celtique*, avait gardé suffisamment de capital personnel pour flairer une nouvelle opportunité et rebondir sur un autre business. Sans oublier de séduire la femme de Pat. Ruiné, sans avenir à l'horizon et sous la menace d'une demande de divorce, l'addition des dernières années l'avait assommé au point d'en devenir un père absent, au propre comme au figuré. Il ruminait près du téléphone, le fixait et bouillonnait déjà de décrocher quand Madame le sonnerait.

09h48.

Le portable vibra sur la table basse, faisant s'entrechoquer les glaçons de marbre dans son verre vide, devant la dernière bouteille de *Triple distilled*[22] honorée depuis le pe-

22 - Triple distillation, technique d'affinage du *whiskey*.

tit matin.

— Alors ? reçut-il en guise de politesse.

Le bonjour était trop cher, sans doute un mauvais placement, pensa-t-il sans le formuler.

— Alors ? Alors quoi ? Tu penses que j'attendrais ton appel si je savais où se trouve notre fille ? Tu penses que...

— Stop ! Je n'ai pas besoin d'avoir d'autres informations de ta part.

— Alors, cesse de m'appeler ! Et essaye de te comporter au moins une fois, une seule petite fois, comme une mère qui a peur de perdre sa fille !

Pat plongea aussitôt dans une nouvelle colère qui occasionna un court temps mort.

— Tu n'es vraiment qu'un connard ! Bien sûr que je suis terrifiée.

— Terrifiée ! Ce sont bien tes mots ? Quand l'as-tu été depuis ta nouvelle vie ? Quand ton escroc de complice a dû te rejouer le plan de « l'investissement de l'année », oui ! Mais quand as-tu réellement ressenti ce mal pour tes enfants ?

— Tes propos sont diffamants, je pourrais t'attaquer. Bien sûr qu'ils m'ont toujours manqués. Je prends de leurs nouvelles !

— Ah oui, effectivement ! L'envoi de cartes postales est plus réconfortant que d'être présent pour eux. On se chauffe avec en hiver. Mais leur cœur souffre du manque maternel, ils n'ont jamais trouvé comment le panser.

— Tu mélanges avec tes blessures, Patrick. Ne te sers pas des enfants pour me cracher ton venin ! Notre vie n'était plus compatible, il faudra que tu l'acceptes un jour. Les enfants que nous avons eus, c'est un autre sujet !

— Un sujet ? Mais tu t'entends parler ? Tu en parles comme ton business, tu me donnes la gerbe ! Je suis sûr que tu serais même capable de les placer en gage sur un projet d'investissement !

— Tes mots ne me font aucun mal. Tu ne digères pas d'avoir été décroché du milieu ! C'est encore une fois la dure loi de cette société. Tu as aussi été mêlé à ce jeu-là, ne l'oublies pas trop vite. Et sur ce terrain, j'ai su rebondir !

— J'ai perdu une bataille. Mais ce qui ne tue pas peut rendre plus fort !

— Bel état d'esprit ! C'est ta nouvelle devise pour déculpabiliser ta passion pour la boisson ?

— Figure-toi que chaque jour, je passe aussi du temps à suivre l'actualité économique. Vieux réflexe de gérant de société. Quelques fois avec un verre à la main, je te l'accorde. Un double plaisir. C'est fou d'apprendre qu'une boîte comme la vôtre vient en aide à des start-up en Amérique du Sud ! Sans aucun retour espéré. C'est dingue comme des articles chiants de la rubrique « économie » peuvent s'avérer hilarants.

— Continue..., répondit-elle en jetant un œil à l'heure, elle était déjà en retard sur son planning du jour.

— Je spéculais sur votre avenir, trop curieux de connaître l'évolution ou les vices cachés de cette si louable conscience professionnelle. Une entreprise qui se tient prête à enterrer père et mère pour gagner trois sous, et voilà qu'aujourd'hui, elle se porte garant du développement des pays émergents et vole au secours de petits producteurs !

— Nous investissons là où nous pensons bien agir. Effectivement.

— Ah, c'est pour l'image ? Formidable, bravo ! Et figure-toi que quelques pistes sur des attentes de retour sur investissement me sont venues à l'esprit. Tu m'en excuses, vieux réflexe de rentabilité que je n'utilisais plus, à force d'accorder ma confiance à ton bandit.

— Tu n'as rien ! répliqua-t-elle en faisant grésiller le haut-parleur chez Pat.

— Ah tu vois, je n'ai rien, mais tu bascules sur la défensive ! Une femme d'affaires portant des valeurs humanitaires ne devrait pas se sentir outrée, bien au contraire. Surtout par des accusations taquines d'un ex-mari jaloux ! Il me semblait t'avoir enseigné le sang-froid des affaires en plus de t'avoir appris à t'ouvrir aux autres. Bref. Vous ne faites qu'agir pour la planète au final ! Le café, les plantations, le narcotrafic, toutes ces bonnes choses pour la planète et la santé, c'est de nouveau « l'investissement de l'année » ?

— Je ne discuterai pas davantage avec toi, surtout sur des domaines que tu ne connais pas. Tu es hors-jeu. Et depuis longtemps ! Tu n'es plus au fait de l'actualité géopolitique !

— Pas parfaitement, je te le concède. Mais un minimum, sans doute ! Mon temps disponible me sert aussi à maintenir ma culture générale. Et pour information, je ne t'en avais pas parlé, mais au final, tu œuvres même pour une cause plus nationale, plus locale. Familiale même. Ton fils est parti ce matin en maison de redressement, tu t'en souviens ?

— Je ne vois pas le rapport.

— Eh bien, que sa grande sœur s'en soit occupée comme une mère préoccupée est un acte de bravoure ! Elle l'a sans doute empêché de démarrer une carrière dans le trafic de marijuana. Il a passé une nuit en garde à vue il y a deux semaines. Donc sa maman lui donne du travail en quelque sorte ! Avec le temps vous auriez pu négocier en direct, tu aurais presque pu le voir grandir ! Je savais que tu finirais par veiller sur lui. Au final, une mère veille toujours sur ses enfants, c'est bien son plus beau métier.

— Quoi ? Mais pourquoi ne suis-je pas au courant ?

— Pourquoi solliciter une personne devenue une inconnue pour eux ? Si notre fille réapparaît, ce pour quoi je prie chaque jour, je te préviendrai.

— Tu as l'air de t'en foutre !

— Je ne relèverai pas cette injure ! Moi qui n'ai que la prétention d'avoir élevé seul nos deux enfants. Je pleure son absence chaque jour, et le départ de Peter ne fait que renforcer mon émotion. Alors tu m'excuseras, mais je ne m'égosillerai pas davantage avec une génitrice aussi impitoyable !

Pat raccrocha le premier. Sa femme resta quelques secondes de plus, accrochée au téléphone. Tout comme l'officier Ermingh, enfermé dans son bureau à la seconde où il avait été prévenu d'une conversation sur les lignes téléphoniques ciblées. Depuis le soir de la disparition d'Emmy, il avait illégalement mis sur écoute l'entourage de la jeune femme. Ermingh avait recueilli des notes, tracé des flèches, griffonné des symboles dont lui seul en connaissait le sens. Il compléta ses informations par des recherches sur Internet, esquissa un début de sourire et se jeta sur son téléphone.

— *Detective Inspector* Lay ? Ici Ermingh.

— Ermingh ? C'est rare de t'avoir au téléphone ! Toujours à *Fitz'* ?

— Ça va finir par bouger, crois-moi !

— Tu veux intégrer la GNECB[23] ? Ou tu as un truc à me demander ?

— Dans le mille, Lay ! J'ai peut-être du frais et juteux pour toi !

— On n'est pas mal occupé en ce moment. Le marché de l'immobilier nous en fait découvrir chaque jour. Des fraudes auxquelles nous-même, nous n'avions jamais pensé. Les promoteurs et leur sphère opaque sont très créatifs !

— Oh, Lay ! Là, je ne te parle pas de factures de ciment dissimulées ou de faux permis de construire ! Là, je t'embarque sur un dossier qui pourrait t'offrir l'actualité dans l'*Irish Times* ! Peut-être même pour un bon moment, si tu bosses bien.

— Je te connais, mon cher Boris. Tu es du genre à t'emballer, alors je resterai mesuré sur la portée de ta piste. Mais vas-y, je prends note !

— Ah ah ! Si tu me connais comme tu le prétends, tu sais que je travaille toujours pour que l'économie tourne !

— Tu m'as coupé dans mon élan. Je m'estomaquais de ne pas avoir encore eu tes honoraires !

— Pour toi, c'est trois fois rien ! Je pensais à... « Mary-Johanna ».

— « Mary-Johanna » ! Mon seul plaisir ? Soit tu fais de la surenchère, soit tu as chopé une info en or par ton indéniable vice.

---

23 - Raccourci de la branche policière dédiée aux affaires financières, dénommée « Garda National Economic Crime Bureau », située à Dublin.

— De belles histoires irlando-sud-américaines, tu es tenté ?

— Tu sais que je suis toujours resté un enfant qui aime les belles histoires pour s'endormir.

— Alors mon cher Lay, pense à mettre un beau ruban sur les clés du bateau que tu viens de me léguer !

CHAPITRE 9

Lundi 17 juin 2013

23h

Pat n'arrivait pas à quitter sa voiture. Sur le dernier parking menant au *Poolbeg lighthouse*, ce qu'il venait chercher, tenter de retrouver, se situait tout au bout, tout près de ce phare rouge, au pied de cette porte d'entrée de Dublin. Selon la photo du journal et les sources policières, cela faisait un an, jour pour jour, à la même heure, que le corps avait été balancé. Il avait dérivé durant un mois, pourri tout ce temps, avant de regagner sa terre et s'échouer sur le sable humide et strié. En décomposition avancée, les gencives mutilées, il n'y avait plus une dent. Les bribes de cette journée lui revinrent en mémoire, aussi claires que violentes. Le flash d'un corps aux chairs rongées l'assaillit. Jamais il n'avait pu se rendre au cimetière, jamais il ne put se recueillir dans ce lieu. Pour lui, c'était à *Poolbeg*. Pat laissa ses larmes exprimer son manque. Son cœur se comprima, victime d'un amour qu'il n'avait jamais su déclarer, qu'il n'avait pas pu protéger.

L'heure exacte du rendez-vous approchait. Sac à dos sur l'épaule, lanterne en main, Pat se dirigea lentement vers la jetée, respirant pleinement l'ambiance marine d'une soirée estivale. Le vent qui fusait sur son visage chassait les dernières larmes qu'il avait eu besoin de verser. Les eaux déferlant contre les roches de la digue lui semblèrent mauvaises, bien différentes de ses souvenirs, quand le *Poolbeg lighthouse* était au programme de la sortie familiale. Il ne se rappelait plus de sa dernière venue ici, seulement qu'un an plus tôt, il avait été incapable d'en prendre le chemin.

Arrivé sous le phare rouge, Pat laissa son regard se perdre

au loin, renoua avec dans la douleur avec ce qu'il considérait comme la trace de sa fille. Il s'assit au bord de la jetée et sortit sa montre. Plus qu'une poignée de minutes à attendre. Malgré le temps agréablement frais, il était seul à regarder les faisceaux lumineux des bateaux ou des avions. Il ferma les yeux. Son subconscient ne put s'empêcher d'imaginer le scénario du drame.

23h17.

C'était l'heure, l'instant à vivre. Fébrile, frissonnant, Pat sortit du sac un portrait d'Emmy. Il se leva et le serra contre sa poitrine aussi fort qu'une accolade de retrouvailles. Il n'avait plus de larmes à libérer, mais ce chagrin qui confirmait ses intentions de plus en plus pressantes et avouées au père Doylen, quelques heures plus tôt.

« Je le trouverai. Je le buterai. Je te le jure ! », se murmura-t-il en serrant ses poings.

Quand l'émotion du moment s'échappa, Pat quitta les lieux au pas de charge. Il remarqua un pêcheur posté côté ouest de la digue qui toussait comme un tubard. Arrivé à sa voiture, il ne trouva plus la clé dans ses poches. Il déposa son sac sur le capot et pencha sa tête pour mieux chercher.

— Excusez-moi ?

Pat sursauta, se tourna aussitôt vers la femme qui sortait de nulle part.

— Pardon de vous surprendre. Je suis en panne. Je crois que je n'ai plus d'essence. Pourriez-vous me conduire à la première station ? poursuivit-elle.

Pat hocha la tête. Il fut surpris de la voir lui adresser la parole. Son visage ravagé n'avait pourtant pas dû échapper à la jeune femme. Tandis qu'elle ouvrait la portière côté passager, une voiture de police arriva et s'arrêta au milieu du parking. L'officier au volant sortit et vint d'un pas lent vers eux. La femme stressa. Elle laissa la portière ouverte et regagna son véhicule. Pat la regarda faire dans l'incompréhension, mais resta sans voix avant de fixer l'homme tout proche.

— J’espérais vous trouver ici, Monsieur Highdall.

— Pour ?

Ermingh baissa la tête et lui empoigna l’avant-bras, une longue seconde gênante.

— M’associer à votre peine. J’ai fait déposer une fleur sur sa tombe. Vous ne l’avez pas vue ?

— Vous aviez noté la date ?

— Je ne l’avais pas oubliée. Est-ce votre épouse qui s’en va ?

— Une dame en panne d’essence. Je vais la conduire en ville.

— Ne bougez pas. J’en ai dans le coffre.

— Je ne savais pas que les policiers transportaient ce genre de produit.

— On peut tous en avoir besoin à un moment ou un autre. Comme maintenant.

Ermingh ouvrit son coffre et récupéra un bidon de cinq litres. Il se dirigea vers le véhicule de la dame. Pour le lui montrer à distance, il le souleva et s’approcha. Mais celle-ci démarra et décampa en manquant de lui écraser les pieds. Ermingh cria et relâcha son bidon au sol. Mécontent de ne pas avoir pu éclairer et relever la plaque d’immatriculation, sa moue ne cachait pas son incompréhension face à l’attitude de la chauffarde.

DEUXIÈME PARTIE

«J'ai toujours joué la vie, mais c'est elle qui s'est jouée de moi.»

CHAPITRE 10

Samedi 13 juin 2015

Fin de journée

Le prêtre Doylen colla un œil à son judas. Deux policiers attendaient derrière sa porte. Son cerbère, en la personne d'Ermingh, était assorti d'un officier, plus jeune et plus svelte. Il les accueillit d'une voix chevrotante. 18h30 allait sonner. L'horaire habituel pour Doylen de passer à table. Il les invita à s'installer dans son salon et expédia son repas frugal dans sa kitchenette. Puis le vieil homme se dépêcha de sortir sa bouteille de *Poitin* et son service de verres en cristal. Il servit ses visiteurs.

— Il y a bien longtemps que je ne vous avais pas vu ! Et Monsieur, vous êtes ?

— Erwan Finney ! Doylen ! Il vient d'entrer à *Fitzgibbon Street*. Tout juste débarqué de la *GNECB* ! répondit Ermingh d'un désinvolte revers de main, lui qui n'avait pas dit un mot depuis son entrée.

— La financière ? Bienvenue à vous alors, *Inspector* Finney.

Doylen feignit de s'intéresser pour s'octroyer quelques instants de répit. Il sentait l'atmosphère pesante et ne put s'empêcher de se gratter le haut du crâne devenu un bol cuirassé de plus en plus lisse.

— Il va prendre le relais en douceur, avant que je sois affecté à *Store Street*[24].

— Vous... vous avez été promu ? demanda Doylen sans vouloir y croire.

Il n'était pas au courant, alors que sa relation avec un

24 - Division policière de la région « Dublin Métropole » située en centre-ville du même nom de rue.

haut placé de la *Garda* nationale lui en aurait normalement fait part.

— On est encore deux en lice pour le poste qui va se libérer. J'estime avoir assez d'arguments pour y entrer. Quinze ans que je veille de près sur le quartier. Alors j'ai postulé. J'espère que mon réseau de soutien appuiera mon profil, car c'est une candidature sans retour possible à *Fitzgibbon* ! Voilà pourquoi notre jeune ami, avec qui j'ai déjà pu collaborer il y a quelque temps, nous a rejoints.

— Alors... vous ne craigniez pas de précipiter les choses... ?

— Je fais découvrir le quartier à Erwan, tout en assurant ma propre campagne. Et puis, avec un peu de chance, ou une bonne recommandation de mes supérieurs, je devrais pouvoir être accepté ! Qu'en pensez-vous, Doylen ?

— Ce que j'en pense ? s'interrogea Doylen qui y réfléchit, un doigt sur la bouche.

Ermingh lui sourit et se leva, attiré par les photos de famille du prêtre, encadrées au mur. Il en décrocha une et se retourna vers Doylen.

— Que devient Maggie ?

Ermingh pointa du doigt la jeune femme sur la photo de vacances. Ses petites billes noires se braquèrent dans les yeux luisants de Doylen, qui lui arbora un léger sourire tout aussi fourbe.

— Dieu soit loué, elle se porte bien !

La réponse du prêtre sortit difficilement, à cause de sa gorge asséchée. Il resservit une belle rasade d'alcool à ses invités.

— Vous me semblez être un bon et loyal officier, Finney ! dit Doylen qui voulut se rassurer sur le pedigree du nouveau représentant de l'ordre, en lui lançant un regard inquisiteur.

— J'accomplirai mon devoir pour veiller au mieux sur mon nouveau secteur. Le terrain me manquait.

— Erwan est au courant. Je lui ai déjà expliqué ce qui vous était arrivé, enchaîna Ermingh sans quitter le prêtre des yeux.

— À moi ?

Doylen se montra dubitatif. Il restait anxieux quant aux sarcasmes du bourreau au rasage toujours aussi impeccable. Trop lisse, trop louche. En quinze ans de côtoiement, il ne se souvenait pas l'avoir déjà vu avec le poil négligé ni sans arrière-pensée.

— Votre chapelle, l'incendie ! Ce regrettable fait divers dont nous n'avons jamais pu arrêter le coupable. Car c'était criminel ! J'en reste convaincu, encore aujourd'hui ! Au poste, tout le monde a le même avis.

Ermingh s'était posté face au prêtre pour déclarer sa conviction. Il jouait théâtralement avec une goutte d'émotion, son verre tremblant à la main.

— L'incendie... c'est exact.

— J'ai donc dit à Erwan qu'il faudrait être vigilant quant à votre nouvelle bâtisse. Car depuis un moment, je pressens une nouvelle menace, pour être tout à fait sincère. Et je regrette que mon flair me titille avec cette pensée.

Doylen, qui n'avait pas encore touché à son verre, l'avala d'une traite. Le breuvage de *Glendalough* lui arracha la trachée. Il se frappa la poitrine tandis qu'une larme de douleur quittait son œil.

— Imaginez que quelqu'un vous en veuille. Trois ans après ! À vous, personnellement.

Malgré son dernier verre avalé de travers, Doylen s'offrit une nouvelle rasade.

— Vous m'aviez caché ce péché mortel, mon père ! Quel secret gardez-vous pour avoir cette descente-là ? ricana grassement Ermingh, imité dans une moindre mesure par son successeur.

— Qui pourrait encore m'en vouloir ?

— Compliqué à dire... Alors il va falloir ouvrir l'œil et être à l'écoute, poursuivit-il à destination du prêtre.

— Je m'y appliquerai, peina-t-il à répondre.

— Mais sachez que même bien occupé à *Store Street*, je garderai toujours un œil nostalgique sur mes premières amours de quartier, dont vous avez fait partie, Père Doylen ! Je ne m'en cache pas ! Et puis vous êtes toujours l'oreille de Dieu pour notre *Assistant Commissioner*[25], mon futur boss, alors c'est un devoir.

Quelques échanges moins sérieux clôturèrent la visite pour honorer un dernier fond de verre, puis les deux officiers laissèrent leur hôte qui apprécia de se retrouver seul, mais ne fut pas soulagé pour autant. Son appétit avait disparu. Il jeta son dîner à la poubelle pour se coucher tôt et sans prière. Pas ce soir.

Repartis à bord de leur véhicule de la *Garda*, les deux officiers débriefèrent sur leur visite.

— Il n'a pas l'air au mieux de sa santé, le prêtre ! rigola Erwan.

— Il n'est plus tout jeune, et il en a traîné des casseroles !

— Quel genre ?

Curieux, Erwan baissa le volume de la radio.

— Tu as forcément entendu parler de *Cold Winter* ? Même un gars de la financière était forcément au parfum de cette affaire de 2009 !

— J'hallucine ! Celui-là aussi en était ? Et tu m'as laissé entrer chez lui sans me prévenir ?

— Je voulais voir si, comme moi, tu savais renifler...

— Eh bien, je l'aurai plus qu'à l'œil, tu peux me croire ! Comment ai-je pu boire un verre chez cette vermine ! se reprocha Erwan avec véhémence.

— Parce que c'est le jeu, mon gars. Tu as bien vu, je ne le ménage pas. Pour qu'il sache qu'au moindre dérapage, je serai toujours là pour lui !

— Ma fille a sept ans, et depuis cette affaire, je dissèque du regard le prêtre de notre paroisse à chaque messe. J'aime le voir admirer mon *Glock* de service quand je lui broie la main. Mais comment a-t-il pu s'en sortir, celui-là ?

Erwan toisa son chauffeur, impatient de connaître le

25 - Gradé qui détient la gestion d'une des six régions policières de l'Irlande. Dans ce cas-ci, le secteur de « Dublin Metropolitan Region ».

couac.

— Je lui ai coupé son bâton.

Ils éclatèrent de rire.

— Disons que ce n'était pas le plus mouillé, et que pour faire tomber des plus pervers... enfin, c'est comme pour tout ! Mieux vaut un plus petit dehors qui t'aide à coincer les plus gros !

— Je vois.

Erwan resta rageur. Ermingh s'en préoccupa davantage que la route. Il voulut s'assurer de son approbation vis-à-vis de ses explications. Il devait surtout vérifier qu'il n'avait pas le profil de l'officier trop porté sur l'éthique de leur devoir. Il ne voulait pas le voir fouiner du côté de son propre collègue, en sous-marin.

— Revenons aux affaires. Pour le tuyau que j'avais refilé à Lay, tu t'en doutes, je n'avais pas lu cette information dans la presse.

— J'imagine ! Mouchard ?

— Disons qu'à *Fitzgibbon*, j'ai des résultats. Et pour en avoir, je suis mon flair. Souvent bon, d'ailleurs. J'avais équipé le bureau avec quelques mises sur écoute.

— Validé par le haut ?

Ermingh répondit d'un silence qui en disait long.

— Oula !

— Écoute ce que je te dis. Tu te doutes bien que non. À vouloir tout faire dans les règles, tu vas vite te retrouver avec une balle dans la tête sans l'avoir vu venir ! Les enquêtes derrière ton ordinateur et tes chiffres, c'est fini. Ce n'est plus de ta souris dont tu vas devoir te servir si tu dois agir.

— Mais il y en a eu beaucoup, d'écoutes ? Je veux dire « hors cadre » ?

Ermingh se sentit soudainement à l'étroit dans sa voiture de fonction. Il se frotta nerveusement son menton impeccable.

— Un jour, une fille de *Ballybough road* a disparu. Elle est revenue s'échouer en baie de Dublin après deux semaines, et repêchée dans un sale état. Sûrement un violeur, un dealer ou un soiffard. Les photos d'un type errant là au même moment n'ont jamais permis de le savoir. Bref ! Comme j'avais pris l'affaire en main avant qu'on la découvre, j'avais mis quelques personnes sur écoute, donc son entourage proche. Car dans ce cas de figure, il faut ratisser large et vite.

— Je sais bien.

— Donc, je te la fais courte ! Les parents de la gamine sont séparés. La mère s'est barrée avec un ex-associé qui a roulé l'entreprise du couple. Le père s'est fait doublement enfiler. Faillite, tribunaux, alcoolisme, etc. J'avais capté une conversation alléchante entre les époux. Et c'est de là que la piste d'un probable financement pour de la cuisine clandestine en Amazonie, ou pas loin, est venue nous ensoleiller !

— OK, je comprends mieux. Lay ne m'avait jamais parlé de la cause ni des conséquences.

— T'es sous mon aile, Erwan. Je suis là pour t'aider à démarrer au mieux ! Tu verras, à *Fitz'*, il y a du bon et des jours pluvieux. Mais si tu éveilles ta truffe comme moi je l'ai travaillée, en élargissant tes contacts, alors tu pourras encaisser un peu plus que ce qui est écrit en bas de ton bulletin à chaque fin de mois.

— J'ai hâte de mieux connaître comment tu fonctionnes !

— C'est un devoir ! Et maintenant tu es officiellement dans la confidence officieuse, mon gars. Tu en sais trop et impossible de faire machine arrière. Par contre, il faudra éviter de me caresser dans le mauvais sens du poil. Je ne préviens qu'une fois ! Et je viens de le faire.

Il fixa son passager et força sur sa ceinture de sécurité pour se pencher vers son passager.

— Car là, crois-moi, je connais bien les vices du métier.

— Le message est passé.

— Toi qui connais Lay, il t'a déjà emmené sur son bateau ?

CHAPITRE 11

Samedi 13 juin 2015

Soirée

Aaron s'annonça au visiophone de la résidence cosy de *Shelbourne road*, toute proche de l'imposant *Aviva Stadium*[26].

— C'est nous !

— Je vous ouvre ! rétorqua madame Cunningham enjouée et encore dans les derniers préparatifs du dîner.

Aaron et Megan entrèrent les bras chargés sous les yeux de l'hôtesse.

— Tiens Maman, c'est pour vous deux ! dit Aaron après l'avoir embrassée.

Il lui tendit une bouteille de vin rouge français, achetée dans un *Super Value*[27] trouvé sur le trajet.

— Merci mon chéri ! C'est ton père qui va être ravi. « Du vin », prononça-t-elle en français et en haussant la voix vers l'intérieur de la maison.

— Et ceci, ce n'est que pour vous, Madame Cunningham, enchaîna Megan tout sourire, en lui offrant un modeste bouquet de tulipes très colorées, ses fleurs préférées.

Le jeune couple pénétra dans le salon et salua l'homme de la maison, sans oublier de caresser Pumpkin[28], la chienne au poil bringé qui les accueillit aussitôt avec son jouet en forme de côte de bœuf dans la gueule, prête à jouer. Il était un peu plus de dix-huit heures et les estomacs grognaient.

— Alors, cet emménagement ? Tout se passe bien ? introduisit monsieur Cunningham.

26 - Équivalent irlandais du « Stade de France ».

27 - Chaîne de supermarché de proximité.

28 - Citrouille, en anglais.

— Le plus gros des meubles est dans notre « chez nous », se félicita Aaron en cherchant le regard complice de Megan. Donc nous devrions être définitivement installés dans quelques jours.

— Encore désolé de ne pas vous avoir été bien utile, s'excusa le père d'Aaron qui se tint la hanche droite et grimaça.

Cet ancien chef de rang, qui avait fait carrière dans l'hôtellerie, avait le sens du service dans la peau et ne voulait pas passer pour un ingrat envers son fils et sa compagne.

— Ne t'en fais pas, le rassura Aaron qui posa sa main sur l'avant-bras de son père. Des amis nous ont aidés. Et pour ce qu'il reste, nous n'avons pas besoin que tu te déclenches une nouvelle crise.

— Allez ! Mettons-nous à table. Vous devez être affamés ?

L'hôtesse avait préparé son plat fétiche lors des rendez-vous familiaux, dont le fumet de poulet était perceptible depuis le portail.

— Deux secondes, Margareth ! Nous allons trinquer avec ce qui mérite toute notre attention. Merci à vous deux, insista le maître de maison en déchiffrant l'étiquette au reflet argenté.

Desmond s'empressa de sortir d'une mallette son tire-bouchon portant ses initiales. Une pièce unique, aimait-il souligner. Malgré l'avertissement de son radotage par sa femme qui leva les yeux au ciel, il ne put s'empêcher de rappeler aux jeunes, en français et non sans émotion, les noms chantants des grands crus d'exception qu'il avait débouchés pour des personnalités dans ce grand restaurant parisien, où il avait exercé une partie marquante de sa carrière.

— Savez-vous combien de grands crus j'ai déjà servis, Megan ?

— C'est bon, papa... se plaignit Aaron.

— Ne sois pas malpoli envers ton cher père, Aaron. C'est grâce à cette expérience que je t'ai appris le français, ne l'oublie pas. Alors Megan, une idée ?

— Deux... mille et des poussières, si je me souviens bien...

— Bravo ! Deux mille soixante-trois, très exactement, comme le code du portail. Vous faites partie de la famille, ce n'est plus un secret ! affirma Desmond qui se pencha du mieux possible pour la servir et lui montrer son affection.

Le repas se poursuivit avec les questions des parents d'Aaron sur les actuelles occupations du couple. Mais comme à chaque fois qu'ils se voyaient depuis bientôt deux ans, ils s'assuraient surtout que les tourtereaux ne traversaient pas de problèmes financiers. Ils n'hésitaient pas à donner quelques billets pour les aléas financiers, grâce à leur retraite aisée.

— Tu es titulaire pour le match contre Cork le week-end prochain ? demanda son père.

Il aimait montrer à son fils qu'il suivait sa carrière sportive.

— Non, je démarre sur le banc, regretta-t-il. Mais je devrais rentrer pour la deuxième mi-temps. C'est ce que le coach m'a laissé entendre.

— J'espère que vous remporterez encore ce *derby* des grandes villes ! lâcha son père et premier fan d'un ton motivé en fixant son fils, puis sa cicatrice sous l'œil droit, laissée à vie à cause d'un coup de *hurley*[29] reçu en jouant sans casque.

Megan, qui ne voulait rien louper des discussions familiales, attendit l'étape du dessert pour s'excuser et se rendre aux toilettes. La mère d'Aaron saisit l'occasion et demanda à son fils, encore en pleine conversation, de l'aide pour sortir les assiettes. Elle se hâta sans bruit dans le dos de son mari et posa un doigt sur ses lèvres. L'attitude inhabituelle de sa mère décida Aaron à la suivre en cuisine. Elle poussa la porte sans la fermer.

— Écoute-moi. J'ai reçu une enveloppe. Je l'ai ouverte machinalement avec le reste du courrier. À l'intérieur, il y en avait une, plus petite. Elle t'était destinée, chuchota ma-

29 - Crosse plate servant à taper la balle au *hurling*.

dame Cunningham, tout en guettant la porte et préparant les assiettes. C'est arrivé mardi matin. Au début, j'ai cru à une farce, j'ai même failli la jeter.

Un pincement au cœur l'obligea à stopper ses paroles. Elle souffla profondément et hésitait encore à remettre l'objet à son fils. Cette décision lui avait occasionné un sommeil agité depuis.

— Quel courrier ? Montre-moi ! s'excita Aaron jusqu'alors calme et devenu inquiet en voyant l'état de sa mère.

Elle serra la poignée dorée du tiroir des couverts, hocha la tête d'un air désolé, puis le tira enfin. Elle souleva le rangement des couteaux et sortit l'enveloppe kraft, sans la lui tendre.

— Ça vient de... Enfin je n'en sais rien, c'est trop étrange.

— Donne-la-moi !

Il se retint de la lui arracher des mains, mais son envie se ressentit jusqu'au bout de ses doigts tendus, à quelques centimètres de cette enveloppe.

— Tout est arrivé dans cet état. Je n'y ai pas touché, lâcha sa mère en la laissant tomber dans la main d'Aaron.

Postée depuis *Athlone*, à en croire le macaron informatique hachuré, l'enveloppe ne comportait aucune adresse d'expédition. Il ouvrit aussitôt le rabat kraft et en sortit une pochette carrée, d'un vert pali par le temps. L'électrochoc fut puissant. Son cœur ravagea sa poitrine. Sa mère regretta aussitôt son geste. Cette forme, cette couleur, il les connaissait parfaitement : ça ne pouvait venir que d'une seule personne.

Il perdit son regard sur ce bout de papier abîmé et recollé avec du scotch transparent. Ses yeux s'écarquillèrent. Son émotion fit trembler ses mains. Et pour se calmer, il porta celle de libre sur son cœur. Ses blessures enfouies ressurgissaient, se montraient de nouveau et à vif. Il fixa sa mère, le contour de ses yeux avait rougi. D'instinct, elle s'approcha pour serrer son fils dans ses bras et le protéger. Tout simplement.

— Désolée de vous surprendre, mais puis-je être utile ? proposa Megan, arrivée sans bruit dans la cuisine.

Elle était gênée en découvrant leurs visages énigmatiques, mais souhaitait tout de même se montrer serviable envers ceux qu'elle considérait déjà comme sa belle-famille.

— On n'a besoin de rien ! lâcha Aaron d'un ton ferme.

— Avec plus de tact, Aaron ! Il veut dire que nous avons déjà tout préparé, merci Megan ! rectifia Margareth en appuyant ses dires d'une musicalité destinée à rattraper la maladresse de son fils.

— Euh, pardon, c'est tout bon. Je m'en charge ma chérie, confirma-t-il en lui adressant un sourire un brin jovial.

— Sûr ? s'étonna Megan en pointant du regard la pile d'assiettes vides sur le meuble de cuisine.

— Sûr ! confirma Aaron, à nouveau sèchement.

Megan quitta la pièce. La voie enfin dégagée, Aaron souffla un bon coup puis se dépêcha de rouvrir le courrier épais qui déformait le papier. Le rafistolage lui demanda de suivre le départ des bouts de scotch et il s'énerva de ne pas y arriver aussi vite que voulu.

— Qu'est-ce que vous attendez en cuisine ? Vous pouvez envoyer le dessert ? s'impatienta monsieur Cunningham depuis le salon.

— Ça vient ! rétorqua sa femme, d'une voix aiguë.

Le trouble qui venait de lui jouer un nouveau tour saisit Aaron.

— Ça vient de qui ? demanda Aaron à sa mère, d'un ton rude.

— Je n'en sais pas plus que toi ! rétorqua-t-elle, de plus en plus embarrassée.

Ils en arrivaient à la même conclusion, mais c'était impossible. Impensable. Ce fut pourquoi aucun ne s'exprima.

— Je vous ressers du vin ? leur cria Desmond.

— Je n'en ai pas parlé à ton père, sinon il m'aurait défendu de te la donner. Tu t'y repencheras plus tard, ça vaut mieux. Allons les rejoindre à table.

Margareth suivit son instinct et offrit une brève accolade pleine d'amour à son fils. La tarte au chocolat enfin servie relança la conversation. Malgré l'appétit et l'attention moins percutants d'Aaron et sa mère, Desmond évoqua avec fierté sa carrière auprès de sa future belle-fille, grâce aux talents du *Cornas*[30].

— Et pour demain, qu'avez-vous prévu ? coupa la maîtresse de maison pour interrompre le monologue de son époux.

— Mais laisse-les ! Cela ne nous regarde pas !

— Ce n'est pas gênant, répondit Megan en souriant. Nous irons déjeuner à *The Happy Pear*[31].

Elle chercha puis serra la main d'Aaron sous la table, qui oublia de la lui caresser en retour avec son pouce.

— Bonne idée ! Aaron a toujours aimé cet endroit.

Heureuse d'avoir obtenu son information, la mère d'Aaron chercha l'interaction de son fils et son retour dans les débats. Sans réussite.

— Leur cuisine est toujours surprenante ! Et par le *DART,*[32] c'est très pratique, combla Megan.

— Parfaitement ! Vous aurez le plaisir de longer la côte de Dublin.

— Il y a des semaines que je n'ai pas quitté la ville. Entre les heures supplémentaires au magasin et l'emménagement, revoir de l'eau me fera du bien. Reste à espérer que la baie de *Greystones* soit sous le soleil !

Megan lança à Aaron un regard plein d'envie du lendemain, cherchant à le partager avec lui. Mon son élan resta timide. Le repas terminé, Desmond proposa comme d'habitude un de ses jeux de société, dont Aaron était toujours friand depuis tout petit, depuis que son père lui avait transmis cette passion.

— Il me semble que nous n'avons jamais eu le plaisir de démarrer une partie de *Monopoly*, Megan ?

— Jamais.

— J'imagine que vous n'avez jamais vu l'édition de Pa-

30 - Vin rouge d'exception produit en Ardèche.

31 - Restaurant créatif situé dans la banlieue sud-est de Dublin, à Greystones.

32 - Train desservant la côte Est de Dublin et plusieurs stations de la ville.

ris ?

Aaron se leva et enfila sa veste.

— Combien de fois il faut te le répéter ? Je n'ai plus envie d'y jouer ! Tu n'écoutes jamais en fait ? On doit rentrer.

Desmond resta médusé face à la réponse de son fils, qui lui manquait de respect. Percevant que quelque chose n'allait pas, et comme sa femme l'y invita du regard, il força un sourire pour passer outre. La maîtresse des lieux enchaîna sur son soudain état de fatigue.

— Je vous ai préparé un petit carton de victuailles. Ne le refusez pas, c'est pour dépanner. Si des amis vous rendent visite à l'improviste, on ne sait jamais ! avança l'hôtesse qui s'éclipsa déjà vers la cuisine.

Elle revint rapidement, les bras chargés, et tendit le carton à son fils. Elle l'embrassa et lui chuchota à l'oreille : « j'ai pensé à tes biscottes préférées ».

Megan prit le volant pour le trajet du retour. Ils empruntèrent plusieurs rues agitées du centre-ville où des groupes de jeunes fêtards n'hésitaient pas à couper la route et traverser devant eux. Côté passager, Aaron était pensif, le front collé contre la vitre froide et dévisageant chaque jeune femme brune qu'ils croisèrent. La conductrice restait concentrée sur la route. Elle n'aimait pas conduire de nuit, encore moins après deux verres.

Après avoir rejoint *Leinster road* et s'être enfin couchée, Megan se montra entreprenante. Encore accaparé par ses pensées, Aaron la rejoignit sans émotion. Megan trouva rapidement le sommeil. Sans doute à cause de la fatigue, sans doute à cause de cette soirée. Pas Aaron.

CHAPITRE 12

Dimanche 14 juin 2015

10h47

Aaron ouvrit les yeux, nez à nez avec les seins de Megan, en train de garnir l'étagère au-dessus de leur lit.

— Oups ! Je t'ai réveillé ?

— Tu crois ?

Les yeux gonflés d'Aaron indiquaient l'état de sa nuit.

— De toute façon, il est déjà tard, et j'ai vraiment faim.

Aujourd'hui, ils officialisaient leurs deux ans de couple, et l'étape de la vie sous le même toit se dessinait de plus en plus, même si leur cocon était encore désorganisé. Elle prit les devants pour profiter de ce moment de léthargie et fêter cette date importante sous la couette. Son appétit matinal la décida à chercher l'entrejambe d'Aaron puis à s'asseoir délicatement sur lui. Une fois comblée, elle ne quitta pas sa position et s'affaira de nouveau sur l'étagère, bras tendus.

— Entre ton *sliotar*[33] de collection et notre photo, c'est plus harmonieux.

— De quoi tu parles ?

— Elle vient d'où, cette tour Eiffel ?

— Tu as fouillé mes cartons ?

— J'en ai ouvert un sans faire attention. Donc ?

— De Paris. C'est un cadeau de mon père.

— On déjeune ?

Puisqu'il avait oublié de ravitailler leur logement, l'offrande de sa mère tombait à pic. Megan s'apprêta à récupérer le paquet de biscottes qui dépassait du colis et lui demanda combien il en voudrait, mais Aaron déclina la proposition et lui ôta sans ménagement le paquet des mains.

33 - Petite balle dure en cuir pour jouer au *hurling*, sport gaélique.

Pour s'expliquer et égayer ce petit-déjeuner, il lui suggéra plutôt d'engloutir des scones à la cannelle se trouvant aussi dans le carton, pour accompagner son café et pour elle, sa tisane.

Midi arriva à grands pas, et ils étaient en retard sur leur programme d'anniversaire. Afin de gagner du temps, Megan insista pour qu'ils se douchent ensemble. Temps qu'ils perdirent ensuite, quand elle s'apprêta devant la glace pas encore fixée de la salle de bain, pour poudrer son nez long et fin, embellir ses grands yeux en forme d'amande ou encore sublimer ses lèvres gourmandes et s'occuper de sa coiffure. À moitié prêt, Aaron resta torse nu et songeur sur le coin du lit. Alors qu'hier, découvrir l'intérieur de ce courrier urgeait, ce matin, en revoir le moindre détail le hantait. Imaginer ce qu'il y trouverait, maintenant ou dans peu de temps, raviva ses veines d'un fluide salvateur, sa drogue encore trois ans plus tôt. C'était instinctif, revenu si vite.

Le souffle du sèche-cheveux cessa. Il enfila la chemise sélectionnée par Megan. Après un passage éclair devant la glace pour apprécier sa tenue, il s'en rapprocha pour mieux examiner les cernes qui maquillaient le dessous de ses yeux couleur noisette.

— Tu as de la monnaie pour le *DART* ? demanda Megan le peigne à la main, en étirant ses cheveux blonds.

— Sans doute.

— Rassure-moi, ce déjeuner chez *The Happy Pear,* tu en as toujours envie ?

Dire qu'Aaron n'était pas au meilleur de sa forme depuis leur réveil était une évidence, alors elle s'interrogeait sur la tendance de cette journée.

— J'ai juste du mal à me réveiller. Heureusement que je ne joue pas aujourd'hui finalement, dit-il en grimaçant et en étirant ses jambes.

— T'aérer te fera le plus grand bien ! Et tester leurs nouveautés te réanimera, tu verras. Je te connais !

Le couple se rendit à *Connolly Station* pour monter dans le train de banlieue et rejoindre l'arrêt de *Greystones* au sud de Dublin. Seules quelques âmes erraient sur le quai, comme dans les wagons qui défilaient lentement devant eux. À bord, seul le bruit du train en marche donna vie au trajet. Après trois stations et peu de conversation, Megan se projeta une nouvelle fois sur l'aménagement intérieur de leur appartement. L'approche du nouvel arrêt s'annonça. Un papy voyageant près d'eux se leva et rejoignit les portes du wagon. Prêt à descendre et chahuté par les secousses du train, il réajusta avec attention sa casquette et couvrit son crâne dégarni. Aaron le scruta avant d'attarder son regard distrait sur le bandeau publicitaire, fixé juste au-dessus du vieil homme : *« Travel to New York ! Best price guaranteed this summer ! Book now* [34] *! »*. Le crissement des rails le ranima. Le train s'arrêta. Il enlaça subitement la main de Megan, la serra et lui murmura : « Prête ? ». Les portes s'écartèrent et, avant de lui laisser l'occasion de répondre, le couple détala comme des voleurs en longeant le train.

— Cours ! s'écria Aaron en l'emmenant vers l'avant du train.

Affolée, Megan pesta et chercha à libérer sa main. La fermeture imminente des portes retentit.

— Plus vite ! exigea Aaron.

Il l'entraîna de plus belle dans un dernier sprint pour atteindre un wagon encore plus loin. Les portes butèrent sur le talon de Megan. Le souffle coupé, envahie de rage, elle ôta sa ballerine blanche et s'offusqua devant sa chaussure toute neuve accidentée, où restait une trace de gomme noire due au choc des portes. Interloqués par leur entrée en trombe, les quelques passagers installés dans le wagon se retournèrent vers eux. Si une jeune femme fixa la chaussure de Megan et lui adressa un regard de compassion, deux adolescents recroquevillés se moquèrent d'elle, surtout de sa mine écarlate allant de pair avec la teinte de son rouge à lèvres.

— Mais t'es devenu con ? Tu as vu l'état de ma ballerine ? le fustigea-t-elle en frottant la trace.

34 - Voyagez à New York ! Meilleur prix garanti cet été ! Réservez maintenant !

— Désolé, ce n'est qu'un jeu ! Je voulais te voir à l'œuvre en situation d'urgence. Il faudrait que tu travailles ton « 100 mètres ». On aurait dû rejoindre le wagon du conducteur !

Malgré la désapprobation de sa copine sur la retenue pour ne pas se donner en spectacle, Aaron resta excité un certain temps. L'ombre des maisons de banlieue laissa place à la lumière de la vue dégagée sur la baie de Dublin. L'eau scintillait, de timides rayons du soleil perçaient le toit de nuages. Megan n'y prêta pas attention. Aaron s'y évada. Grâce à cet appel au voyage dans le wagon précédent, il se laissa envahir d'images, de souvenirs. De la folie d'Emmy. Il y repartit.

UN VOYAGE BIEN PRÉPARÉ

Le temps maussade derrière l'alcôve de la cuisine ne l'inspirait pas à s'activer pour ce premier jour de vacances. Son petit-déjeuner lui parut fade, comme l'épisode pluvieux annoncé pour les jours à venir. En congés sans Aaron, qui avait dû renoncer à ses jours posés pour diverses raisons, elle ne trouva rien d'autre à planifier mis à part se cloîtrer à l'intérieur et s'entraîner à danser.

Pat déposa sur la table la pile de courriers d'une semaine entière à traiter. Quand Peter, qui avait reçu dix euros pour le service, lui balança avec grâce ce que son « Aar-hooney » avait laissé pour elle, Emmy sortit de son atonie et lâcha sa cuillère. Elle saisit sans tarder l'enveloppe d'un vert très familier. L'adrénaline recommença à couler dans ses veines. Sans répondre à son père qui sollicitait son aide, comme toujours, elle s'empressa de déposer son bol dans l'évier et de descendre dans sa chambre. Elle l'ouvrit et lut le petit mot :

« Nous y voilà ! J'espère que ta valise est prête et que tu es en forme, car un voyage comme celui-là se mérite. Inutile de te rendre directement à Cork pour te défiler, ce n'est pas là-bas que je t'attends. Alors si tu veux réellement partir avec moi, déjeune léger, car tout commence maintenant ».

Son cœur palpita. Elle fila en express sous la douche et expédia ses affaires dans sa valise en dix minutes chrono. Le vacarme qu'elle déclencha dans sa chambre, et sa remontée fracassante dans l'escalier en bois lui valurent les protestations des deux mâles de la maison, encore peu réveillés.

— Je pars, ne vous inquiétez pas. À plus !

Elle claqua la porte devant l'incompréhension de son père. Il sortit en peignoir la héler sur le perron, mais elle ne se retourna pas et agita en l'air son enveloppe.

— Laisse tomber, c'est encore un de leurs jeux stupides qu'a prévu Aaron, informa Peter d'un air désabusé.

Emmy dut se rendre dans un pub sur les quais de la Liffey,[35] au centre de Dublin pour son premier défi du jour. Elle fit une entrée remarquée avec sa valise et sa mine rayonnante jusqu'au comptoir.

— Je cherche Collin.

— Emmy ? lui répondit le barman avec un large sourire.

Elle acquiesça, puis fronça les sourcils. Comment connaissait-il son prénom ? « C'est sans doute un ex d'Hailey », pensa-t-elle. Il s'affaira dos tourné un instant, puis il fit glisser un verre de vin jusqu'à elle, la fixant avec un sourire encore plus grand. Face au verre dont le liquide vacillait sous ses yeux, Emmy étira ses yeux, attendant la suite.

— Retournez le sous-bock, ricana-t-il en tirant de pintes pour les retraités vissés sur leurs hauts tabourets.

Au dos du support en carton, elle lut : « 1er défi : la France, c'est le vin. À descendre en deux gorgées maximum, scène à filmer + envoi, besoin de preuves ».

À dix heures du matin et presque à jeun, elle trinqua sans plaisir à sa rencontre avec le raisin. Ce qui était en hors--champ sur la vidéo, c'était les papys chargés de pur malt, leurs yeux désorbités, assistant au spectacle de cette jeune alcoolique. « Si les jeunes se mettent au vin, c'est vraiment

35 - Fleuve séparant Dublin au centre.

que tout fout le camp en Irlande », se désola l'un deux en levant sa pinte vers ses collègues qui l'imitèrent.

Malgré sa gorge ravagée, Emmy envoya la scène à Aaron. Une poignée de secondes plus tard, son portable vibra. Grafton Street était le lieu du deuxième défi : « Il manque quinze euros pour le voyage, serais-tu prête à danser pour t'évader ? ». Elle inspira et se mit en route. Valise à la main, elle courrait le long des quais pour rejoindre la rue où des artistes, chevronnés ou débutants, donnaient de la voix pour arrondir leur fin de mois. Elle fit un tour et trouva enfin sa cible : la moins fortunée. Elle lui sourit et lâcha sa valise. Sous l'air étonné du musicien, elle se mit à danser le Ceili pour l'accompagner, jusqu'à récolter la somme demandée. Aaron lui avait garanti qu'il serait aux premières loges pour vérifier l'absence de tricherie. Près d'une demi-heure de danse plus tard, et la charité des passants la trouvant plutôt douée, elle souffla enfin, puis lui envoya la preuve de son butin. La réponse d'Aaron ne tarda pas : « pour voyager, il faut un billet. J'ai le mien, mais le tien est à récupérer. C'est un jeune irlandais avec un casque sur les oreilles qui te le donnera. Il se trouve soit au Spire[36], soit à la statue de Joyce. À chaque fois que tu te tromperas de personne, ton temps pour me rejoindre s'amenuisera. Sois bonne, surprends-moi ».

Après dix minutes de course intensive en traînant sa valise, Emmy franchit la Liffey et s'attaqua, essoufflée, au troisième et dernier défi annoncé. Ces défis devenaient indispensables à leur amour, des jeux dont ils ne voulaient plus se passer pour pimenter leur quotidien. Ils étaient capables de se surpasser l'un pour l'autre, de se détacher de leurs vies et s'attacher davantage à la leur. Surtout Emmy, prête à tout pour en sortir. La voyant encore échouer, après quatre refus de jeunes avec casque sur les oreilles, un jeune homme se mit à chantonner pour attirer son attention. Il se tenait à un mètre de la statue de Joyce. La transaction

36 - Le Spire de Dublin, officiellement baptisé *Monument of Light*, est une sculpture en forme d'aiguille haute de 120 mètres dont l'extrémité est illuminée, située sur *O'Connell Street*.

s'effectua, elle exulta. Son billet enfin en main lui permit d'obtenir les dernières informations.

Elle s'empressa de rejoindre l'arrêt Airlink[37] *sur O'Connell Street où l'attendait Aaron, les bras croisés, assis sur son bagage, la mine ravie. Il retrouvait sa guerrière aux yeux verts dont le teint avait rosi sous l'effort. Elle lui adressa une légère gifle avant de l'embrasser avec malice en plaquant son billet sur le torse d'Aaron.*

— Trois défis réalisés, trois points pour moi ! Et il n'est même pas midi. Je mériterais au moins un point de bonus !

— Bien joué, mais...

— Quoi ? Mais quoi ?

— Avec ta pénalité de quatre minutes, l'Airlink est déjà passé. Le prochain est dans une heure et d'ici là, on devrait déjà embarquer. C'est qu'au fond, tu n'y tenais pas tellement, à ce voyage.

Emmy riva ses yeux sur le panonceau des départs pour l'aéroport. Puis elle fixa Aaron, le souffle coupé et effarée. Le jeu était allé trop loin.

— Comme j'étais persuadé que tu échouerais, il fallait cette somme en plus pour ne pas entamer le budget. Je ne vois plus qu'une solution : le taxi. Si on tombe sur un vrai pilote, on doit juste avoir le temps.

Continuer de la taquiner lui plaisait. Dans ces moments-là, elle n'était qu'à lui, il l'emmenait loin de ses soucis et de son passé.

— Moi aussi, je suis joueuse. À moi de te voir à l'œuvre. Deux points si tu arrives à dégoter un taxi « occupé ». Je ne monterai que dans un taxi déjà en course.

Face aux yeux pétillants d'Emmy, qui souhaitait le prendre au piège à son propre défi, Aaron attrapa à son tour la fièvre du jeu. Il ne voulait pas renoncer à leur voyage. Mais aussi lui prouver qu'il était meilleur qu'elle. Il se glissa aussitôt dans la peau d'un compétiteur, se releva et s'avança sur la route. Sans craindre pour son intégrité, il interpella chaque taxi avec une lumière rouge circulant

37 - Ligne de bus au départ/arrivée du centre-ville de Dublin pour rejoindre directement l'aéroport.

sous leur nez. Une bonne dizaine passèrent en trombe, sans oublier de le klaxonner au passage. Aaron enrageait et descendit sur la route. Après une hésitation, le taxi numéro 3123 ralentit avant de s'arrêter à sa hauteur.

— Hey ! Rangez-vous ou c'est dans une ambulance que vous monterez !

— Je dois rejoindre au plus vite le Terminal 1 ! Je vous en prie, il faut nous y emmener. Tout dépend de vous Monsieur, c'est urgent ! s'excita-t-il en essayant de paraître assez crédible.

— Attendez un taxi libre, ce n'est pas ce qui manque ici.

— Je devais...

— Nous devions prendre celui-là ! rétorqua Emmy avec embarras. Vous ne voulez pas aider vos compatriotes ? Notre mère est sur le point de quitter l'île avec son amant pour rejoindre les États-Unis, on doit l'en empêcher ! supplia-t-elle en adoptant une attitude désespérée.

Emmy ne put s'empêcher de revenir dans le jeu sous l'œil suspect d'Aaron, conscient qu'elle allait lui voler son défi. Le chauffeur se tourna vers son client pour lui exprimer son embarras. Ils allaient tous au même endroit. Il accepta.

— OK, montez !

Plutôt amusé de voir cette jeune femme bien apprêtée, mais avec l'impression d'avoir couru un marathon, le client posa son attaché-case à ses pieds. Le taxi dégagea aussitôt la voie qu'il encombrait sous les klaxons répétitifs de ses collègues.

— Le point est pour moi, j'ai réussi le défi ! indiqua Emmy à l'oreille d'Aaron.

L'homme d'affaires de passage à Dublin était curieux de cette prise au vol. Ces deux jeunes paraissaient possédés. Non, c'était plutôt de l'amusement que le client lisait sur leur visage.

— À quelle heure est le vol de votre mère ? se renseigna le chauffeur en jetant un œil sur ses passagers grâce à son rétroviseur.

Aaron invita Emmy à répondre. Elle parcourut son billet

tous azimuts à la recherche d'un horaire de départ.

— 13h28, annonça-t-elle en adressant un large sourire narquois à Aaron avant de ranger son billet dans sa poche.

Le chauffeur contrôla l'heure sur le poste de radio, puis siffla d'un long trait.

— OK, dans ce cas-là, on bascule dans le tarif super-taxi, sinon vous ne l'aurez jamais à temps !

— Vous mettriez la gomme pour quinze euros ? tenta Emmy, la boule au ventre.

Il tendit la main en arrière pour prendre la monnaie, puis récupéra sa casquette à carreaux en tweed et l'ajusta d'un réflexe vif. Le chauffeur se décala sur la voie de gauche et une secousse brusqua les passagers. Il enclencha la sixième vitesse. Le businessman, qui avait vu le billet d'avion d'Emmy, comprit que le jeune couple voulait jouer.

— Où partez-vous ?

— Paris, si on arrive à temps, chuchota Emmy encore paniquée, tout en resserrant la main d'Aaron.

— Elle ment.

— Mais non ! Et je ne comprends pas pourquoi tu avais annulé puisqu'au final, on part. Ce n'est pas une « si » grande surprise.

— Tu me connais bien mal. Peux-tu vérifier tes textos.

Emmy saisit son portable sans quitter Aaron du regard, se tenant prête à une nouvelle escalade du jeu. Elle lut son dernier message et hallucina. Après un furtif coup d'œil vers Aaron, elle arracha son billet de sa poche pour vérifier un détail. Celui qui changeait tout. Elle étouffa son émoi d'une main, cachant ses lèvres, ses yeux s'emplirent de larmes, et elle passa sa main dans le dos d'Aaron pour l'étreindre avec force.

— Je ne peux pas y croire ! Vous... vous êtes fous ! susurra-t-elle d'une élocution troublée.

Emmy était une danseuse de Ceili reconnue. Sa professeure de danse, Tracy O'Hara, l'avait vue évoluer depuis son adolescence, et toutes deux entretenaient une relation plus qu'artistique. Tracy était rapidement devenue la confi-

dente, l'épaule, le refuge, comme aurait dû l'être sa propre mère absente. Aaron avait souvent entendu parler de cette fameuse Tracy qui avait réussi le pari osé de quitter l'Irlande, comme lui avait souvent répété Emmy lorsqu'elle n'en pouvait plus de sa vie ici. Sur l'écran du portable encore lumineux retenu dans la main d'Emmy, on pouvait lire :

« Hi Emmy, je recherche une danseuse de talent pour le show irlandais de cette semaine. Il paraît que tu seras à New York. Ça te tente ? Tracy. »

CHAPITRE 13

Dimanche 14 juin 2015

12h02

Le *DART* se présenta sur la rame de *Greystones*. Aaron et Megan descendirent avec une poignée de badauds. Dans la minuscule gare, un agent avec un talkie-walkie contre son oreille notait des numéros de train et des horaires sur un panneau. Ils franchirent le portique et Megan retint la porte de sortie à une famille, visiblement modeste, équipée d'une vieille glacière à la poignée rafistolée. En tête, le petit garçon d'une dizaine d'années aux cheveux gominés et dressés comme des pics, jonglait avec sa crosse de *hurling*. Il tentait de réussir de plus en plus vite l'enchaînement de base « quatre pas, un rebond sur le *hurley*, quatre pas, une tape avec la main ». Aaron trottina jusqu'à sa hauteur et se proposa comme coéquipier spontané. Le gamin timide et au tibia fraîchement écorché, jeta un regard inquisiteur à ses parents puis frappa doucement son *sliotar* vers Aaron. Megan, qui contenait du mieux possible son impatience, lui rappela d'une moue sa présence et qu'ils avaient mieux à faire. Après quelques passes et conseils, Aaron serra la main du gamin et chacun reprit ses occupations.

Enfin main dans la main, le couple arpenta les ruelles ensoleillées du village. Ils s'arrêtèrent devant le petit centre commercial fermé où se produisait un concert d'adolescents, composé de quatre apprentis musiciens habillés en veste de velours rouge et jeans noir moulant. Leurs airs rock retrouvèrent de la vigueur au passage du public descendu du train. Le guitariste, un homme grand et longiligne assis sur leur unique enceinte, se déchaîna sur ses cordes pour retenir l'audience. Aaron se retrouvait à travers cet ado. Pas dans le look, mais dans ce qu'il dégageait. Dans la passion qu'il mettait pour jouer ses accords et accompagner le reste du groupe. Il lâcha la main de Megan pour mimer ses restes d'apprentissage et ferma les yeux quelques secondes. Rapidement, le souvenir lui revint en tête et jusqu'au bout des doigts. Un instant qui ne fut qu'à lui puis qu'à eux.

LA SCÈNE D'AMOUR

C'est au Whelan's[38] qu'Emmy et Aaron se rendaient régulièrement et découvraient de nouveaux artistes en tout genre. Avec un pub en bas et une salle de concert à l'étage, l'endroit au décor vintage et authentique avait des murs remplis de photos d'artistes venus dans ce lieu. Tout Dublin le connaissait, et il n'était pas rare d'y retrouver des amis, même sans s'y être donné rendez-vous. À l'étage, pour cinq euros, un photomaton permettait aux visiteurs de garder un souvenir des soirées. Pour pimenter leur sortie au pub, chacun devait s'inventer une identité, une nouvelle vie et tenter de plaire à l'autre jusqu'à le séduire.

Le concert du soir se termina devant une cinquantaine de spectateurs, puis le chanteur quitta la scène pour remercier le public et dédicacer les CD de son groupe. Le musicien arrêta son regard sur Emmy qui le fixait. Il lui sourit, elle l'imita. Aaron n'avait rien loupé de l'instant et devint momentanément perplexe.

— Tu le connais ?

— C'est Jim ! Il nous a rejoints dans la troupe pour le nouveau spectacle. Il est génial !

Dehors, la rue était bondée. La vie en Irlande se déroulait aussi, et surtout, de nuit. Du monde partout, du bruit autant qu'en journée. Ils remontaient Dame Street quand il se tourna vers elle.

— Au fait, je ne vais pas être disponible les jeudis soir à venir. Au moins pendant deux mois.

Il l'avait dit gêné, sans regarder Emmy dans les yeux.

38 - Pub proposant des concerts réguliers et de styles variés, sur Wexford avenue.

— Quoi ? Elle lui lâcha la main, avant de la ressaisir et le tirer vers elle. Pourquoi ?

— Le coach nous a imposé un entraînement de plus jusqu'à ce que l'on reste en lice dans le championnat. C'est pour bosser une nouvelle tactique de jeu. On doit mettre toutes les chances de notre côté. Tu comprends forcément, hein ?

Il la regarda à la dérobée pour connaître sa réaction.

— Oui. Enfin non. Pas trop. Pourquoi me le dire que maintenant ? Tu le sais depuis quand ?

— Depuis l'entraînement d'hier, et je n'ai pas pensé à t'en parler tout de suite.

— OK, se braqua-t-elle.

— Tu m'en veux ?

Aaron essaya de lui prendre la main, qu'elle retira pour la glisser dans sa poche.

— Non.

Comme convenu, les jeudis soir suivants, Aaron était injoignable sur le créneau 19h30-21h30 et lui avait demandé de ne pas se rendre au stade. Le coach voulait de la rigueur avec un entraînement à huis clos. La première du nouveau show de danse d'Emmy approchait, et il l'avait prévenue sur le tard d'une possible absence de sa part. Toujours pour les mêmes raisons. Ce nouveau revers avait causé un froid entre eux et affecté leur penchant pour s'amuser ensemble.

Le jeudi soir de trop, elle se rendit au St Vincents Gaa Grounds[39]. Elle était libre de ses mouvements et de passer dans le coin, non ? Un entraînement se déroulait bien au stade, mais devant elle, seulement des enfants couraient sur le terrain.

— Excusez-moi, où joue l'équipe des « U21[40] » ? se renseigna-t-elle auprès de l'entraîneur avachi contre la bordure de terrain, sifflet à la bouche et mains enfoncées dans

39 - Stade des jeux gaéliques (football et *hurling*) dans le quartier de Saint Vincents à Dublin.

40 - Équipe composée de joueurs âgés de 18 à 20 ans.

les poches.

— Ici. Mais les lundis et mercredis.

— Mon copain a une séance... imposée par leur coach.

— Vous me l'apprenez ! Le jeudi soir, c'est notre créneau. Ou alors, il joue à autre chose votre copain. C'est lequel ?

Le coach pouffa derrière son col de manteau. Emmy rougit de colère devant ce bedonnant qui sentait les vestiaires.

— Personne.

La sincérité d'Aaron devenait douteuse. Elle essaya de le rappeler à plusieurs reprises, sans réponse. Décidée à ne pas se laisser duper, elle prit la décision de ne rien lui dire. Elle souhaitait mener son enquête avant l'interrogatoire qui pourrait détruire leur relation.

Pour apaiser les tensions à l'approche du show d'Emmy, Aaron se présenta à l'une des dernières répétitions. En entrant dans la salle de danse, il chercha à croiser Emmy du regard pour qu'elle remarque sa présence. Accroupie vers son sac de sport, en train de s'hydrater, elle l'avait vu, mais le snoba. Le clin d'œil amical qu'une de ses partenaires lança à Aaron ne lui échappa pas. Encore moins le sourire en coin qu'il lui rendit.

La musique redémarra et la chorégraphie reprit. Son esprit préoccupé par l'issue incertaine de son couple, Emmy trébucha. Cette erreur commise obligea le professeur à arrêter la musique. Cette faute de pas ne lui était pas arrivée depuis plusieurs années. Elle s'excusa, mais le rattrapage resta tout aussi médiocre. Le doute la gagna à tout point de vue. Le show était pour le samedi à venir et annoncé « sold-out[41] » depuis quinze jours. Hésiter et ne pas être envoûtée par la musique pour laisser son corps suivre le rythme, arrivait au pire moment. Honteuse face à la troupe tout interloquée de ses erreurs, elle agrippa au passage « le traître » pour s'isoler dans le couloir.

— Pourquoi Andrea te sourit comme ça ? Vous vous foutez de ma gueule, tous les deux ? Tes absences les jeudis

41 - Expression pour designer qu'un concert est complet.

soir, son regard, ton sourire, qu'est-ce que je dois comprendre ? enragea-t-elle.

— Je ne dois pas être aimable avec tes amies ?

Pour elle, il niait en bloc, tentait du mieux possible de se justifier, mais son attitude dégageait de la culpabilité.

— Au fait, je suis passée au stade jeudi dernier.

— Tu n'es pas sérieuse ? la coupa Aaron en se tapant le front.

— Quand mon copain est injoignable et surtout introuvable alors oui, je me pose les bonnes questions !

Elle adressa un mauvais regard à travers la vitre, adressé à Andrea qui les épiait.

— Et apparemment, j'ai bien fait ! Le jeudi soir, c'est le bon jour pour la baiser ?

— Mais... je m'entraîne ! L'entraînement est particulier. Avec un coach particulier.

Faisant fi de son argument, elle le repoussa contre le mur. Le choc attira l'attention des danseuses sur eux.

— Tu te fous de ma gueule, et en plus, tu continues ! Tout est normal, au final. Je suis bête. Tu...

— Arrête Emmy ! Fais-moi confiance, la coupa-t-il en haussant la voix.

Pour appuyer ses dires, il lui prit les mains, mais les relâcha aussitôt. Il grimaça. Le bout de ses doigts le faisait souffrir.

— Et maintenant, je te repousse ? Donc là, tout est clair !

— Cette foutue crosse me lime les mains, s'excusa-t-il en mimant le geste de frappe avec le hurley.

Il plongea son regard dans le sien, honteux de ce qu'il lui infligeait. Lui mentir restait sa seule option. Sans tendresse ni mots, elle soupira, triste, et retourna en répétition. Elle se plaça face à Andréa, lui imposant un regard de dégoût. Sa partenaire de Ceili choisit de l'éviter, trop occupée à resserrer ses lacets avec soin. Excédée par la situation qu'elle ne maîtrisait pas, elle frappa du pied pour se remotiver et sa douleur au genou s'amplifia. Mais elle serra les dents pour ses partenaires et défier sa rivale en *dansant au rythme de la mélodie irlandaise qui résonnait à nouveau dans la salle. Il fallait que son corps tienne, au moins jusqu'à ce nouveau show, se martelait-elle.*

Le grand soir arriva. Le crachin peignait la ville d'une fine pellicule luisante, un détail habituel qui ne gâchait jamais la fête ni l'effervescence qui grouillait partout dans la capitale, quoi qu'il advienne. Le public massé dans la file d'attente débordait sur la chaussée.

Apprêtée depuis une bonne heure, à quelques minutes d'entrer en scène, Emmy s'échauffait avec la troupe en coulisse. Toutes stressées, cloisonnées dans l'étroite loge partagée avec les musiciens qui accordaient leurs instruments, les danseuses révisaient leur chorégraphie. Appelées à se rassembler derrière la scène pour un démarrage imminent, les danseuses grimpèrent sur l'estrade. Emmy vérifia une dernière fois ses messages sur son portable. Pas de nouvelle d'Aaron ni encouragements ou excuses. La sentence la foudroya comme jamais. Lui seul savait que ce soir était sa révérence. Ce nouveau spectacle refermait sa carrière écourtée à cause de son genou destructeur de rêves. Elle tapa un texto plein de haine qu'elle n'arriva pas à lui envoyer. Elle l'appela. Répondeur. Elle libéra alors toute sa rancœur : « J'ai bien compris que tu ne viendrais pas ce soir. Comme Andrea, bizarrement. Je vous souhaite une très belle soirée de merde, et surtout allez bien vous faire foutre ! C'est fini ! ». Sous le coup de l'impulsion, elle effaça le numéro d'Aaron. Dire si elle en fut soulagée ou dévastée était impossible.

Le tumulte de la salle se faisait de plus en plus pressant. Des applaudissements et des trépignements motivaient les danseurs. Surtout Emmy, portée par son émotion ambivalente. Elle rejoignit l'arrière-scène, cherchant à ressentir la mesure de son dernier ballet. C'était décidé, il était l'heure. Plus le temps de tergiverser.

La représentation démarra avec une célèbre chanson

tournant en boucle dans les Caroll's[42] ou visible sur tous les coffrets « best-of Ireland ». Les chansons, les danses traditionnelles et la magie du spectacle celtique conquirent la salle. Tous bras levés et tapant des mains, les spectateurs accompagnèrent la ferveur sur scène. Rester concentrée sur ses pas demanda à Emmy davantage d'efforts qu'elle ne l'avait pensé. Le sentiment de déception bloquait sa grâce naturelle. Elle s'en rendait compte. Elle chercha d'un réflexe désespérant la tête d'Aaron dans la salle tamisée, mais ne le vit pas.

Les deux absents de ce soir et le sentiment de trahison lui renvoyèrent une énergie fiévreuse. Désormais décidée, elle se jura de le quitter et de le lui annoncer dès le show fini. Elle ne s'en remettrait pas, mais elle devait agir. Et elle se promit qu'après cette nouvelle épreuve douloureuse, plus personne ne l'humilierait.

Le spectacle touchait à sa fin, il ne restait plus qu'une danse, celle sur laquelle il adorait la voir répéter, seul à en profiter, faite de mouvements sensuels et souvent suivie d'un plaisir charnel. Danser cette partie sans penser à leur vie était impossible. C'était juste horrible.

Côte à côte, Emmy et sa partenaire s'élancèrent jusqu'au bout de la scène, offrant au public des jeux de jambes graciles et de haute voltige. Le duo avait appris à se lancer des regards pour maintenir le même rythme, s'encourager et honorer avec conscience la tradition celtique. Toutes deux enchaînèrent avec une danse tournante survoltée qui réveilla vivement la douleur au genou d'Emmy. Mais elle tint bon grâce à sa rage. Cette prouesse terminée, sa partenaire lui chuchota à l'oreille : « C'est ton moment ! ». N'ayant pas saisi ce qu'elle lui disait à travers le son des claquettes et les applaudissements, Emmy se concentra sur son dernier solo, son dernier public, tous ces regards projetés uniquement sur elle. La salle fut plongée dans le noir et seuls les talons claquants le sol envoûtèrent la pièce. Puis, un trait de lumière sublima sa silhouette avant que les applaudis-

42- Chaîne de magasins dédiée aux souvenirs en tout genre de l'Irlande.

sements ne renaissent. La suivant dans ses moindres gestes jusqu'alors, l'éclairage se projeta derrière elle, jusqu'à la guitare du musicien grattant sa première corde pour accompagner le jeu de jambes sexy. Emmy recula vers Jim, le guitariste habituel dont l'instrument sonnait moins percutant ce soir. Avant que la chorégraphie l'amène à tourner le dos à la scène, elle croisa sans le vouloir, le regard admiratif d'Andréa. Déconcertée de la découvrir ici, Emmy stoppa son élan une fraction de seconde. Les projecteurs n'éclairaient plus qu'elle, qui s'approchait du guitariste. Puis eux deux, d'un seul faisceau vert enfumé quand enfin elle dansa face au guitariste battant le rythme. La seconde suivante la foudroya sur place. Instantanément, ses yeux s'emplirent de larmes, ses lèvres tremblèrent. Elle manqua de louper son enchaînement litigieux, comme lors des répétitions, mais se rattrapa au dernier moment.

Aaron !

Le guitariste concentré au sourire béat et aux yeux pleins d'amour n'était autre qu'Aaron. Cet homme dernièrement distant et qui n'avait aucun don pour la musique il y avait encore trois mois. Elle se rappela l'avoir vu à l'œuvre en soirée, et le verdict était sans appel : lamentable. Pourtant, ce soir, malgré des accrochages de cordes gommés par l'ambiance de la salle, il était en accord avec elle, unis sur scène.

Les jeudis soir suspects s'expliquèrent. Il s'en était éloigné par amour. Et il était là pour accompagner et tenter de magnifier son dernier show, prenant le risque de gâcher ce souvenir. Il avait réussi un premier pari en amadouant l'habituel guitariste Jim, autour d'un, puis deux verres offerts. Ce dernier, retenu aux toilettes par la suite, s'acharnait sans doute contre la porte à cet instant.

Oui, il serait là, quoi qu'il arrive.

Il était arrivé à temps pour lui administrer sa dose d'adrénaline.

CHAPITRE 14

Dimanche 14 juin 2015

12h38

Attablés à l'étage du restaurant à la façade orange, ils venaient de passer commande.

— Tu es avec moi ?

Megan s'était penchée vers Aaron, cherchant chez lui une lueur de présence.

— Hein ? Tu m'as parlé ?

De retour dans la réalité, il cligna des yeux puis soupira en silence.

— Je te demande si tu es toujours avec moi. Tu es livide. Tout va bien ?

Elle lui passa une main dans les cheveux et agrippa une mèche. Un geste qu'il n'apprécia pas. Il détourna la tête pour retrouver sa liberté et observa la cheminée crépitante puis une table où déjeunait une famille avec deux enfants. Megan, qui n'avait rien perdu de sa divagation, revint à la charge.

— Tu les connais ?

— Non.

— Alors, arrête de les fixer ! Ma présence ne te suffit pas ?

— Je ne les fixe pas particulièrement. J'observe leur complicité de jeu. Ils ont juste l'air heureux. Si l'apprécier devient malsain...

— Bien sûr que non ! Mais j'aimerais juste que tu restes avec moi pour célébrer ce moment. Rien de plus.

— Oui, pardon, soupira-t-il.

Le serveur apporta les plats et, l'espace d'un instant, ils redevinrent un couple déjeunant en tête-à-tête.

— Alors ce steak rose et ta purée, tu aimes ? demanda-t-il.

— Tu ne te souviens même pas de ce que j'ai commandé, t'es vraiment ailleurs ! C'est un steak de betterave relevé avec de la feta et nappé d'un houmous de carottes. C'est un délice. Tu veux goûter ?

La diversion était évidente, mais Megan l'accepta. Les plats qu'ils avaient choisis étaient vraiment atypiques, et le fait de le voir s'y intéresser la réconforta. Il était distant depuis la veille au soir, elle l'avait remarqué. Sans attendre sa réponse, elle découpa un bout de son steak végétal à son attention.

— Non, merci. J'ai déjà du mal à finir mon Sri Lanka curry.

— ...

— Rien de grave, ne fais pas cette tête ! Dès que ma mère cuisine « son » plat, croyant nous faire plaisir, c'est toujours trop riche. C'est un réflexe, chez elle.

Megan se redressa et dévoila un sourire chargé d'émotion, tira un peu plus son pull pour accentuer son décolleté et agrippa la main d'Aaron avant d'enrouler ses doigts autour des siens.

— Tu sais, Aaron... Cela fait deux ans que nous sommes ensemble et je me disais que...

— Arrête ! C'est trop tôt ! Je ne...

Aaron se recula d'un vif mouvement au point d'en faire crisser sa chaise et rayer le sol d'un long trait. Le brouhaha de fond s'interrompit aussitôt, les regards se tournèrent vers le coupable. Tout aussi surprise et gênée, Megan prit sur elle pour ne pas s'énerver au milieu du restaurant. Elle aimait être au centre des attentions, mais pas de cette manière.

— Tu ne sais même pas ce que j'allais dire. Deux ans de couple ne signifient rien pour toi ? Je ne peux pas te dire à quel point je suis heureuse de notre histoire ?

— Si. Oui, désolé ! Je ne sais pas, je... Excuse-moi ! J'ai cru que...

Il essaya de se détendre et se frotta le front, puis jeta un regard discret autour d'eux avant de rapprocher sa chaise de la table.

— Je pensais que tu voulais me demander... un truc officiel.

— Ah ! Le mariage, les enfants, le chien ? Bien sûr que j'y pense. Mais qu'à partir du moment où je te sentirai prêt aussi. Et là c'est clair, tu n'es pas prêt.

— Non. Pas du tout, répondit-il d'un élan franc.

Face à la moue beaucoup moins souriante qu'elle lui retourna, il se redressa sur sa chaise et se reprit.

— Je veux dire que je n'ai pas ce projet en tête.

— Alors, parle-moi de tes projets, Aaron. J'espère y avoir une bonne place.

Il tenta de se dépêtrer au mieux de cet axe de conversation qu'il avait provoqué sans le vouloir, en se penchant sur les desserts. La dégustation du gâteau courgette-crème de banane et celui à l'avocat-chocolat devint bien moins appétissante et se poursuivit en silence. Tandis qu'elle cherchait parfois à croiser son regard, Aaron scrutait inlassablement les mouvements joueurs des enfants près de la cheminée. Il en était persuadé, si Emmy et lui étaient plus jeunes, c'est à ces enfants qu'ils ressembleraient. Le jeune garçon faisait basculer en arrière sa petite sœur sur sa chaise. Effrayée, mais demandeuse, elle riait aux éclats quand le danger s'accentuait, avant d'inverser les rôles et défier leurs limites. Mais leurs parents stoppèrent rapidement ce jeu dangereux. Puis, pendant que leur mère s'absenta, ils construisirent la plus haute pyramide possible de frites de patate douce, frémissant d'excitation à chaque nouvel étage posé. Pour ajouter de la difficulté, équipés d'un pot de sauce et de ketchup, les enfants mitraillaient leur improbable édifice. Aaron vivait chaque instant avec eux. Après le retour de leur mère et un impressionnant brownie coloré englouti, la famille s'apprêta à partir. La mère se pencha vers ses enfants pour leur débarbouiller le visage et vérifia qu'ils n'oubliaient rien. Ils passèrent à côté de la table d'Aaron et Megan. Voyant qu'Aaron l'observait avec insistance, le jeune intrépide lui tendit la main, paume vers le bas, pour le saluer. Aaron accepta et lui saisit sa main pleine de chocolat fondu qu'il cachait jusqu'alors.

— Je suis vraiment désolée, s'excusa la mère, épuisée des bêtises de son fils.

— C'est amusant, rassura Aaron en rigolant.

Chaque parent prit la main d'un des enfants pour descendre l'escalier craquelant. Le garçon prétexta qu'il devait resserrer son lacet pour échapper au contrôle de son père. Aaron comprit la manœuvre et se décala pour voir la scène. Enfin libre de ses mouvements, le garçon s'élança et sauta plusieurs marches pour atterrir juste devant sa sœur et l'amuser d'un « Bouhhh ! ». La surprise fit son effet, mais provoqua l'énervement des parents.

— Ça suffit ! s'impatienta leur mère en le tirant fermement par la main. Encore une bêtise et on ne s'arrêtera pas à la tour Martello !

Cette simple évocation figea le sourire d'Aaron. Il se rassit, sonné, avec le besoin immédiat de s'hydrater.

— Dommage que tu sois allergique aux bananes, ce soufflé est un délice !

Concentrée sur son dessert, Megan ne remarqua rien d'autre que l'esthétique excentrique de son mets. Même pas ce regard absent d'Aaron qui, par la pensée, se trouvait à mille lieues d'elle.

Avec une autre.

CÙL[43]

Il en rêvait. Elle le savait. Mais l'avoir si simplement n'était pas dans leurs habitudes. Il fallait un challenge. Un défi, nettement plus approprié à leur fusion.

Un dimanche de mars en début d'après-midi, Aaron jouait à Croke Park dans un duel avec le comté des champions sortants, celui de Kerry. Les « U21 » de Dublin n'étaient pas favoris, mais ils avaient l'avantage de jouer

43 - « But » en langage gaélique.

sur leurs terres. Quand Aaron confia à Emmy que leurs chances étaient minimes et qu'inscrire trois points serait déjà beau, elle le remua.

— Dix points ! Tu inscris dix points ! Un défi doit en valoir la peine. Montre-moi ce que tu as dans le ventre.

Emmy vit les pupilles d'Aaron scintiller. Le match démarra et l'équipe adverse maîtrisa assez vite le jeu, marquant cinq points facilement encontrer de véritable résistance de la part des Dubliners[44]. Aaron jouait au poste de milieu, en combinaison d'attaque avec son ami, Matthew. Ils n'arrivaient pas à percer la défense et s'énervaient. Matthew reprocha à Aaron de ne pas lui proposer de bonnes solutions offensives. Vexé par son partenaire, il tenta plusieurs fois sa chance en frappant le sliotar de loin pour marquer des points. Il s'offrit des marques par trois fois. Sa chance reboosta l'équipe. Sauf Matthew. Lui, l'habituel « scoring man[45] », toujours vierge de point. Malgré la tension, pendant les temps morts, Aaron ne manqua pas de se tourner vers les gradins pour montrer sa motivation à sa première supportrice.

À la mi-temps, la tension entre les amis gagna le vestiaire.

— C'est quoi ce bordel ? Tu te crois tout seul ? On se fout de tes points, il nous faut des buts. Tu dois me faire des vraies passes. Et jusqu'ici, tu n'y arrives pas ! s'énerva Matthew, battant son hurley au sol avant de frapper un bidon atterrissant sur Aaron.

Les autres joueurs n'osèrent pas intervenir pour ne pas se mettre à dos la star de l'équipe. Quelque chose en Matthew n'inspirait pas confiance.

— Tu déconnes ? T'es jamais démarqué ! Dès que j'ai le sliotar, tu n'es jamais en position ! Alors je tente ma chance. Ne t'en prends pas à moi si tu ne marques pas. J'ai autant envie que toi de gagner. Voire plus !

— Quoi ? Mais ton job est de me refiler le sliotar ! Donc, fais-le et ferme-la ! Personne n'a jamais été autant motivé que moi ici ! Jamais ! aboya-t-il en balayant la salle d'un

44 - Habitants de Dublin.

45 - Le meilleur buteur.

regard de tueur, prêt à user de son hurley.

— Motivé ? Je dirais plutôt que tu as peur de perdre ta crédibilité, mon gars ! L'ami que je connais ne s'en prendrait pas à moi par angoisse de voir sa stature dévalorisée ! Détends-toi !

Aaron ne craignait pas de tenir tête à Matthew. Leur lien supposé le lui permettait, mais l'animosité s'accentuait et le ton s'envenimait.

— Fermez-la ! Réagissez, au lieu de vous gueuler dessus ! cria le coach encore plus fort que ses deux joueurs.

Il était revenu au centre de la pièce avec son tableau en main et les avait séparés pour se positionner au point de divergence.

— Il faut évacuer le problème ! confirma Matthew, les yeux injectés de colère envers son ami. Sortez-le ! J'ai besoin d'un vrai passeur.

— Matthew ! l'interrompit le coach. Tu es buté, improductif et tu dois redescendre sur terre ! Tu peux dès maintenant aller te doucher.

Déconcerté par la tournure des événements, Aaron décida d'intervenir pour calmer le jeu.

— Tout va bien, je ferai plus de passes à Matthew. On va se reconcentrer et...

— Qui décide ici, bordel ? Si toi aussi tu veux aller te changer, aucun problème ! insista le coach en se postant désormais trop proche d'Aaron, levant la main avec l'index menaçant.

Cette ancienne gloire de Dublin aux allures de papy rabougri surexcité savait toujours s'imposer et se montrer inflexible.

Après un encouragement musclé dans le vestiaire, les joueurs renfilèrent leur casque et firent chanter leurs crampons et les crosses dans le couloir avant de revoir la lumière qui sublimait la pelouse. Matthew, qui payait son ego couplé à sa médiocre prestation, enrageait de voir son ami prendre son poste sur le terrain et remonter d'un cran vers les buts. Il lui volait sa place et donc potentiellement, sa gloire.

Piqué au vif par les violentes accusations de Matthew, Aaron devait profiter de sa réussite soudaine. En foulant le terrain pour se positionner, il repensa au défi qu'Emmy lui avait lancé et surtout à ce qu'il pouvait réellement gagner. Kerry menait toujours avec trois points d'écart. L'arbitre siffla et le jeu reprit. Si le score évoluait peu, le duel s'équilibrerait. Chaque équipe réussissait chacune à leur tour à transformer des pénalités et engranger des points. Toujours « trois » de différence pour les adversaires. Un but. Avec juste un but, ils pourraient revenir au score et accéder aux prolongations, voire mieux.

Aaron donnait beaucoup, mais butait souvent sur un défenseur redoutable ou des frappes de balles hors du cadre des buts. Deux minutes restaient à jouer et les efforts se faisaient de plus en plus durs. Après une belle passe d'un coéquipier, Aaron réussit à tromper l'appui du défenseur et filer dans son dos. Il détalait vers le but avec sa crosse prête à frapper la balle et pulvériser les filets. L'adrénaline masqua la fatigue de cette énième course. Mais trop aveuglé par le challenge, il n'avait pas vu les deux autres défenseurs qui le coincèrent en sandwich. Pris au piège, il tenta le tout pour le tout avec un passage en force. L'un d'eux accrocha un peu trop Aaron, l'arbitre siffla la faute. À quelques mètres des filets, à quelques secondes du coup de sifflet final. Un point ne suffisait pas et marquer semblait absurde. Mais c'était sans doute la dernière action. La défense s'était murée devant la cage et haranguée par leur gardien de ne rien lâcher. Le soleil perçait sur le terrain et illuminait la défense par intermittence, au gré du jeu des nuages. L'arbitre siffla, autorisant le coup franc, mais Aaron observa le ciel, attendant dix longues secondes. L'arbitre le somma de reprendre le jeu. Sous l'influence des adversaires qui hurlaient, l'arbitre lui adressa un carton jaune. Le coach ne cacha pas sa colère sur le banc, mais ne souhaita pas pour autant changer de tireur. Aaron se replaça et analysa la défense. Il attendit encore un peu. L'arbitre le menaça d'un carton rouge.

Maintenant ! se motiva-t-il.

Il glissa le bout de son hurley sur l'herbe et jusque sous le sliotar pour le soulever jusqu'au-dessus de sa tête et attendit qu'il redescende à hauteur de poitrine. Il broya le manche de son hurley avec ses deux mains, fixa la cage et impulsa le sliotar. Il décocha une lourde frappe en criant, droit dans le mur humain. Le sliotar ricocha sur l'épaule d'un adversaire aveuglé par le soleil, trompa le gardien, partit sur un côté et fouetta les filets. L'arbitre de ligne agita son drapeau blanc. Les supporters d'Aaron exultèrent ! Le soleil, que beaucoup disaient ne pas être assez présent aujourd'hui, s'était vengé en obstruant la vue des joueurs dans la défense pour permettre à Aaron de devenir en un instant majeur, la star du terrain.

Après une accolade déchaînée entre équipiers, il trottina vers la tribune officielle et fixa Emmy descendue jusqu'à la balustrade. Bien qu'elle lui adressât un sourire et des applaudissements, elle lui cria au passage qu'il lui manquait un point. Les prolongations eurent lieu et, malgré une bataille acharnée, l'équipe adverse réussit à reprendre l'avantage et anéantir les espoirs d'Aaron. Fin de l'aventure.

À la sortie du stade, Emmy l'attendait en marge d'un groupe de supporters aux couleurs de l'équipe qui refaisaient le match, une bière à la main. Il la rejoignit avec son sac sur l'épaule.

— Allez, tant pis. T'as pas perdu grand-chose. Juste un match et un pari, c'est tout !

— Et peut-être aussi un ami.

— Je tâcherai de m'accommoder de ta compagnie plus présente, tant pis, tenta Emmy pour lui changer les idées. On va manger un bout ?

Ils empruntèrent le DART, ce train qui longeait la côte Est de Dublin, offrait des paysages du grand large et desservait la banlieue, les petits villages de pêches et les cités-dortoirs pour les travailleurs de la capitale. Dès qu'ils avaient assez de budget, Emmy et Aaron s'empressaient de descendre à Greystones le dimanche midi ou certains soirs à la belle saison, pour déguster la cuisine inventive et à budget raisonnable du « The Happy Pear ». Ils espéraient toujours trouver une table libre à l'étage, dans cette pièce où le temps semblait s'arrêter, où ils aimaient entendre l'escalier en bois et hors d'âge craqueler par les allées et venues. S'y rendre était devenu une habitude instaurée dès les prémices de leur couple. Un bonheur simple comme celui de musarder des heures sur la plage en bas du village, à discuter, rêver, s'embrasser ou à se prouver davantage leur amour, derrière l'intimité des blocs de roches.

À bord du DART sur le chemin du retour, Emmy s'était levée de son siège lorsqu'ils n'étaient plus qu'à un arrêt de Sandycove & Glasthule station.

— On y descend ? le sonda-t-elle.

— Si tu veux, accepta-t-il sans entrain.

— Je n'y crois pas une seconde ! Toi, l'Ulysse converti, tu serais prêt à y renoncer ?

Elle vint se blottir dans ses bras, lui colla un baiser sur la joue. Descendus du train, ils marchèrent le long de la digue. Comme souvent, le vent par rafales et la mer chahutée étaient au rendez-vous, les bateaux amarrés surfaient sur la houle. Depuis leur arrivée, la lumière du jour avait baissé, amenant un soleil rouge sang avant de se tamiser. Ils aimaient contempler ce phénomène, davantage ressentir et imaginer le lieu plongé dans la pénombre, le bruit des vagues, l'odeur marine, tous ces éléments mêlés qu'ils savouraient resserrés l'un contre l'autre. Aaron adorait faire barrage au vent avec son corps pour la protéger et la cajoler quand elle frémissait et affichait son bout du nez rosé. Ces moments les réchauffaient tous les deux.

Ce soir-là, elle lui proposa de descendre au point de bai-

gnade « forty foot », jusqu'à la dernière marche non happée par les eaux circulantes. Emmy redevint stressée, mais excitée en laissant Aaron ouvrir la voie. Il le ressentit à ses mains accrochées sur ses épaules.

— On pourrait rentrer en barque jusqu'à Poolbeg ? proposa-t-elle en riant.

— Bien sûr, car elle est à nous et les conditions sont favorables, ironisa-t-il les yeux rivés sur la barque ballottée par les vagues. Et puis elle est bien trop loin.

Le temps de se retourner vers elle, Emmy était déjà remontée vers les plus hautes marches. Quand il se décida enfin à la retrouver, il ne la voyait plus, mais l'entendit le héler. Emmy avait crapahuté sur les roches abruptes qui surplombaient la barque qu'elle convoitait. Elle agitait ses bras vers lui et se faisait chahuter par le vent.

— T'es sérieuse ? C'est quoi ton délire cette fois ? T'as vu le courant ? cria-t-il pour la dissuader.

Il savait qu'Emmy, prise dans ses besoins d'adrénaline, serait difficile à stopper. Elle lui adressa un baiser de la main, souffla un grand coup et s'élança en criant son excitation.

— Attends-moi ! s'égosilla-t-il avant de se précipiter pour la rejoindre.

Gagné par la folie d'Emmy, il se jeta sur les prises possibles et cherchait à avancer au plus vite. Il glissa à cause d'une pierre qui se déroba sous son pied et manqua tomber des mètres plus bas. Quand il retrouva enfin son équilibre et atteignit le sommet, il la vit détacher la corde d'arrimage de la barque vacillante et qui s'entrechoquait avec la paroi rocheuse. Il l'appela à nouveau et Emmy, rame à la main, lui offrit un grand sourire. Alors qu'Aaron était prêt à sauter pour la rejoindre, elle s'écarta de la roche d'un vigoureux coup de pied. Médusé par son audace, mais en la voyant être aussitôt emportée du mauvais côté, il plongea sans plus attendre et nagea vers la barque. Après l'avoir rattrapée, un bref regard furieux vers elle suffit à exprimer son ressenti. Elle lui rendit une mine grisée par la situation, cet état d'esprit qui lui rappela pourquoi il l'aimait.

— Voici ta rame. À deux pour ramer, le challenge contre le courant s'équilibrera.

— Tu t'en souviendras de cette soirée ! Y'a qu'à suivre la lumière du phare, rien de compliqué, s'enthousiasma-t-elle en l'attrapant.

— On voit bien que ce n'est pas toi qui va lutter le plus.

— Se faire ramener en barque chez soi par un homme musclé et dévoué pour sa dulcinée, c'est très romantique !

— Je ne sais même pas si on va atteindre Poolbeg, avoua-t-il, un brin conquis par le challenge.

La mer au courant hostile ne manqua pas de les freiner. Aaron devenait de moins en moins serein à l'idée d'arriver à bon port. Après une longue bataille durant laquelle Emmy mit en doute les qualités athlétiques de son petit ami, enfin le port de Dublin se rapprocha. Mais une navette fluviale aux lumières criantes, qui s'était distinguée peu de temps avant, avait bifurqué dans leur direction et à une allure bien plus rapide que leur embarcation.

— Ils sont sortis pour nous ! On est foutu ! s'énerva Aaron en relâchant sa rame.

Emmy ne cacha pas son stress elle aussi, mais lui demanda de continuer à ramer, encore un peu. Le port, donc la terre ferme, n'était plus si loin.

— Ils viennent tout droit ! Passer la nuit au poste, c'était ta surprise ? Super, ton plan.

Emmy tentait de garder le cap, regardait tantôt la navette grandir vers eux, tantôt évaluait la distance les séparant du rivage opposé. Elle se leva, s'avança vers Aaron et l'embrassa avec passion.

— Ils ne nous auront pas ! affirma-t-elle. Prêt ?

— Prêt à quoi ? Sauter ? Je ne vois rien de grisant à me mouiller une deuxième fois dans cette eau glacée, protesta-t-il en relâchant définitivement sa rame et déjà à la recherche d'un argumentaire plausible pour les garde-côtes.

Quant à Emmy, elle vibrait tant la situation l'animait.

— Oh que si !

— Et puis, tu n'auras jamais le cran de t'y jeter, toi !

Piquée par sa remarque, elle balança son sac à dos par-dessus bord. Aaron bondit.

— Mais t'es malade ! Nos affaires, mes clés !

— J'étais obligée. Si je me fais choper avec ce qu'il y a dedans, je suis morte !

— Tu déconnes ?

Aaron la fixa, tentant de deviner ce qu'elle lui cachait.

— Tant pis. Il y avait juste « la » surprise que je ne pourrais certainement plus jamais t'offrir. C'est la vie !

Au regard coquin qu'elle lui lança, il sut qu'elle ne bluffait pas. Il se rapprocha d'elle, lui serra la main, jura pour se donner du courage et l'entraîna dans l'élan de son saut.

Éloignée de la barque et se laissant emporter par le courant, Emmy obligea Aaron à la rejoindre dans cette marée incertaine. Le besoin de se sentir sauvée l'emportait sur la raison. Approcher de la rive les éreinta, mais l'adrénaline en ébullition boxait leurs muscles. Le fait de vivre cette expérience ensemble les surmotiva pour combler la difficulté. Ils réussirent à échapper au mirador des garde-côtes restés enquêter prêt de la barque et, en se relayant dans la nage, ils atteignirent la roche. Sauvés des flots, mais peinant à reprendre leur souffle, il ne leur restait plus qu'à grimper de rocher en rocher et à profiter de la vue dégagée sur les hauteurs d'Howth.

— Et maintenant ? attendit-il grelottant et purgeant ses vêtements gorgés d'eau glacée.

— Ce n'est pas assez beau pour toi ? Tu pensais mériter mieux comme soirée après ta pitoyable défaite d'aujourd'hui ? répliqua-t-elle d'un ton vexé.

— Si, c'est magnifique. Maintenant, il faut qu'on trouve comment rentrer.

— Avant de trouver le chemin, je te propose le souvenir d'une nuit dans un havre de paix hors de prix pour nous.

— Haha.

— Un lieu pour lequel la clé a glissé dans ma poche, après que le propriétaire l'ait déposé à l'Office de Tourisme *pour d'éventuelles visites durant son absence, pour quinze jours minimum. J'en ai justement une de prévue demain matin. Au moins, je serai à l'heure.*

— Tu es sérieuse ?

— N'est-ce pas toi qui a toujours voulu vivre, juste une nuit, dans une tour Martello ? Vivre, une seule nuit, la même expérience que ton écrivain ?

Aaron se leva et agrandit ses yeux pour s'imprégner de cette tour noircie par la nuit. Il toisa à nouveau Emmy et chercha sur son visage ce qui clochait. Mais à part ses cheveux humides, ses lèvres bleuies et son corps qui tremblait de froid, rien d'autre ne transparaissait. Il se rapprocha d'elle pour l'enlacer et l'embrassa. Son endurance étant moindre que celle d'Aaron, elle dut ôter ses lèvres pour reprendre son souffle, malgré le bonheur ressenti. C'était le bon moment. Tremblotante, Emmy se dépêcha de fouiller dans son sac trempé pour récupérer le cadeau, une enveloppe verte qu'elle sortit d'un sac congélation, bombée au centre. Elle saisit la main gauche d'Aaron, puis la lui tendit. Après un baiser rendu, elle décala ses lèvres jusqu'à son oreille et susurra :

— La nuit est à nous, « mon » Joyce[46] *!*

46 - Référence à l'écrivain irlandais James Joyce qui séjourna un temps dans une tour Martello pour écrire son roman *Ulysse*.

CHAPITRE 15
Dimanche 14 juin 2015
13h21

— On bouge !

— Déjà ? s'étonna Megan, écarquillant les yeux. Tu ne prends plus de café, c'est nouveau ?

— Pas aujourd'hui.

Aaron se leva pour amorcer le départ. Il avait besoin de sortir, l'air ambiant l'étouffait.

— Mais j'ai ton cadeau ! Tu peux bien attendre deux minutes que je te l'offre ? termina Megan sur un ton désenchanté alors qu'elle constatait la tournure désagréable que prenait leur déjeuner anniversaire.

— Ah… grimaça-t-il gêné. Le mien est resté à l'appart… On se les donne plus tard ?

Il savait qu'elle préférerait attendre. Il paya l'addition sans prendre le temps de discuter des recettes avec les employés - comme il adorait le faire - mais confirma juste qu'il avait apprécié le menu. Côte à côte, mais distants, ils errèrent dans la rue en direction de la gare. Certaine qu'une pensée négative le perturbait, Megan n'osa pas lui prendre la main pour rejoindre la petite station de DART. La cabine d'information voyageurs avait ses stores baissés. Ils remarquèrent sur le *paperboard* que le dernier départ de train avait eu lieu un peu plus tôt.

— Il nous reste le bus. Je pourrai en profiter pour me blottir contre toi tout en admirant le paysage, projeta-t-elle d'un air amusé pour briser le silence oppressant qui s'était installé entre eux.

La grille des horaires du bus annonçait le prochain départ dans cinq minutes et le suivant deux heures plus tard.

La journée étant fichue, elle préféra quitter l'endroit à la première occasion. Ils payèrent leur ticket et se dirigèrent au fond du bus. Par la large vitre arrière, Aaron regarda l'espace réservé aux taxis. L'un d'eux, qui stationnait jusqu'alors, démarra à vive allure, les doubla et partit en direction de Dublin.

— On ne peut pas rentrer en bus ! Viens !

— C'est quoi ces conneries ?

— C'est juste un jeu ! Viens !

Aaron détala du bus, Megan le suivit de loin. Le chauffeur les avertit qu'il partirait dans la minute. La porte se referma et le bus quitta *Greystones*. Megan marcha d'une allure forcée en restant un bon mètre derrière Aaron et lui signala son mécontentement. Aaron s'avança vers sa cible : une berline grise métallisée. Il se fondit dans le personnage et accosta le chauffeur derrière son volant. À peine ouvrit-il la bouche, qu'un *bagpacker*[47] se jeta sur la porte arrière et s'engouffra dans le véhicule. Le taxi démarra sous leurs yeux. Aaron pesta, et Megan se mordit les lèvres pour ne pas lui sortir un «*je te l'avais dit*», et s'éviter une potentielle dispute. Décidé à aller au bout de son idée, Aaron commanda un taxi depuis la borne d'appel. Cinq minutes plus tard, une berline bleue siglée *Tacsai*[48] se gara devant eux et les pupilles d'Aaron s'illuminèrent. «*Je te l'avais bien dit*» s'amusa-t-il à imiter Megan. Il chassa son sourire pour reprendre son rôle et s'approcher de la vitre du conducteur.

— Nous devons absolument rattraper le bus qui vient de partir pour Dublin ! s'affola-t-il avec ses bras montrant la direction du bus en question.

— Pardon ?

— Il faut le rattraper !

— Je suis chauffeur de taxi, pas pilote de formule un ! rétorqua le chauffeur, incapable de dire si ce jeune homme était sérieux.

Aaron qui constata sa mine dubitative tenta de flatter le chauffeur.

47 - Voyageur équipé d'un sac à dos.

48 - Dénomination d'un taxi, en langue gaélique.

— Votre voiture a des chevaux sous le capot, et je suis sûr que vous savez piloter. C'est urgent ! réaffirma-t-il en tapotant sur la portière du chauffeur.

— C'est dimanche. Alors urgent ou pas, je roulerai à l'allure d'un dimanche, mon garçon.

L'homme avait adopté un ton plus autoritaire qu'au début, pour rappeler à Aaron qu'il resterait maître de sa conduite. Mais le jeune homme était un professionnel du jeu, et en une seconde, il retrouva sa patte d'autrefois. Son assurance et surtout, sa dose d'adrénaline. Il rendit son visage plus poignant, contrôla si personne ne se trouvait trop près d'eux, puis il s'abaissa pour mieux fixer le chauffeur.

— Écoutez... J'ai oublié ma veste sous un siège. Elle contient une enveloppe avec une très grosse somme. Si nous le rattrapons avant d'arriver à Dublin, vous serez grassement payé. Je triplerai votre course ! assura-t-il en ayant pris le soin de rendre sa voix plus grave.

— C'est quoi cette histoire tordue ? Vous n'êtes pas partis avec ce bus, mais votre veste s'y trouve ? Vous me faites perdre mon temps, éloignez-vous.

Peu convaincu par les histoires de ce jeune excité, il voulut lui clouer le bec et attendre son prochain client sérieux.

— Ma copine est enceinte ! Elle a eu besoin de vomir alors on est ressorti. Le chauffeur n'a pas voulu attendre qu'elle se sente mieux. Sur le coup, je n'ai pensé qu'au bébé. Vous aussi, vous en auriez fait de même, n'est-ce pas ? Pour le bébé !

Le chauffeur jeta un œil à Megan. Elle s'était momifiée, prise de court par la situation et ne reconnaissant plus Aaron. Par réflexe, elle se tint le ventre et mima du mieux possible le retour de ses haut-le-cœur présumés. « *Peu crédible* », lui aurait balancé Aaron en appréciant moyennement son jeu d'actrice.

— Avec le numéro de bus et l'heure de départ, il ne vous reste plus qu'à contacter la gare et les prévenir pour votre veste.

Pour que le jeu fonctionne, il fallait aller jusqu'au bout.

Sans retour en arrière. C'était leur règle et comme le reste, Aaron n'oublierait pas.

— Le problème est là ! Ma veste, rien ne prouve qu'elle m'appartient. Mon portefeuille est avec moi.

— Vous plaisantez ?

— Non, Monsieur. Personne n'aurait envie de plaisanter en pensant à autant d'argent en jeu.

— Et comment, à votre âge, on peut avoir « autant » d'argent, en Irlande et par les temps qui courent ?

— On se débrouille. J'allais quadrupler votre course, mais laissez tomber ! se rétracta Aaron qui repartit vers un nouveau taxi en train de se garer derrière son confrère. Le premier chauffeur gambergea, épia la discussion depuis son rétroviseur. Appâté par le gain prévu, il le klaxonna et sortit de son véhicule pour le héler. Aaron tourna la tête, lui fit signe que ce n'était pas la peine, mais le chauffeur se déplaça pour dérober le client sous le nez de son ami taxi.

— Vous quadruplerez ma course, c'est sérieux ? À la base, je ne suis pas donné. Vous avez vu ma berline ?

— Deux cents euros, c'est une récompense correcte ?

— Deux cents ?

— Je perds un temps fou ! Vous les voulez ou non ? dit-il en se tenant prêt à retourner vers le second taxi.

Le ton non négociable d'Aaron surprit Megan. À aucun moment, elle n'avait osé s'interposer. Sa curiosité sur l'attitude d'Aaron l'avait clouée sur place, mais cette histoire la mettait mal à l'aise. Alors elle s'approcha d'Aaron pour mettre fin à cette situation incongrue.

— Dépêchez-vous de monter, Mademoiselle. Ça ira pour votre bébé ?

— Elle a tout vomi, alors on devrait être tranquille. Maintenant, il faut foncer !

Aaron masqua son euphorie d'une main sur le visage et s'empressa de faire le tour du véhicule. Gentleman et fidèle à son rôle, il ouvrit la portière à Megan en passant un doigt sur ses lèvres pour l'encourager à se laisser mener. Elle se mit à bouillonner quand il finit par lui caresser le ventre et parler au bébé.

Le chauffeur pécuniairement motivé manœuvra un rapide demi-tour déposant une bande de gomme sur l'asphalte puis fit vrombir son taxi sur la nationale menant à la capitale. Cramponné sur le siège arrière, Aaron ressentit l'adrénaline affluer ses veines. Cette sensation qui leur procurait un frisson à chaque fois, celle qui les embarquait dans une passion folle et surtout, celle qui le liait à Emmy. Il annonça qu'il reconnaissait le bus, plus très loin devant eux. Il lança un regard joueur à Megan en espérant déceler chez elle une petite part d'aventure, trouver un brin de folie s'animant sur son visage. Mais ses mains incrustées sur la poignée et le visage rouge de rage ou de honte démontraient sa vision de la situation.

Il s'en détourna tristement. Aucune femme ne la remplacerait.

DÉFI DE FUITE

— Tu es prête ?

— Sans doute plus que toi !

— Quel est ton nom d'infiltrée ?

— Miss...

Elle chercha dans la marée humaine sur O'Connell Street, le détail qui la déciderait. Son attention se porta sur une jeune adolescente en surpoids et sirotant un demi-litre de soda à la paille. Surtout sur son tee-shirt bleu flashy avec en jaune fluo, l'inscription : « I'm honest ».

— Miss Honest ! annonça-t-elle d'une voix satisfaite en suivant sa cible du regard.

Elle testa différents tons de voix, passant de la gentille poupée suédoise à la rustre Russe. Ce dernier registre lui convenant mieux sur le moment.

— Tu devrais rajouter une terminaison qui sonne vraiment russe alors. Du genre « Honestina » ou « Honestova ».

— Je l'ai, « Honestinova » ! C'est assez long pour embrouiller et ne pas avoir envie d'en savoir davantage. Et

toi ?

— Je serai l'agent Matthew Riked ! annonça Aaron avec une pointe d'excitation.

Emmy ouvrit grand la bouche et lui assena un coup au pectoral gauche.

— Enfoiré ! Si tu te fais choper, c'est ton pote qui trinque !

— D'où la nécessité de ne pas me faire démasquer, ironisa-t-il. J'ai toujours rêvé de son talent pour jouer sur le terrain... alors le temps d'un défi, je peux bien être lui.

— Il est 14h12. On démarre à « quinze » ?

— OK ! Donc, quatre arrêts à ta convenance, pas plus de vingt euros dépensés et au moins quatre Miles[49] de balade dans Dublin. Si tu me perds moins de cinq minutes, c'est un point. Et si tu m'échappes plus de dix minutes, tu gagnes le jeu.

— Deal !

Emmy attendit qu'il lui tape dans la main. Il préféra s'emparer de ses lèvres et lui dire « je t'aime, mon espionne ». Une manière de conclure le marché qu'elle accepta.

— Tu ne me sèmeras pas, Miss Honestinova !

— J'ai hâte de recevoir ton appel en pleurs pour me dire que tu es perdu ou que le chauffeur t'a démasqué !

— Tu ne tiendras pas longtemps un argumentaire de taille ! J'espère que tu auras comme conducteur un ancien flic ou un fan de polars trop curieux ! Bref, je déclare ouverte la filature baptisée « Saturday Afternoon Fever[50] » ! Tu devrais proposer ce genre d'activités à ton boulot. Les touristes accourraient en masse, c'est certain, et tu l'aurais, ton emploi à temps plein.

— Je préfère notre vie à l'argent et je suis fière que vous m'ayez sélectionnée pour vous défier aujourd'hui, Agent Riked !

— Un plaisir partagé !

Aaron sortit un objet de sa poche et l'inséra dans l'oreille droite.

— Quel intérêt y a-t-il à se fourrer une boule Quies en

49 - Unité de mesure kilométrique anglo-saxonne.

50 - « La fièvre du samedi après-midi ».

journée ?

— Je suis pro et discret. On croirait vachement à une oreillette. Avec le doigt dessus, je peux parler à un complice. « John ! On a un code B-6 ! La poupée russe est en fait une ancienne prostituée ! Elle a démarré sa carrière dès l'âge de douze ans » et...

— Ne parle pas comme ça !

— J'ai répété avec Marcus, il était bluffé.

— Ta blague est super naze, s'emporta Emmy devenue aussitôt rouge de colère. J'ai changé d'avis, je serai écossaise.

— Si on ne peut plus plaisanter...

— Si. Quand c'est drôle.

— En tout cas, mes accessoires ont plu.

— À Marcus, ton voisin de six ans ? Son jugement a dû être très objectif.

Ils étaient habillés comme des personnes d'affaires. Jeunes, mais classes. Aaron portait son costume avec le veston qu'il ne revêtait que deux fois par an. À Noël sur demande de sa mère et à la cérémonie annuelle de remise des prix des sports gaéliques. Leurs fausses identités avaient été travaillées pendant une semaine, inspirées par leurs films cultes, et peaufinées avec des informations fouillées sur Internet.

14h15 s'afficha sur la devanture du cinéma derrière eux. La filature démarra.

Emmy prit possession de son personnage et descendit d'un pas timide sur le boulevard, suivi d'autres, plus affirmés. Elle héla le premier taxi venant dans leur direction. Aussitôt servie, elle s'y engouffra, un tantinet stressée. Le chauffeur tarda à partir, puis roula lentement et freina à plusieurs reprises. Aaron voyait déjà la piètre comédienne se faire éjecter de la voiture et tout faire foirer. Mais le taxi enclencha son clignotant et rejoignit les véhicules à l'arrêt au premier feu rouge. Dès le feu passé au vert, il tenta de se faufiler au mieux pour grappiller du terrain. L'hameçon avait mordu, Aaron aussi. Excité, il se mua en infiltré et courut vers le premier taxi libre trouvé. Dans son personnage, il était un jeune « indic' », recruté par la « criminelle financière ». Un nouveau genre de fonctionnement plus ancré dans l'action. Sa mission consistait à suivre, non plus une espionne russe, mais une moucharde écossaise brune aux yeux verts, engagée par l'Angleterre pour démasquer ses contacts sur Dublin. Qui seraient-ils ? Des leveurs de fond pour alimenter une milice de l'Irlande du Nord ? Dans quel but ? Anéantir par les armes l'économie d'un secteur novateur en Irlande, et récupérer le projet appelé à devenir très lucratif pouvant contribuer, par des appuis politiques, à accélérer les souhaits de voir se reformer la « grande » Irlande ? Ce scénario hollywoodien, à la sauce « Aaron-Emmyesque », avait émergé après quelques verres de vodka bon marché chez Hailey, et avant une étreinte déchaînée. Aaron tomba sur un chauffeur de taxi sympathisant de la cause nationale, sans se mouiller ouvertement pour autant. La cible idéale, l'allié sûr qui jurait sur l'Angleterre sans trop le forcer.

Emmy descendit moins d'un mile après leur départ et se rendit dans un pub. Le chauffeur d'Aaron connaissait bien son confrère qui transportait Emmy et se proposa de le joindre pour le prévenir de la mission en cours. La boulette ! Aaron le tempéra aussitôt. Aucun contact ne devait être établi au risque d'éveiller les soupçons de l'espionne qui n'hésiterait pas à trancher la gorge du chauffeur. Son surnom étant « la fine lame sans âme ». La mission serait infructueuse, et des représailles imminentes contre le pays et sur sa personne pourraient survenir. Il était désormais dans la confidence du projet, qu'il le veuille ou non. Son associé faisant de l'huile derrière son volant, l'agent Riked, lunettes sombres enfilées, se faufila sur le trottoir et entra à son tour dans le pub. Les deux acteurs amateurs se retrouvèrent, Emmy perdit la première manche. Elle avait commandé un Gin Tonic et Aaron, qui se voyait dans la peau de James Bond, pencha pour un Martini avec olive.

Après un verre alcoolisé et quelques caresses sous la

table, ils filèrent aux toilettes pour assouvir leur envie. Ils durent se maîtriser lorsque des soiffards déboulèrent dans l'espace pour soulager leur vessie. Puis Emmy quitta les lieux la première, suivie de peu par Aaron qui reprit sa mine préoccupée. Chacun regagna son véhicule de jeu. Emmy rouvrit la route, tâchant de rouler un mile afin de profiter du trafic chargé d'un samedi. En se retournant, elle ne distingua plus le taxi d'Aaron par la vitre arrière, alors elle s'offrit une deuxième halte. Mais encore à l'affût, son chauffeur n'hésita pas à faire remarquer le nouvel arrêt de son confrère. Aaron vit Emmy entrer dans une chaîne de prêt-à-porter et fit de même en pressant le pas. Elle monta à l'étage dédié aux femmes, et Aaron continua de la suivre à distance. Il hésita à poursuivre sa filature quand Emmy pénétra dans le rayon lingerie et accessoires érotiques. Il perdit sa trace et se décida à franchir la ligne rouge et parcourir le rayon sous les regards interloqués des clientes qui se projetaient en petite tenue. Sur les caméras de surveillance, il devait sans doute passer pour le nouveau pervers de la Liffey. Malgré tout, il s'en servit à ses fins en ne lâchant pas des yeux les écrans de contrôle installés derrière les caisses et braqués sur les deux sorties possibles. La silhouette de sa poupée écossaise traversa la caméra deux, tête baissée. Elle s'échappait par la sortie de derrière. Il dévala l'escalator et courut pour l'intercepter.

— On avait dit : un lieu touristique ! se plaignit Aaron auprès d'Emmy en lui empoignant le bras.

— Mais mon cher ami, c'est un lieu incontournable pour nous, les femmes. Et en plus, j'ai repéré, enfin acheté... un ensemble avec des bas résille trop chou ! Et si je me changeais, ça ajouterait du piment au scénario. Je dirai au chauffeur que ma nouvelle tenue, c'est pour... pour qu'un associé me repère et... me remette une information capitale ! rétorqua Emmy en lui caressant d'un doigt le visage.

Aaron reconnaissait bien le culot d'Emmy derrière son personnage, très à l'aise avec cette nouvelle identité. Malgré sa déception de ne pas avoir réussi à le semer, elle ne s'avouait pas vaincue, mais plutôt boostée de voir que cette deuxième étape avait donné du fil à retordre à Aaron. Il commençait à se méfier des ardeurs de son espionne qui n'était pas prête à le laisser vaincre.

— Allez, il faut y retourner. Je t'ai pistée deux fois sans soucis, il ne te reste plus que deux chances.

— Mon chauffeur a commencé à me cuisiner sur le pactole promis. Je ne sais pas s'il doute de mon histoire ou s'il est trop curieux. En tout cas, il veut voir la couleur des vingt euros, sinon il menace de me lâcher.

Aaron lui ôta des mains son sac affriolant.

— Alors, il te faut choisir. Porter un bout de tissu trop cher ou espérer remporter une filature.

Emmy devint furieuse, lui jubilait. Elle lui reprit son achat des mains. Le chauffeur ne verrait pas la couleur de son argent. Point.

La poursuite reprit. Elle tenta une nouvelle stratégie en imposant un détour dans un quartier aux ruelles multiples et demanda à son taxi d'en emprunter le plus possible pour brouiller leur piste, puisque le « prochain contact » devait lui révéler où elle récupérerait l'argent. À la recherche du premier point d'attraction sur son chemin, Emmy descendit au départ du Viking Splash Tour[51], situé au nord de Saint-Stephen Green[52]. Elle se cacha dans une file d'attente à côté d'une tribu d'enfants déguisés et surexcités de monter à bord. Ne voyant toujours pas Aaron à l'horizon, elle lutta pour se retenir d'exulter. L'attraction allait démarrer, Emmy suivit les marmots et présenta son Pass au chauffeur. À distance raisonnable, Aaron était posté plus en bas du parc, masqué par son Irish Times. Le signal du départ hurla et le bus démarra. Aaron accourut devant le capot et demanda à monter. Le chauffeur, qui venait de quitter son emplacement, se décala et lui expliqua d'un geste qu'il était fou et en retard.

Installée à bord du bateau-bus, Emmy, qui vit Aaron piégé, exulta enfin et déclencha son chrono, espérant que les

51 - Attraction touristique pour visiter Dublin à bord d'un bus-bateau.
52 - Parc fleuri situé au cœur de Dublin.

cinq minutes à tenir allaient défiler à toute allure. Dépité de s'être fait snober, Aaron franchit les grilles du parc et entama une course folle. Deux jeunes amoureux, plus occupés à étudier l'art du baiser qu'à surveiller leur vélo, ne remarquèrent pas son approche. Il sauta sur le premier et leur hurla « je le dépose au sud du parc, désolé ! ». Malgré l'affluence, il pédala sans relâche, fonça jusqu'à la rue adjacente et termina essoufflé. Il apprécia néanmoins de voir l'autocar jaune et chargé de marmots approcher. Aaron batailla encore quelques mètres pour rejoindre le nouveau point de collecte et demander à monter. Le chauffeur le toisa en se souvenant parfaitement l'avoir vu un peu plus tôt, mais accepta et attendit qu'il s'acquitte des vingt euros du ticket. Il n'avait pas le choix.

Emmy ne cacha pas sa surprise de voir Aaron s'avancer vers elle tout sourire. Elle jura pour le plus grand plaisir des minots, puis jeta son sac sur la place libre à côté d'elle en lui balançant un : « occupé ! ». Assis sur un des bancs éloignés à bord du vaisseau, Aaron profita du moment pour revisiter Dublin par un samedi ensoleillé. Emmy boudait ce plaisir, encore à la recherche de l'esquive idéale.

Les deux taxis suivaient du mieux que possible la galère roulante, prêts à les récupérer selon l'évolution de la traque. Ils durent contourner la Liffey quand le bus se transforma en bateau pour traverser le fleuve. Aaron passa deux fois devant Emmy. Une fois pour savoir si la place à côté d'elle était toujours occupée, la seconde fois pour lui demander si elle n'avait pas perdu son ticket. Il n'avait pas manqué d'inscrire dessus « last chance ». Elle l'écrasa aussitôt et lui jura de l'anéantir lui aussi.

Au dernier feu rouge sur le parcours touristique, Emmy passa à l'action. Elle quitta précipitamment le navire en s'excusant auprès du chauffeur interloqué. Aaron se dépêcha de sauter par-dessus bord quand le bus ralentit. Sous son nez, le taxi transportant Emmy passa en trombe. Mais il put compter sur son complice, devenu une véritable sangsue. La traque reprit, la dernière possibilité se jouait.

Elle le balada à travers Phoenix Park, à la recherche de la moindre occasion pour enfin s'en débarrasser. Mais le trafic était fluide. Sans succès, elle regagna le centre-ville chic et opta pour une escale qu'elle seule connaissait. Elle descendit et approcha les marches de l'imposant hôtel de luxe, sans oublier d'adresser un regard noir au taxi d'Aaron qui se garait à son tour. Déjà venue ici dans le cadre de son travail pour un accord de prestation avec cet établissement, elle sortit de son personnage pour redevenir la chargée de tourisme. Elle s'approcha du groom au smoking gris impeccable qui bullait, planté comme un piquet sur le perron, et échangea quelques mots avec lui. Il se mua en gentleman pour l'accompagner en haut des marches et s'inclina pour lui ouvrir la large porte dorée, poussée de ses gants de cuir gris. C'était « sélect' », constata Aaron. Se sentant piégé, il se présenta tout de même devant le promontoire réservé à une clientèle aisée. Le groom suréleva son imposant haut--de-forme pour saluer Aaron puis le dévisagea de la tête aux pieds.

— Monsieur aurait-il une réservation auprès de notre maison ? se renseigna le groom d'une politesse feutrée.

Aaron s'essaya à deux identités, mais le groom se confondit en excuse de ne pas recenser de réservation ni de le compter parmi ses précédents hôtes. Apercevoir Emmy discuter avec un membre du personnel tout aussi apprêté, proche de l'énorme bureau d'accueil, le fit enrager. La peur de perdre le saisit. Il observa son « Écossaise » quitter le hall vers le boudoir et lui adresser un discret salut jovial. Un employé la mena ensuite vers la terrasse panoramique qui offrait une vue dégagée sur la ville. Heureuse comme une enfant, elle écouta les informations du responsable, et ils parlèrent des nouvelles offres à proposer aux touristes huppés. Mais surtout, elle ne manqua pas de jeter des coups d'œil à son chronomètre et sur la rue où Aaron était encore en pourparlers avec le groom. Amusée jusqu'alors, elle changea rapidement d'humeur quand elle découvrit que les deux chauffeurs de taxi avaient quitté leurs véhicules et dis-

cutaient en rejoignant à pied l'entrée de l'hôtel. Ils étaient démasqués, pensa-t-elle. Emmy s'empressa d'abréger les détails sur le confort de l'hôtel et demanda à ressortir par le garage dans le but de mieux vendre la praticité des lieux aux potentiels clients.

Interpellé par les chauffeurs aux mines remontées, Aaron n'attendit pas plus longtemps et s'enfuit dans la ruelle la plus proche puis bifurqua sur une artère plus fréquentée du centre-ville. Son chauffeur le prit en chasse à pied, le second regagna son taxi pour avoir une autre chance de le coincer au croisement opposé. Le temps à tenir était largement dépassé et Emmy déguerpit du quartier à son tour. Tellement vite qu'elle manqua de peu de finir sous les roues d'une voiture, qui termina sa course les pneus crissant. La folie du jeu l'emportait. Médusée, la conductrice n'en revenait pas.

Emmy rejoignit le plus proche arrêt de bus de la ligne 31, la liaison « Greystones – Dublin City Centre » et s'y engouffra. Un arrêt plus loin, Aaron, qui transpirait et haletait, y monta également et se pressa vers le fond. Pris à leur propre piège, le taxi collait le bus, essayait de le doubler à chaque opportunité en usant de son klaxon rageur et d'appels de phares pour attirer l'attention du chauffeur. Les deux apprentis espions n'en menaient pas large. Le bus s'approchait du terminus en centre-ville et, comme l'obligeait le tracé, le véhicule emprunta une voie exclusivement réservée à ce moyen de transport, avec un arrêt le long de celle-ci. Le nez collé aux portes, Aaron et Emmy s'empressèrent d'y descendre puis de courir, aidés d'une pointe d'adrénaline, avant de se fondre dans la masse dublinoise et d'enfin en rire.

— Comment le vis-tu ? s'enjoua-t-elle en agitant son téléphone avec le chrono, sous le nez d'Aaron.

— Je croyais vraiment que tu te ferais démasquer. À croire qu'usurper une identité te réussit.

— Peut-être que je n'ai jamais été celle que tu crois.

— Tu es étonnante !

— *Pour toi, j'aurai toujours ce talent.*
— *Je n'ai pas parlé de talent. Lequel aurais-tu ?*
— *Celui de toujours te surprendre.*

— Celui devant la camionnette rouge, le « 31 » ! Vous le voyez ? Nous y sommes presque ! Vous êtes un champion ! s'écria Aaron, en tapotant l'épaule du pilote.

— J'ai la conduite dans le sang ! se félicita-t-il d'un air graveleux tout en caressant son volant en cuir. Dès que la zone limitée prend fin, je monte à cent cinquante et on pourra le doubler. Je peux faire signe au conducteur de se garer ou me mettre devant avec les warnings, pour qu'il comprenne !

— Surtout pas ! le réprima Aaron d'un air sérieux. Vous imaginez que je pourrais vraiment récupérer le magot si je lui explique pourquoi je dois remonter dans son bus ? Je pourrai dire adieu à tout mon blé, et notre deal... Et puis, comment convaincre le bus de s'arrêter en dehors de ces zones ?

— C'est quoi le plan, alors ?

Le chauffeur devenait inquiet et écrasa un peu moins la pédale d'accélération.

— Le mieux serait d'arriver avant lui au prochain arrêt. Ma copine et moi, nous montons, incognito. Je retire la pochette pendant qu'elle me couvre et vous, vous nous retrouvez à l'avance au terminus sur *O'Connell* ! conclut Aaron avec des étoiles dans les yeux.

— Qu'est-ce qui me dit que vous ne me ferez pas un sale coup ? Vous pourriez très bien partir sans me payer, au final ? Donnez-moi d'abord le prix de la course !

— Quel serait mon intérêt de prendre un bus pour rejoindre Dublin alors que nous sommes déjà en taxi ! Je pensais que vous espériez plus.

Aaron gratta dans sa poche intérieure de jeans, pleine de bonbons pris à la caisse du restaurant.

— OK ! Non je veux dire, c'est bon ! On le fait !

Le chauffeur carbura sur la voie de gauche, ne se préoccupant plus du bus au moment de le dépasser. Il remplit sa mission de transporteur et déposa le couple à l'arrêt voulu. Aaron lui adressa un pouce levé avant de monter dans le bus. Megan se retenait miraculeusement depuis qu'elle était entrée dans le taxi pour ne pas faire capoter le jeu imposé. Elle n'osait pas croiser le regard du chauffeur qui, absorbé par sa tâche, broya la pédale au plancher.

Le subterfuge, déjà testé et approuvé, se répétait exactement comme dans ses souvenirs. Sauf qu'il déchanta lorsqu'il remarqua la présence du taxi juste derrière eux. Il comprit que la voie autrefois réservée aux bus, était désormais ouverte à tout véhicule. Aaron ne cacha pas son angoisse et rembarra Megan qui s'apprêtait à lui sortir sa phrase magique. Ils descendirent au terminus d'*O'Connell Street.* Megan resta en guise de garantie auprès du taxi, tandis qu'Aaron partit retirer du *cash*, assez pour doubler la note du chauffeur sous peine d'avertir la police.

CHAPITRE 16

Lundi 15 juin 2015

07h28

Megan se leva la première. Elle avait peu dormi et d'un sommeil agité. Réveillé le premier, Aaron resta allongé. Il n'avait pas fermé l'œil de la nuit. L'apparition de cette lettre, pas encore fouillée, le hantait. Ce matin, il ne se lèverait pas. Megan avait tenté à plusieurs reprises de le ranimer en douceur, puis plus sensuellement, mais il déclina ses propositions.

— Il est huit heures. Tu vas être en retard, lève-toi !

— Je ne me sens pas au mieux, je vais rester là. J'appellerai le boulot, j'irai cet après-midi si je vais mieux.

— C'est étrange. Depuis le dîner chez tes parents, tu es bizarre, reconnais-le ! On démarre une étape importante et je l'imaginais bien plus réjouissante.

— Être malade, ça arrive, non ?

Aaron se détourna de Megan et s'enroula dans la couette malgré la température plutôt agréable. Elle soupira et partit se pomponner. Le son du journal télévisé du matin permettait de camoufler la distance qui s'était forgée entre eux au fil du week-end. Seule pour déjeuner, elle observait le lit où son convalescent demeurait immobile, cherchait ce qui clochait, puis pesta intérieurement en voyant la pile de cartons encore non déballés traînant dans l'appartement. Sa contrariété l'empêcha d'avaler sa deuxième banane. Son appétit était absent, mais il était l'heure pour elle de décoller. Elle déposa ses lèvres sur la tempe d'Aaron et l'avertit de son départ d'une voix enjouée qu'elle exagéra, avant de claquer la porte.

Enfin seul.

Le malade imaginaire resta encore un moment immobile dans son lit. L'envie de sauter sur son enveloppe se raviva, mais découvrir son contenu le terrifiait. Il préféra passer sous la douche puis grignoter trois pancakes trempés dans son café. Le carton qui renfermait la lettre l'attendait derrière lui, juste à sa droite. La force de sa présence l'attirait comme une onde magnétique. Enfin décidé, il se leva et ouvrit le carton dénommé « *Games of Aaron* ». Megan avait cru bon de rajouter au feutre rouge : « You're *too old*[53] ! ».

Il en sortit l'enveloppe verte, retira les bouts de scotch puis glissa ses doigts à l'intérieur. Le jingle télévisé des infos de neuf heures résonna, il laissa l'enveloppe pour se jeter sur le téléphone et avertir Jeff, son collègue intrusif. Ce dernier le chahuta et lui demanda quelle position risquée il avait testée avec sa copine pour ne pas être apte au service ce matin. En tentant de couper court avec courtoisie, Aaron faisait les cent pas devant le lit et défiait du regard son courrier. Attendre plus longtemps devenait impossible. Encore à devoir écouter les blagues vaseuses de son collègue en fond, il secoua le carré vert et son contenu se déversa sur le lit.

La couverture arrachée du roman de Joyce, « *Ulysse* », son préféré ; un billet de Monopoly de dix mille francs, avec le bord droit du bas consumé ; un bout d'article de l'*Irish Times*, avec en dessous des résultats de *Greyhound*[54] où des lettres et numéros étaient entourés ; un médiator peint aux couleurs de l'Irlande, très fin et souple. C'était celui avec lequel il avait osé jouer sur scène pour elle. Aaron se gratta la joue avec, tandis que son collègue n'en finissait plus de raconter ses histoires. Il fourra sa main dans l'enveloppe et trouva deux vrais billets cette fois, de cinquante euros chacun, enroulant une feuille de cahier à spirale déchirée et repliée en quatre. C'était une lettre signée de Peter Highdall, rédigée depuis son internat d'*Athlone* et datée du mois passé.

Aaron ne tint plus et raccrocha sans prévenir. Il se cala

53 - T'es trop vieux !

54 - Terme désignant les paris sportifs faits sur des courses de lévriers.

sur son lit, lettre en main et dos au mur.

«Aaron,

Il m'a fallu du temps pour écrire et t'envoyer ce qu'Emmy avait laissé pour toi. Maintenant, c'est fait. De toute façon, ça ne change rien à ce qui est arrivé. Bientôt trois ans qu'elle n'est plus. Ma sœur me manque vraiment. Je pense qu'elle te manque aussi, c'est sûr même. Je ne te l'ai pas donné plus tôt, car j'étais encore en colère contre elle, mais vraiment. Parce que c'est elle qui m'a envoyé ici et ce n'est pas tous les jours facile. Mais bon, maintenant je m'y suis fait et j'ai grandi aussi.

Et pour mes potes d'avant, ceux qui dealaient, je les aimais bien. Alors qu'elle décide de ma vie… j'avais la rage contre elle, sérieusement.

Bref...

Il n'y a pas longtemps, un gars qui a passé des années au centre où je suis, est venu nous parler de la vie qu'il mène aujourd'hui. En l'écoutant, j'ai compris ce qu'avait fait ma sœur pour moi. J'ai compris qu'elle voulait m'aider à sortir de notre vie pourrie, des problèmes avec mon père, que je fasse des études pour avoir un vrai travail plus tard. Peut-être que je pourrai enfin tenter ma chance à l'étranger.

J'espère que tu vas bien et même si je n'ai pas toujours été hyper sympa avec toi, que je ne te parlais pas trop quand tu venais à la maison, je t'aimais bien.

Bref.

Tout le reste, c'est le courrier que j'avais trouvé dans sa chambre. Je savais que c'était certainement pour vos jeux bizarres et qu'elle était pour toi.

P.S. : Dans l'enveloppe, il y avait cinq cents euros. Comme j'étais énervé contre Emmy, j'en ai dépensé une partie. J'essayerai de te rendre ce qu'il manque. Enfin, dès je pourrai, quand je travaillerai...

Peter».

Ému et terriblement nostalgique, Aaron se tapa l'arrière

du crâne contre le mur. Son cerveau était lourd de souvenirs et de regrets. Il scruta une nouvelle fois chaque élément qu'Emmy avait eu entre ses mains, comme lui les tenait aujourd'hui. La tristesse et une éternité les séparaient. Ce jeu de piste qui aurait peut-être tout changé et pu la sauver le dévastait.

Il fouilla l'appartement à plusieurs endroits et ressortit sa guitare, son Monopoly et son roman de James Joyce. Puis Aaron déplia la planche du jeu de société. Un flyer d'annonce de match de *hurling* « au sommet » était resté collé par l'effet du temps. Deux stars des équipes de Dublin et de Kerry étaient à l'affiche, hurlantes et *hurley* en main, avec le décompte des victoires pour chacune des formations dans leurs confrontations. Un score de « 30-20 » avait été modifié en score de « 30-29 », maquillé au vernis à ongles vert par Emmy. Score qu'elle était presque parvenue à rééquilibrer après plusieurs défis relevés. Aaron esquissa un rictus douloureux. Devenus des artistes du jeu, ils s'étaient amusés à tenir à jour un compte des points au fil des paris réalisés et recueillis dans un carnet qu'il ressortit également. De parfaits partenaires en amour et des adversaires aguerris. Emmy était devenue redoutable dans leur recherche d'adrénaline comme le permettait leur liaison, il se souvenait encore comment la freiner était compliqué. Quand il la retrouvait avec le visage ravagé à cause des fréquents soucis familiaux, ses envies de jeux s'intensifiaient en dangerosité.

Aaron ajouta la publicité du *hurling* aux autres indices sur le lit. Au-dessus du jeu déplié, il parcourut du regard toutes les cases des prestigieuses avenues, boulevards et rues. Il y fit glisser ses doigts et repassa sur une case abîmée avec une partie enfoncée. L'odeur d'Emmy et le ressenti de ses cheveux effleurant son visage quand elle l'embrassait dans le cou l'assaillirent jusqu'au plus profond de sa poitrine.

L'image de leur première fois était gravée en lui, pour toujours.

UNE PARTIE QUI FINIT BIEN

Emmy le défia. Elle accepterait d'échanger un premier baiser avec lui qu'à une condition : qu'il réussisse à la rejoindre depuis le dernier wagon jusqu'à l'autre extrémité du DART, avant la fermeture des portes. Et ceci, au train de 8h03, un horaire à forte affluence sur la liaison « Clontarf – Connolly ». La tâche s'annonçait ardue, mais compétiteur dans l'âme et motivé comme pour une finale, Aaron était transcendé par la récompense qu'il ne pouvait laisser filer.

Les rails crissèrent et l'agitation sur le quai s'accentua quand le train se présenta. Dès l'ouverture des portes et face au flux incessant d'une masse humaine agglutinée, Aaron s'élança, fendit la foule comme pour s'extirper d'adversaires de jeu en jouant des coudes. Un homme heurté lui courut après sans pouvoir le rattraper. Sous les foudres des gens bousculés, Aaron progressait sans faiblir, mais redoutait le signal de la fermeture des portes. Néanmoins, il réussit son pari, Emmy fut bluffée.

Le souffle coupé, tous deux pour une raison différente, il ne demanda pas la permission pour goûter à sa victoire. Il l'entraîna avec lui à l'intérieur du wagon, se pencha jusqu'à la sentir se cambrer et épouser son corps. Il craqua à nouveau sur ses grains de beauté qui maquillaient son visage et s'empara de ses jeunes lèvres délicates. Les portes claquèrent, les soubresauts du train rythmèrent leur souvenir indélébile. Ce fut long, sucré, addictif. Puis ils se regardèrent, leurs pupilles se traquèrent, et elle caressa d'un ongle la cicatrice d'Aaron longeant sa pommette. Encore sous le choc, il voulut savourer une nouvelle fois cette expérience, mais Emmy le rembarra sur-le-champ en se mordillant la lèvre et se punissait elle-même, ce qui rendit fou Aaron.

— Pour qu'il y ait une suite, tout dépendra de toi. Il faudra me convaincre que tu serais prêt à tout pour me retrouver.

Elle fouilla dans son sac, chercha de quoi noter. Elle n'avait rien, sauf cette enveloppe verte à poster sans faute.

Elle raya l'adresse du destinataire, la décacheta et écrivit au dos du courrier. Fière de son idée, elle lui tendit l'enveloppe verte, un pli qui deviendrait leur empreinte. Elle lui demanda de l'ouvrir qu'une fois qu'ils se seraient quittés.

— Demain, tu auras jusqu'à la station de Greystones pour me retrouver. À chaque arrêt, je changerai de wagon, à chaque wagon tu auras ta chance en choisissant un nouveau. Si tu me retrouves, alors je serai à toi.

Aaron releva ce nouveau défi, la débusqua de justesse pendant la liaison menant à Greystones. Sept minutes inoubliables où leur seul échange fut leurs lèvres humides scellées. La sirène de fermeture des wagons ne fit qu'amplifier l'effervescence de leur évidente fusion. Un bonheur qui se poursuivit avec un encas pris par hasard à The Happy Pear, devenu leur escale indispensable.

Tous deux étaient envieux d'approfondir leur connaissance de l'autre. Hailey, l'amie d'Emmy, détenait la solution. Elle vivait en colocation au nord de Dublin avec un groupe d'étudiantes, elle y enchaînait les conquêtes tandis qu'Emmy s'était éprise d'Aaron après un stupide pari. Emmy savait qu'elle allait perdre une amie prochainement, car Hailey rêvait d'Erasmus en Espagne et l'obtiendrait, comme ce qu'elle convoitait souvent.

Un week-end où elle devait s'absenter, elle avait laissé sa clé à Emmy. Après un ravitaillement au Dunnes Stores et galvanisés par leur projet nocturne, ils entamèrent une partie de leur jeu de société favori en picorant les gourmandises. Au fil des lancés de dés, leurs esprits devenaient de plus en plus occupés à s'observer et se trahir à coup de regards envieux. Les doigts d'Emmy se perdaient dans ceux d'Aaron en lui attribuant ses vingt mille francs, comme le voulait la règle, et chassaient graduellement de leurs pensées les acquisitions hôtelières et hypothèques. À chaque nouvelle transaction, le contact devenait de plus en plus moite et accrocheur.

Emmy jeta les dés sans pouvoir décrocher ses yeux de braise de ceux d'Aaron. Son adversaire de jeu ne pouvait se retenir plus. Aaron changea de stratégie. D'un geste lent, il balaya tout ce qui se trouvait sur la planche. Seul le pion d'Emmy, un haut-de-forme en plomb, resta sur le bord. Ils se redressèrent pour se faire face à genoux et démarrer ce nouveau jeu qu'ils attendaient tant, sans enchères ni budget à constituer. Ils avaient beau l'envisager, s'y projeter, tout était différent et plus fort à vivre que leurs désirs. Leurs caresses, leurs lèvres parcouraient le corps de l'autre, leurs émotions se libéraient, ils appliquaient la règle de ce plaisir, à l'écoute et guidés par leurs émois. Sans se concerter, ils avaient voulu rester à cet endroit, avec la planche en point central de leurs actions, comme une sorte de défi non exprimé. Aaron courba en arrière sa partenaire pour mieux admirer ses petits seins fermes. Acculée, Emmy s'était inconsciemment appuyée sur le pion resté prêt du bord, en haut à gauche. Malgré sa paume enfoncée sur l'objet, elle ne la déplaça pas, préférant se pincer la lèvre et se laisser diriger par son dompteur. Aaron s'abaissa vers l'entrecuisse d'Emmy et respira ce grain de peau imbibé de fluide addictif. Alors qu'il entreprit la fusion, Emmy renversa la tendance pour le faire patienter et satisfaire son envie, laissant les lèvres d'Aaron se délecter de sa poitrine brûlante. Prise d'un élan de jouissance, elle dévia subitement sa main meurtrie. Le pion glissa sur le sol et résonna sur le parquet. Cet insignifiant impact sur la planche deviendrait un souvenir inaltérable.

Ce qu'ils préféraient par-dessus tout, c'était d'y rejouer avec des amis et les entendre pester contre leur lancé dévié à cause de cette case abîmée. Le désir toujours aussi puissant ne leur imposait qu'une seule règle : recommencer à jouer !

Aaron remit le billet, mal scotché au coin grignoté, sur la pile rose des dix mille. Avec celui-ci, il n'en comptait que trois exemplaires. Il en manquait toujours un. Il relança un dé, juste pour réentendre ce bruit si familier. Le second restait introuvable. Se saisissant ensuite du médiator « irish flag » et de sa guitare, il tâtonna pour rejouer le morceau appris pour surprendre Emmy lors de son dernier spectacle. C'était lent, ses accords sonnaient faux, et il lui fallut s'y reprendre à plusieurs fois pour émettre un enchaînement à peu près correct, mais sans vigueur. Devant l'article « *Greyhound Results* », il nota à la suite les caractères entourés au dos de la lettre de Peter.

« E.L.5.2.4. » « & » « 1.1.H.1.8. » « S.C.O.R.E.D.R.A.W[55] ».

Il brûlait d'envie de résoudre cette énigme sur laquelle il échouait. Rejouer avec Emmy. Chaque week-end. Ressentir leur adrénaline caresser ses artères. Le manque était palpable, le sevrage si dur. Elle n'était plus là, plus de ce monde. Savoir que son accoutumance au jeu l'avait peut-être amenée à une mauvaise rencontre ; songer encore à son corps immergé en baie de Dublin et repêché en lente décomposition, alors qu'il était passé de nombreuses fois tout proche, à sa recherche permanente ; repenser à cette sentence lui réservait à chaque fois d'atroces pensées. D'horribles sensations. Ne pas avoir réagi à temps, ne pas avoir saisi le moindre indice, ne pas avoir décroché ce putain de téléphone, restait un véritable châtiment. Il n'avait jamais reçu d'information de la police. Les dix jours de recherches acharnées qu'avait menées Aaron étaient une période qu'il ne pouvait oublier.

Il se demanda pourquoi Emmy avait déposé autant d'argent dans cette enveloppe. C'était une énorme somme, impossible à avoir sur son compte à leur époque. Jamais ils n'avaient pu s'amuser avec plus de cinquante euros. Il fut pris de l'irrésistible envie de feuilleter le roman de James Joyce et retrouver *Dedalus*[56]. Il survola des passages de chapitres qu'il pouvait encore réciter par cœur. Emmy ne l'avait jamais vraiment lu. Alors il ne loupait jamais une occasion de lui rappeler à quel point elle manquait de culture, planétaire de surcroît. Désespéré de voir l'exemplaire offert à Emmy lui servir de support d'ordinateur portable pour

55 - Terme pour désigner un match nul.

56 - Personnage du livre Ulysse, de James Joyce.

rehausser l'écran, il avait abandonné.

Face à cette quantité d'indices sans signification, le brouillard s'installa pour de bon dans l'esprit d'Aaron. Le sentiment de rage s'intensifia. Il rangea avec délicatesse chaque pièce et referma le carton à regret. À présent il ne savait plus quoi en faire, mais gagné par la faim, il récupéra une pomme dans la corbeille.

« Combien de fois lui ai-je demandé de ne pas mettre ses bananes avec les autres fruits ! », pesta-t-il au point de jeter la grappe dans la poubelle et se jeter sur son lit. Scruter le plafond, penser encore et encore, puisqu'un tourbillon d'images et d'émotions s'était inventé dans son esprit tourmenté.

CHAPITRE 17

Lundi 15 juin 2015

11h17

Son service de l'après-midi ne reprenait qu'à midi trente. Il délaissa le bus pour une marche oxygénante et s'infligea un détour d'un kilomètre, par des ruelles rarement empruntées. Aaron voulait éviter d'être happé par le moindre souvenir avec Emmy avant de rejoindre l'entrée de *Guinness*. Dans le vestiaire, il revêtit sa chemise brodée de la harpe blanche, puis discuta avec un collègue en fin de service et trois autres qui commençaient comme lui. Aaron resta amical, mais moins complice, tout simplement ailleurs. Pour rejoindre son poste au *Gravity Bar* situé au dernier étage du bâtiment, il préféra se réactiver en y accédant par les escaliers. Sur le chemin, il ne put faire abstraction du bruit de la cascade artificielle malgré le brouhaha des touristes. Ne pouvant y résister, il s'en approcha et tendit lui aussi sa main pour ressentir la force du courant. Il retourna à ses démons du matin. Mais une main se posa sur son épaule.

— Et si nous allions nous baigner, ma poule ? lui chuchota Jeff, son acolyte.

Cet énergumène avait le don de lui redonner le sourire en peu de mots.

— C'est midi passé, alors un conseil, réveille-toi. Il paraît que ton chef n'est pas d'humeur, l'avertit Jeff hilare avant de retourner à son bureau.

GUINNESS EXPERIENCE

Depuis une semaine, Emmy était entrée dans une énième guerre familiale. Son père se voyait proposer de moins en moins d'heures de déménageur et il pressentait que sa femme préparait sa demande de divorce à l'approche du délai légal des quatre années de séparation. Ces deux faits cumulés pourraient tout simplement les ruiner. Elle avait besoin d'Aaron pour la sortir de son marasme, pour s'évader même pour quelques heures.

Elle n'avait pas remis les pieds au Guinness Storehouse depuis plus d'un an, alors Aaron lui avait proposé de s'y distraire un moment en fin de journée avant de passer le reste de la soirée ensemble. Pas franchement joyeuse, le texto reçu d'Aaron raviva l'humeur d'Emmy et elle se dirigea vers les guichets où les touristes se raréfiaient à cette heure-ci.

— Il doit y avoir un billet enregistré au nom d'Aaron Cunnimgham pour moi, sourit-elle à l'hôtesse d'accueil.

— Le voici, confirma-t-elle en lui tendant une enveloppe verte.

En découvrant non pas un billet, mais cet accessoire, elle comprit vite qu'autre chose qu'une simple visite l'attendait, ce qui l'excita. Emmy inséra son billet dans la fente du tourniquet du Guinness Storehouse et, comme demandé dans l'enveloppe, monta directement au troisième étage de la pinte de verre. Elle rejoignit la file d'attente de la « tasting room » pour participer à la dernière session du jour de l'expérience sensorielle.

— C'est ici que tout commence, se murmura-t-elle, gagnée par d'agréables palpitations dans cette luxueuse pièce tamisée avec en bruit de fond, les explications olfactives du démonstrateur.

— Merci de déposer les verres de dégustation sur les plateaux et nous vous souhaitons une agréable visite ! Un étage plus haut vous pourrez décrocher votre diplô....

La voix de l'animateur s'éloignait, les bruits de pas également. Emmy resta recluse dans la chambre de dégustation, accroupie sous le tableau au cadre d'or. L'instant la grisa. Enfin, c'était lancé. L'employé revint en sifflotant un air folklorique et traversa la salle pour débarrasser les plateaux d'argent. Il s'arrêta vers l'interrupteur, jeta un rapide coup d'œil sur la salle puis franchit les portes automatiques. Celles-ci s'emboîtèrent d'un son robotisé derrière sa sortie. Emmy était excitée à l'idée de rejoindre cet endroit qu'elle imaginait des plus intimes, où seul l'effet du vent sur les immenses vitres brisait le silence des lieux. Rien que pour eux.

Quelques minutes plus tard, Aaron passa devant le sas d'entrée du tasting-room pour récupérer le billet d'Emmy griffonné et déposé sous la porte. En croisant les derniers visiteurs cramponnés à leur verre de bière noire dans une main et leur certificat dans l'autre, il leur indiqua poliment la direction de la sortie définitive. Jeff, le dernier occupant des lieux qui louchait sur les écrans de surveillance, avait déjà signé son rapport du jour. Aaron se tenait contre la porte, les bras en croix en regardant les gestes de son collègue.

— J'espère que ton billet me parviendra sans soucis. Si ça merde, j'aurai toujours de quoi prouver que tu m'as tiré mon badge, donc pas besoin de dessin sur la suite de ton avenir professionnel, lui lança Jeff avec un sourire mitigé.

— Tu l'auras ton billet, rétorqua Aaron sans flancher.

— Et ce n'est « que » par les escaliers et « direct » au bar ! N'oublie pas que mes écrans ne me mentiront pas.

— Tu me l'as déjà dit. C'est la merde chez moi en ce moment et je n'ai pas trouvé de solution de repli. Je veux juste passer la nuit au chaud.

Une poignée de main, un double badge glissé sur le scanner, et les lieux étaient officiellement sécurisés. Enfin, Aaron frissonna de plaisir en grimpant les escaliers quatre par quatre à l'idée de venir délivrer sa prisonnière de la chambre obscure. Il s'avança dans la pièce à l'aide d'une mini lampe torche, sans réussir à trouver Emmy. Il l'appela, aucune réponse. Aaron se retrouva plaqué contre le mur. Le choc ébranla le tableau au-dessus de leur tête.

— Alors, jeune homme, on se promène tout seul dans une entreprise fermée ? lui chuchota-t-elle à l'oreille.

Tandis qu'elle lui donnait un baiser appuyé juste sous l'oreille droite et laissant ses incisives lui griffer la peau du cou légèrement parfumée, Aaron en profita pour inspirer ses élans de parfum à la myrtille.

— Et vous, jeune femme seule et sans défense, que faites-vous ici aussi ?

— Tu as faim ?

Elle acquiesça, puis il l'entraîna hors de cette pièce en lui tenant la main. Leur présence interdite fit monter l'adrénaline dans ses veines et elle éprouva cette agréable sensation d'étreinte. Ils se hâtèrent vers les escaliers et passèrent par la cuisine du restaurant où Aaron avait pris soin de maintenir au chaud la commande choisie par son invitée, le tout disposé sur un plateau argent. Ils grimpèrent ensuite au dernier étage. Depuis le Gravity Bar, Dublin se dévoilait scintillant avec en fond, le relief sombre des montagnes de Wicklow[57]. La baie se devinait elle aussi, derrière les hauts silos industriels prostrés droits et relâchant leur trait de fumée. S'offrir une nuit dans cette tour de verre circulaire, prisée des touristes chaque jour, rapprochait Emmy de ses envies de folie, l'éloignait temporairement de ses soucis.

Les divans disposés dans la pièce leur servirent de lit d'appoint. Derrière le bar central, Aaron tira une pinte couleur café qui évolua en une parfaite robe noire ténébreuse. En attendant le laps de temps requis pour remplir le haut du verre, Emmy scrutait la vie d'en bas.

— Je t'en sers une ?

— Tu es possédé, Aaron. Mais ne change rien, je t'aime fou comme tu es ! Guérir serait dangereux pour nous deux, avoua-t-elle en regagnant leur table pour dîner.

— Je crois que ce soir, je suis à la hauteur de ton défi de la tour Martello. C'est un point pour moi donc ?

— Accordé.

Malgré l'appréciable silence et le sentiment de vivre un moment unique qui les rendit tout aussi muets, Aaron sentit que le cœur d'Emmy n'était pas à la fête.

---

57 - Comté juxtaposé à celui de Dublin, au sud-Est.

— Tu penses vraiment que ta mère va ruiner ton père ?

— J'en ai peur. Si c'est le cas, il finira mal. Pourquoi crois-tu que je me démène pour que Peter soit vite pris en main ? C'est pour qu'elle paye son pensionnat. Si on n'a plus de logement, je ne sais pas ce que la vie nous réservera. Et jamais je ne voudrais qu'elle m'héberge ou me prenne en pitié. De toute façon, je doute de son empathie. Il faut s'en sortir à la dure, comme « Elle » l'a vécu, comme « Elle » a grandi, dans son hostile campagne gaélique. Parfois je me demande si cette femme est vraiment notre mère. Ou si elle nous a vraiment désirés. En tout cas, avec ce rêve de danser pour vivre qui s'est éteint et mon mi-temps qui ne sera pas reconduit pour cause de récession, tout devient brumeux. Je commence à comprendre tout cet épisode de « diaspora[58] ». De plus en plus, j'ai envie de m'enfuir, d'espérer qu'une vie meilleure m'attend ailleurs. Si tous ceux de notre âge quittent cette île chaque année vers l'Australie ou le Canada sans en revenir, ce n'est pas pour rien.

— Ton genou peut encore se rétablir et tes rêves peuvent reprendre vie. Pourquoi ne pas essayer d'y croire encore ?

— J'en souffre depuis trois ans déjà. Et ce mal ne me quittera plus.

Emmy ne parvint pas à finir sa phrase en regardant Aaron droit dans les yeux. Elle préféra fixer le sol et poser sa main sur son cœur meurtri.

— Un spécialiste finira bien par trouver comment enrailler ton mal.

— J'en ai déjà vu plusieurs, ils ne trouvent rien. Toi, tu partirais ?

— Je ne sais pas si j'aurais envie de tout quitter ici, lâcher le hurling et d'autres choses qui me manqueraient ailleurs.

— Je sais ce qui manque.

— Pour ?

— Pour que cette soirée soit parfaite et que tu mérites ce nouveau point.

---

58 - Vague d'émigration irlandaise vers les États-Unis au XIXe siècle suite à l'épisode de grande famine qui décima des millions de personnes.

Elle l'attrapa par la main et l'embarqua vers les escaliers. Il se laissa mener par cette nouvelle pulsion réapparue chez Emmy, et ils dévalèrent les marches. Elle poussa la lourde porte du premier étage. Un bruit lourd les assourdit. Aaron la retint, lui rappela qu'il risquerait sa place.

— C'est pile ce qui manque à ta surprise. La part d'imprévu qui la transforme en défi.

Aaron soupira avant de chercher comment manœuvrer pour assouvir l'idée d'Emmy. Il aurait toute une nuit pour argumenter au mieux dès le lendemain matin, quand Jeff le cuisinerait sur le bug technique de la caméra braquée sur le torrent. Il hésita à lui répondre, sachant pertinemment les conséquences que cela entraînerait sur son job ici. Face au regard d'Emmy où transparaissait à nouveau sa beauté dont il était devenu dépendant, il haussa les épaules et la tira vigoureusement contre lui. Elle comptait plus que tout.

— Après toi, l'invita-t-il d'une voix douce glissée à l'oreille.

Ils s'en approchèrent enlacés. En l'embrassant fougueusement, il lui détacha ses cheveux. Emmy l'imita en lui dégrafant un à un les boutons de sa chemise de fonction et la jeta au sol. Ils s'empressèrent de terminer de se dévêtir et montèrent ensemble sur le promontoire. D'une impulsion criante, ils sautèrent dans ce gigantesque bain frais. Elle se réfugia rapidement contre son torse. Leurs échanges de baisers puis leurs gestes expressifs de désir contribuaient à les réchauffer.

— Qui d'autre aurait pu t'offrir les Caraïbes à Dublin ?

— Il manque le climat tropical et les plantes luxuriantes, mais si je t'aide, tu sais te débrouiller ! rétorqua-t-elle tout en grelottant.

En guise de réponse, il s'approcha d'elle et l'embrassa là où son envie le lui dictait. Inondée de plaisir, elle s'abandonna à lui.

— Tu serais prête à tout, Emmy Highdall !

— Pour nous, je serais même prête à disparaître.

CHAPITRE 18

Mardi 16 juin 2015

07h01

— Le réveil ! Coupe-le !

Déjà debout, Aaron revint se jeter dans le lit et frappa d'un coup sec l'énorme buzzer.

— Pourquoi le réveil a sonné ? maugréa Megan avant de cacher sa tête sous l'oreiller.

— Tu l'avais oublié, la prévint-il en lui tirant la couette.

Elle le ceintura, puis commença à laisser ses mains arpenter le corps de son homme, ses lèvres embrasser le bas de son dos.

— J'ai une bonne nouvelle pour toi !

— Une bonne ?

— Oui ! J'ai pris ma journée !

Resté sans réagir quelques secondes, Megan le tira à la renverse et le chevaucha.

— Mais... je ne suis même pas sûr d'y aller, la stoppa-t-il en lui bloquant les mains.

— Ah si ! J'ai pris ma journée, alors nous y serons ! Je dois penser à nous, à notre couple. Et comme tu ne sembles pas au mieux, je suis sûre que cette journée ne sera qu'un merveilleux moment partagé.

— Tu n'aimes pas cet événement ! Tu vas t'ennuyer.

— Je promets de m'y intéresser, lâcha-t-elle sur le ton de la rigolade.

Sans Emmy, Aaron ne s'était plus rendu à cet événement littéraire. Y renouer aux côtés de Megan le rendit perplexe, convaincu que cette occasion était réservée au passé.

— Bon, il est vrai que j'ai appelé ta mère, pour savoir comment elle te trouvait aussi. Elle s'inquiète pour toi. Elle aussi a bien vu qu'au dîner chez eux, tu étais étrange.

— Mais laisse-la en dehors de ça, tu veux bien ? Même quand tout va bien, elle cherchera encore ce qui ne pourrait ne pas aller. C'est bien le propre d'une mère, non ?

Sa mère avait mis la plus mauvaise personne sur la piste de leur récent secret. Souvent dépassée par les émotions ou à se vouloir trop franche, le dérapage maternel n'était pas impossible.

— Qu'a-t-elle dit ?

— Que tu me cachais quelque chose !

Aaron, qui avait les yeux exorbités, s'attendait à un clash inévitable, long et laborieux.

— Comme quoi ? peina-t-il à dire.

— Que tu avais peur de ta nouvelle vie. C'est normal, mais nous sommes deux, alors tout ira bien !

Aaron sentit sa respiration, qu'il retenait bloquée, reprendre lentement tandis que Megan était revenue s'agripper tel un serpent autour de son corps.

Les clips vidéos accompagnèrent leur petit-déjeuner, pendant lequel un point sur l'avancée de leur emménagement accompagna le menu. Surtout à l'initiative de Megan, qui rabâchait sa vision de la décoration intérieure et glissa au milieu la nécessité de meubles repérés par hasard sur Internet. Aaron variait ses réponses pour ne pas se faire démasquer quant à son intérêt passif pour son monologue.

— On débarrasse et on vide les derniers cartons ? proposa Megan.

— J'ai d'abord besoin de passer sous la douche, prétexta-t-il en s'étirant.

— Pendant ce temps, je vais finir de ranger mes nouveaux vêtements.

— Je n'en ai pas pour longtemps.

Megan s'affaira aussitôt. Après cinq minutes passées sous le jet, Aaron ressortit de la salle de bain, affublé de sa serviette de bain. Les cartons «*dressing*» et «*linge de maison*» de Megan étaient déjà vidés. Elle se trouvait devant le carton «*Games of Aaron*», les côtés rabattus, et tout en lui souriant, heureuse de montrer sa forme radieuse du matin, elle s'apprêtait à fouiller l'intérieur.

— Oh ! Oh ! cria Aaron qui ôta le bras de Megan.

— Tu m'as fait mal ! Si tu t'activais toi aussi pour nous débarrasser de tes cartons, je n'y toucherais pas ! T'as vraiment un souci ! dit-elle en se massant l'avant-bras et adressant un regard noir à l'agresseur.

— On avait dit que l'on terminait ensemble ! balbutia-t-il le temps d'un rapide état des lieux du carton.

Un bout de l'enveloppe verte encore emprisonnée sur un côté se distinguait.

— Et puis oui, ce sont « mes » affaires !

— Olala ! C'est vrai, que ce soit moi qui range le... elle déchiffra les noms sur les boîtes de jeux, *Cluedo*, *Jenga*, c'est très grave ! Je t'autorise à admirer mes *Polly Pocket* collector, ne te gêne pas ! se moqua Megan.

— Ce n'est pas ce que je veux dire.

— Et regarde, je suis tellement mal élevée que je sors aussi...

Elle tira un jeu de grandes cartes, puis arrêta son regard sur le fond du carton. Elle se saisit de ce qui l'interloquait.

— Allez, donne-moi cette lettre !

— Tu as une enveloppe verte dans ta boîte de jeux ! Wouah, mais qu'est-ce que c'est ?

Ses doigts décachetèrent l'ouverture, sa pupille était aussi moqueuse que malicieuse. Aaron se retint de la lui arracher des mains. Suite au premier couac, il était assuré de déclencher un conflit.

— C'est un vieux jeu de piste à points... avec des dessins d'enfants, des chiffres, des gribouilles ! Quand j'avais sept ans. Ou huit, je ne m'en souviens plus exactement.

Ce dernier indice euthanasia la curiosité de Megan. Elle se montra gênée et reposa l'enveloppe.

— C'est dommage. Mais c'est touchant de voir que tu mens si mal.

— Pardon ?

— Avoir une si belle écriture féminine à sept ans, c'est

épatant ! Surtout pour un garçon. Si je devais plus me pencher sur la question, je dirais à première vue que l'âme d'Emmy ne doit pas être loin. Et si je tombe juste, j'en suis désolée. Mais aujourd'hui, c'est du passé, n'est-ce pas ? Nous sommes ensemble et très heureux, hein ? termina-t-elle d'un visage tourné vers Aaron, en amorçant un retour vers lui.

— Je suis perturbé en ce moment. C'est tout.

— J'espère juste que tu n'as pas encore en tête de retrouver celui qui l'a tuée. Que son père en ait toujours envie, je le comprends, tout comme toi au début du drame. Mais aujourd'hui, nous avons notre vie à construire, notre histoire à écrire. Tu ne penses pas ?

— Je vais me préparer. On va y aller.

Sans réponse de son compagnon, elle s'éclipsa dans leur chambre, les bras chargés de linge sec.

À leur arrivée en centre-ville, ils aperçurent à travers les vitres du bus, bon nombre de petits groupes apprêtés ou coiffés de l'emblématique chapeau du créateur d'*Ulysse*. Aaron aimait beaucoup cette ambiance. Il n'était pas un véritable passionné de littérature en général, mais l'œuvre de James Joyce, découverte par nécessité scolaire puis dévorée par la suite, était devenue un hommage obligé pour lui.

Le bus de treize heures trente-sept les déposa sur *O'Connell Street*. Sur cette artère régnait une atmosphère festive, envahie d'innombrables lecteurs conquis tenant pour beaucoup l'ouvrage célébré. Les dames, redevenues des demoiselles de l'ère 1900, portaient des anciennes tuniques, sans négliger la touche romantique par une ombrelle déployée. Il n'y avait jamais autant de myopes de sortie qu'en ce 16 juin, pour le *Bloomsday*[59].

Le *Meeting House Square*, lieu du grand rassemblement

59 - Fête irlandaise qui se tient chaque 16 juin, à Dublin notamment, et qui a pour objet de célébrer la vie de l'écrivain James Joyce. Les admirateurs se vêtent des habits du début du XXe siècle (notamment des lunettes), et parcourent la ville en citant des passages de l'œuvre.

grouillant de *Temple Bar,* sentait le graillon des saucisses. Les lectures clandestines se récitaient, de concert avec les orchestres ambulants qui retraçaient le circuit littéraire de l'épopée. Megan dégota deux places à côté d'une brochette d'anciens, rapidement enclins à les inclure dans leur débat sur des détails de l'histoire. Megan séchait lamentablement, rattrapée au vol par son compagnon. Elle possédait pourtant une culture littéraire plus avancée qu'Aaron, mais était reléguée au rang d'inculte aujourd'hui.

La foule se tut quand la copie conforme de l'écrivain se dressa sur l'estrade, puis agita son épais livre de cuir vert, sous les encouragements du public. L'orateur réajusta le micro, humecta son index et tourna les pages. Ce bruit si particulier s'entendait depuis l'audience.

«*For Hainey's chapbook. No-one hear to hear. Tonight...* [60]».

L'assemblée resta muette sous la lecture posée et renvoyée par les énormes enceintes disposées trop près. Après deux hommages, Megan sonda Aaron sur ses envies de changer de lieu. Mais il souhaitait prolonger l'écoute du nouvel extrait. L'ennui commençait à la chatouiller, mais puisqu'elle avait insisté pour assister à ce moment, elle se redressa pour tenter de revenir dans les débats. Cinq minutes plus tard, son attention divagua pour de bon, pour contempler ses ongles vernis. Pour ne pas la perdre complètement, Aaron lui passa le dépliant de l'événement. À défaut de lire les sept cents pages de l'histoire, elle serait désormais plus instruite sur la vie et les publications de l'auteur célébré.

Ils étaient restés plus d'une heure, assis à écouter les différents orateurs se succédant, quand un voisin de banc passa devant eux en s'excusant. Megan saisit l'occasion pour proposer à Aaron de l'imiter. Il accepta enfin.

— Je savais que ce moment serait rapidement ennuyeux pour toi.

— Non. Enfin, au début c'était sympa, puis c'est vrai... j'ai décroché.

60 - Extrait dans sa version originale, tirée de l'œuvre de James Joyce, « Ulysse ».

— Je l’ai bien vu, mais merci d’avoir tenu si longtemps. Tu as au moins pu connaître deux, trois passages importants sans t’infliger la lecture complète !

— J’en sais plus sur James Joyce, bien que je n’y trouve pas d’intérêt particulier.

— Dis-moi ce que tu as retenu.

— Les noms des personnages. Qu’il a terminé ce bouquin à Paris. La difficulté pour que ce livre soit publié. Sa fin de vie précoce à Zurich. Pas mieux...

— Effectivement, avec ces détails tu n’iras pas loin.

Pour profiter plus longuement de l’ambiance particulière, ils errèrent près de *Trinity College,* encore bondé, et par toutes les tranches d’âges. Aaron s’attarda sur l’approche de trois filles face à eux. Des amies de Megan, de l’époque du collège, toutes devenues danseuses de *Ceili*, dans la troupe qu’avait intégrée Emmy. Même avec un visage plus mûr et un teint hâlé, Aaron reconnut la mèche violette et bouclée d’Hailey.

— Oh, diable ! Voilà le trio magique, déplora Megan d’une voix chargée de mépris.

— Tu les connais ?

— Pas celle qui porte le gilet mauve passé de mode.

— C’est cool de tomber sur des amies.

— Des amies ? Des anciennes « connaissances », rectifiera Megan.

— C’est le moment de renouer contact. Vous avez certainement des choses à vous dire.

— Je ne parle pas à ces connes ! Toi si tu veux, mais je te préviens, je ne m’arrête pas.

— Vous êtes chiantes, vous les filles, à toujours vous détester !

Suite à sa remarque, Aaron chercha avec qui Megan avait de bonnes relations. Il n’en compta pas beaucoup, mais restait convaincu qu’il en oubliait.

Il se contenta d’un sourire et d’un salut de la main vers le groupe. Une courtoisie que Megan n’imita pas. Hailey le lui rendit, hésita puis se décida à les interpeller. Devenue sourde ou irrésistiblement attirée par une promenade dans la cour intérieure de la prestigieuse institution irlandaise, Megan poursuivit son chemin.

— Aaron ?

— Hailey ? C'est bien toi ? Comme tu es bronzée !

— L'Espagne fait le bonheur de ma peau et me réussit plutôt bien. J'y vis encore.

— Erasmus ?

— Ça a été le point de départ, avant de décrocher un job que j'ai réussi à garder depuis trois ans maintenant.

— Qu'est-ce qui t'a fait revenir au pays ?

— C'est ma semaine de vacances, alors je suis rentrée pour la famille et le *Bloomsday*.

Aaron acquiesça. Une gêne peignait le visage d'Hailey.

— Je ne rêve pas, vous étiez ensemble ? demanda-t-elle en feignant sa surprise d'un regard vers Megan qui s'éloignait.

— Navré que cela te choque.

— Non, je... Laisse tomber. Je me souviens maintenant de vous avoir vus le soir où j'allais m'envoler pour mes études. Tu étais avec elle au pub. Le soir où... Vous avez bien accroché, tous les deux...

— Si tu penses que je me suis vite débarrassé du passé, tu te trompes Hailey ! Nous ne sommes ensemble que depuis deux ans. Rien n'a été simple, crois-moi. J'ai cherché Emmy nuit et jour. Souvent seul. Si tu savais combien d'endroits j'ai arpenté, le nombre de kilomètres à pied que j'ai parcourus. J'ai fait tout mon possible pour retrouver cette putain de voiture mate. Ce putain de bout de plaque d'immatriculation visible sur la photo du journal. Je rêvais de la croiser et de tuer n'importe qui se trouvant à l'intérieur !

Aaron qui avait haussé le ton depuis leur rencontre, aperçut l'impuissance d'Hailey et se calma. La fatalité et ses souvenirs poignants l'avaient encore rattrapé.

— Je n'ai jamais cessé de l'aimer.

— Je ne dis pas le contraire. J'ai juste du mal à vous voir main dans la main. Moi aussi je ne l'ai jamais oubliée. Elle était ma meilleure amie. Avoir été à ses côtés ce soir-là, un trop court moment, sans savoir qu'il n'y aurait plus jamais de prochaine fois, que je n'ai pas été assez là pour elle... J'y repense tout le temps. Si elle était restée avec nous au pub, peut-être que rien ne se serait passé ! Peut-être qu'elle serait saine et sauve !

Hailey, les yeux humides, fustigea Aaron du regard. L'ex-amie d'Emmy revivait un moment jamais digéré. Son attitude inquiétait les deux camarades qui les épiaient. De la rancœur ne demandait qu'à être libérée.

— Et toi non plus, Aaron, tu n'étais pas là pour elle !

— Bon Aaron, on y va ? Nous avons encore beaucoup de choses à faire et à voir, il me semble, les coupa Megan revenue au pas de charge.

Elle ne les avait pas quittés du regard et c'en était assez pour elle. Gênée par la tournure de la rencontre, Aaron préféra saluer rapidement Hailey en lui glissant à l'oreille «*On doit se revoir. Demain, au KC, comme avant*». Hailey n'avait rien répondu, mais suivit du regard le couple s'éloigner main dans la main, d'une démarche nerveuse et silencieuse.

À cet instant encore, le cerveau d'Aaron se familiarisa un peu plus avec le passé. Le souvenir qu'avait évoqué Hailey l'obligea à en disséquer les détails et remonta le temps vers Emmy. Trois ans plus tôt, exactement.

PRÊCHER LE FAUX POUR OBTENIR LE VRAI

Depuis plusieurs jours, il trouvait Emmy différente. Moins d'envie de réinventer des jeux, de s'amuser, de se dire «je t'aime». Sa carrière de danseuse prenait une tournure compliquée à cause de son genou blessé qui mettait toujours plus de temps à s'échauffer, et des douleurs l'agressaient régulièrement pendant l'exercice. Sur cette même période, Megan était réapparue dans leur cercle d'amis élargi. Elle était la récente conquête de Matthew, l'ami d'Aaron, qui après une carrière avortée pour porter un jour le maillot de l'équipe nationale de rugby, s'était remis au hurling. Tous deux jouaient sous les couleurs des dubliners. Aaron était ravi de le compter à nouveau parmi ses plus proches amis. Habituée à suivre dès que possible la saison d'Aaron, aux côtés des autres copines de joueurs pour mettre l'ambiance et papoter, Emmy eut donc la déplaisante surprise de retomber sur Megan. Un round d'observation leur avait suffi pour décider qu'il y avait mieux à faire que de sympathiser.

Le malaise s'intensifia dès le premier dîner d'après-match. Aaron, qui avait questionné Emmy sur le sujet, n'avait obtenu que des réponses approximatives accompagnées d'énervements prématurés.

— On s'est connues à l'école quand nous avons débarqué de Galway. On a passé pas mal de temps fourrées chez l'une ou l'autre, mais c'était à l'école primaire. C'est très, très, loin. Je ne l'ai plus revue ensuite, mais elle ne m'a pas manqué. On ne va pas en débattre, alors arrête de vouloir me forcer à l'aimer. Moi, je ne t'emmerde pas avec tes fréquentations, alors lâche-moi !

Entendre Emmy mépriser son amie d'enfance et en devenir agressive interloquait Aaron. Bien que ce passé ne le concernait pas, il souhaitait tirer cette animosité au clair. Il donna rendez-vous à Megan un dimanche soir. Elle travaillait dans une importante chaîne de vêtements sur O'Connell Street et n'était disponible qu'à partir de 22h. Il l'attendait au pub, après avoir passé la première partie de soirée avec des amis. Il s'était décommandé auprès d'Emmy pour fêter l'anniversaire d'un joueur de l'équipe. Eux ne se reverraient que le lendemain soir, à Connolly Station, l'endroit qu'elle avait décidé comme départ de son programme de soirée.

Megan le rejoignit à l'heure convenue, maquillée avec goût et parfumée d'une senteur attractive. Quand elle ôta sa veste rouge en cuir, il remarqua que cette jeune femme mettait son corps en valeur. On aurait pu croire qu'il s'agissait pour eux d'un premier rendez-vous galant. La discussion s'orienta sur l'ancienne complicité puis sur le désamour établi. L'explication de Megan n'était pas à la hauteur du malaise ressenti. Des querelles de filles, d'amoureux de cour d'école, puis de « t'es plus ma copine ! ». Aaron crut bon de lui laisser croire à une ouverture pour obtenir mieux que des chamailleries d'enfants et de commander plusieurs shooters pour délier les langues. En cherchant de quoi payer les consommations, il vit son portable s'éclairer avec la réception d'un texto d'Emmy : « YOU HAVE TO[61] ». Pensant à une condition imposée pour le lendemain soir qu'elle avait oublié d'annoncer, il attendit de connaître la suite dans son prochain message. Il retournait vers sa table quand une voix détourna son attention du plateau chargé de verres.

— Tous ces verres te suffiront ? le surprit Hailey.

— Hey, Hailey, je ne savais pas que tu étais là !

— Ce n'était pas prévu. C'est grâce à Emmy. Elle m'avait dit que tu viendrais ici avec des potes. Et comme ce soir, c'est ma dernière sortie au pub avant de m'envoler pour l'Espagne, j'étais indécise sur le lieu.

— Tu pars en vacances ?

— Presque. Je fais enfin Erasmus. Mon avion est dans deux heures.

— Emmy ne m'avait pas dit que tu partais déjà.

— On s'est vues plus tôt au Gogarty's. Vous allez vraiment me manquer, mais j'essayerai de revenir de temps en temps.

— Bon voyage alors, et bonne soirée.

— Oui, toi aussi. Passe le bonsoir à tes amis, je n'ai pas le temps de vérifier si l'un d'eux m'irait bien.

Enfin revenu à la table où Megan, visiblement excitée, le croquait du regard, il saisit un shooter et le but d'une traite. Hailey, en observatrice inégalée, passa proche de leur table et les fixa l'un après l'autre avant de quitter les lieux avec ses copines. Aaron savait que son option de jeu de séduction devenait dangereuse et un faux pas lui coûterait cher. Megan pourrait raconter et fabuler sur leur rencontre au pub.

61 - « Tu dois ».

— Au final, je comprends mieux pourquoi vous vous êtes perdues de vue avec Emmy. Elle m'avait bien dit que tu savais t'y prendre pour allumer les garçons, même en étant déjà en couple !

— Quoi ? C'est une blague ? s'étouffa Megan en reposant son second shooter.

— Elle m'avait prévenu que tu n'hésitais pas à sortir le grand jeu à la première occasion. Si elle me voyait avec toi dans cette tenue, je ne sais pas lequel des deux elle tuerait en premier.

— Tu me prends pour une pute ?

— Je n'ai pas dit...

— La pute, c'est elle ! Pas moi ! Oui, je te le dis Aaron, tu t'éprends d'une traînée. Depuis très jeune déjà !

— Tu as trop bu, je pense. Tu dois sûrement t'embrouiller les pensées. Ou alors si, j'y suis ! Un jour elle t'a volé ton copain de CM1 ? Celui qui avait le plus de billes ?

— Je sais boire !

Aussitôt debout, elle s'empressa de reboutonner sa veste puis se pencha vers Aaron.

— Demande-lui !

Megan hésita encore quelques secondes avant de reprendre :

— Demande-lui de ma part si elle récite toujours aussi bien les passages de la Bible. En toute intimité !

Resté cloué sur la banquette, Aaron termina son verre puis le fit rouler entre ses mains, réfléchissant aux dires de Megan. Surtout sur sa manière haineuse de s'exprimer. Ce qui semblait certain, c'était qu'une barrière venait de céder. Il ne restait plus qu'à entendre la partie adverse.

Il n'avait jamais su quelle véritable rancœur opposait ces deux forts caractères au comportement bien différent. Par la force des choses, il avait appris à mieux connaître Megan, devenant de plus en plus proche et tactile au fil du temps. À point nommé dans cette période où son corps et son cœur étaient mutilés, ses blessures lui semblaient irréversibles. L'infirmière de cette convalescence avait été Megan. La douleur de la perte d'Emmy et le besoin d'affection avaient permis à leur nouvelle complicité de terminer un soir, tous deux enlacés dans le même lit, à se laisser séduire. Sa présence lui était réconfortante, car, sans jamais réussir à le déterminer, Megan et Emmy possédaient quelque chose en commun. Ensuite, une autre vie avait vu le jour. Plus normale, sans cet art intrépide du défi pour l'accompagner et appartenant désormais au passé.

Dès le lendemain de la déposition d'Aaron et Pat au poste de police et compte tenu de la désinvolture du boss de *Fitzgibbon* à entreprendre des recherches intensives sur Emmy, Aaron avait posé une semaine de vacances pour retrouver sa copine, sa drogue. Muni de son carnet de jeu, de son flair et sans oublier ses craintes, il s'était mué en enquêteur privé, sans aucun sens du jeu cette fois-ci. Il passa des heures à voyager à bord du *DART* et retenir son souffle à chaque station d'arrêt, était retourné à chaque endroit où ensemble, ils s'évadaient, se surprenaient, s'aimaient. Sans obtenir d'aide, il avait cherché, insisté en s'imaginant dans la peau d'Emmy et extrapolé le genre de jeu et les endroits qu'elle aurait pu prévoir au cas où sa disparition y soit liée. Cette piste-là était pour lui capitale. Connaissant trop bien Emmy, il la croyait capable de tout pour changer sa vie.

Avec l'accord de Pat, il fouilla la chambre d'Emmy et ses affaires personnelles, marquées de son odeur aux effluves de myrtille. Sur le lit, la couette avait conservé une forme déstructurée. Dessus, il y avait encore le Monopoly ouvert et les pions éparpillés sur et en dehors du lit. La dernière fois qu'ils y avaient joué, c'était pour occuper un long week-end de pluie persistante. La fouille de la chambre d'Emmy n'avait rien donné. Aaron avait récupéré son jeu qui était un ancien cadeau de son père pour Noël, un souvenir d'une vie à Paris lorsque sa carrière dans l'hôtellerie l'y avait amenée.

Le plus effrayant pour Aaron avait été de se rendre dès

les premiers jours de recherche sur leur coin de plage, à *Greystones*. Ici, il leur arrivait de rester sans bouger, à écouter les chansons d'*Hozier*, s'émouvoir sur «*Like real people do*[62]» et s'imaginer y rester une semaine entière ensemble. Leurs pas s'enfonçant dans le sable ou provoquant l'effritement des petits galets nombreux dans ce coin, leur sautillement sur les blocs de roches pour atteindre l'endroit désiré ou encore entendre les mouettes se chamailler au-dessus de leurs têtes, étaient les éléments de leur paradis. À l'instar des séries télé, il progressait avec la peur de découvrir l'horreur : son Emmy, la tête fracassée, les vêtements déchirés, la peau bleuie. Ou découvrir ses membres, un à un. Il se sentait nauséeux, proche du malaise. L'adrénaline négative cette fois-ci, jouait des tours à son cerveau. Matthew, avec qui il n'était plus en bonne relation depuis leur échauffourée à *Croke Park*, s'était montré subitement plus cool, redevenu à l'écoute. Et quand ils évoquaient le jour où Emmy n'avait plus donné signe de vie, son coéquipier se montrait compatissant, capable d'évoquer des hypothèses de scénarios très détaillés. À chaque fois, son élocution jouait une partition rodée, pleine de certitudes. C'était trop louche pour Aaron, mais sans pouvoir en déduire quoi que ce soit. Leur différend sur le terrain, pour un simple ballon, n'aurait pas pu le mener au meurtre. Même pour revenir en haut de l'affiche. À moins que...

Une semaine plus tard, confondu pour être la dernière personne entrée en contact avec Emmy ce soir-là, Matthew était reçu, menotté, dans le bureau d'Ermingh. Des traces d'ADN avaient été retrouvées sur lui, il ne pouvait pas le nier. Il était le suspect numéro un, mais sans une conclusion plus poussée, l'affaire serait tue. Ermingh tenait son alibi. Le buteur à l'ego surdimensionné avait pour seule obligation de rester dans le périmètre et se tenir à la disposition de la justice. Dès sa sortie de *Fitzgibbon Street*, sa carrière sportive prit fin. Il n'était jamais revenu sur le moindre terrain. Rongé par une profonde dépression, il vivait chaque

62 - «Comme les vraies personnes font» Titre musical du chanteur irlandais *Hozier*.

jour avec la peur de se voir jugé coupable du meurtre d'Emmy Highdall.

CHAPITRE 19

Mercredi 17 juin 2015

07h01

Un cadavre.

Sauf que celui-ci pouvait continuer à penser. Ce qu'il fit la majeure partie de cette nuit, au point d'en devenir fiévreux. Pourvue de son appétit matinal qui la caractérisait tant, Megan lui mit le grappin dessus. Aaron y céda un moment puis s'extirpa du lit pour filer sous la douche. Il végéta sous le jet d'eau tiède avant de tourner le mitigeur côté bleu pour se réveiller les méninges. Ce matin-là, il préféra demander à Megan de l'accompagner en voiture au travail. Devant l'énorme rempart noir estampillé *Guinness Brewery*, ses cernes lui rongeaient encore les yeux, son rythme cardiaque connaissait des épisodes effrénés.

Aaron débuta par son habituel contrôle de fermentation des énormes cuves remplies de stout[63] puis changea de tenue et grimpa d'un pas fatigué au dernier étage. Il prit place derrière le *Gravity Bar* pour satisfaire les premiers visiteurs dans cet espace panoramique de choix. Les premières pintes qu'il servit étaient parfaites, avec ce col de mousse blanc qui surplombait la robe noire de la bière. Vers onze heures, le critère de perfection perdit en exigence à ses yeux, mais pas à celui du chef de bar. Quelques pintes tirées plus tard, sans savoir pourquoi ni comment, un verre plein se brisa au sol par sa faute. Quand midi sonna dans le bar panoramique bondé, ce fut un regard trop insistant en direction d'une trentenaire au carré brun, visiblement seule et pourvue de lèvres pulpeuses rosées et d'un tailleur vert,

63 - Bière à la robe noire conférée par son brassage avec du malt torréfié, comme la *Guinness*.

qui l'évada. Selon lui, la projection d'Emmy à cet âge-là se tenait devant lui.

Captivé par cette femme, il écrasa par mégarde la chaussure cirée d'un dirigeant de PME trinquant à de juteux contrats signés avec une firme chinoise. Le chef de bar, qui se confondit en excuses et en sourires navrés, reconduisit Aaron dans les escaliers. À l'abri des visiteurs, il lui ordonna de poursuivre la journée sous la houlette de Jeff. Et si d'autres désagréments venaient à se reproduire, il pourrait revenir ici à sa convenance, mais au plein tarif pour visiter son ancien lieu de travail. Abasourdi, mais conscient de ses fautes, Aaron, qui se sentait pris de tournis, emprunta l'ascenseur réservé à la clientèle pour rejoindre le bureau de Jeff. Il était encore calé au fond du compartiment quand un groupe de jeunes Français montèrent à bord. Il leur adressa un simple mouvement de tête, pas eux. Encore livide, il se frotta les yeux dans l'espoir de se réveiller, sans prêter attention à l'agitation des visiteurs égaillés par leur dégustation du breuvage noir. Le plus jovial d'entre eux, bousculé par ses camarades, se recula nettement sans laisser l'occasion à Aaron, alors avachi, de l'esquiver. Le sac à dos du touriste lui érafla le visage, et il le repoussa pour chasser la hanse du sac trop près de ses yeux. La porte automatique s'ouvrit au rez-de-chaussée, les touristes quittèrent l'ascenseur comme ils y étaient entrés. Aaron alla dans la même direction. Il restait intrigué par ce sac, surtout par cette hanse qui portait une étiquette avec l'identité du propriétaire, écrite informatiquement. Près du bureau de Jeff, il se détourna de son chemin et continua à suivre le groupe, à fixer cette étiquette. Il se rapprocha du propriétaire du sac pour mieux lire ce qui l'intriguait. Ses yeux s'écarquillèrent et son cœur se mit à boxer encore plus fort que ce matin. Son impulsion prit le relais et il arracha l'étiquette du sac. Le propriétaire partit à la renverse sans comprendre ce qui lui arrivait.

Aaron rebroussa chemin et accéléra le pas vers la sortie. Mais il se ravisa devant les portiques d'entrée. Demi-tour. Il enfonça la porte du bureau de Jeff.

— Je dois venir bosser avec toi, mais en fait, je ne peux pas ! J'ai rendez-vous... pour mon chien !

Surpris par l'arrivée d'Aaron, mais fidèle à lui-même, Jeff pivota aussi rapidement qu'un paresseux, la main ancrée sur sa souris et ses lunettes rondes fixées sur le bout du nez.

— Mais t'as pas de chien, si ? T'as un chien ? Tu ne m'as jamais...

— Laisse tomber, je dois me barrer ! Vraiment, désolé.

Aaron détala pour de bon. La forme physique lui était revenue en un éclair. Même les services de calèche garés à l'entrée du site touristique ne tentèrent pas de l'attirer vers leur charrette. Il se cala au rythme d'un footing, sans fléchir malgré son épuisement manifeste. Il atteignit, fourbu, le *grand canal*, s'interdit de finir en marche, gagné par l'irrésistible résolution de l'énigme. Celle de l'enveloppe verte.

Trois ans après, il pensait enfin tenir une piste. Comprendre ce qu'elle avait préparé, retrouver la trace de son meurtrier. Sa motivation s'était décuplée.

Encore en course au coin de *Leinster road*, son portable sonna. Il le tira de sa poche pour vérifier qui le harcelait. Après cinq appels en absence, son responsable chez *Guinness* tentait avec acharnement de le joindre. Aaron se doutait bien que ça chaufferait pour lui, mais il avait fait son choix.

Arrivé en nage chez lui, il fonça vers le frigo et but les deux mini-bouteilles minceur de Megan. L'ordinateur portable rallumé, l'étiquette du jeune posée sur le bureau, ses recherches sur Internet démarrèrent. Sur le clavier, il tapa les quelques lettres entourées sur l'article « *Greyhound results* », trouvé dans l'enveloppe verte. Nul besoin de le ressortir. « E.L.5.2.4. » « & » « 1.1.H.1.8. », ce codage était imprimé dans ses neurones. Il se souvint de ce genre d'étiquette de bagage qu'ils avaient eu eux aussi pour leur vol vers New York.

Entrée !

Les propositions de réponses s'affichèrent. Comme après

avoir inscrit un but, il leva un poing rageur et son cri de joie retentit dans tout l'appartement. La ligne de vol trouvée était la liaison Dublin-Paris. Dans la foulée, Aaron ressortit sa lettre verte et tous les éléments qui s'y rattachaient

— Quelle folle ! marmonna-t-il, submergé par l'émotion.

Chaque pièce fut à nouveau passée en revue. Concentré sur ce billet de dix mille francs, il le secoua à la recherche d'une réponse qui ne venait pas. Il ressortit tous les billets du jeu de Monopoly, puis constitua des piles du montant de la mise de départ attribuée à chaque nouveau joueur, soit une liasse de cent cinquante mille francs. Il pensait y être. Le billet abîmé, rendu par Peter, le frappa comme une évidence. Il lança une nouvelle recherche sur Internet : « *Lycée + Pensionnat + Athlone* ».

Répondeur. C'était l'heure du repas. Il laissa un message. Rongé par l'attente, il tournait en rond et frappait son *sliotar* en mousse contre le mur sans manquer de détester du regard son téléphone enclenché sur le volume maximum et qui ne sonnait pas. Stoppé par son voisin hindou, qui donna des coups de balai au mur pour le faire cesser son bruit insupportable, il lâcha sa balle et se rassit devant son ordinateur. Il ouvrit l'onglet du calendrier pour tenter de rapprocher les chiffres et émettre une hypothèse sur le jour évoqué.

13h18.

Toutes ces minutes sans retour du pensionnat étaient insoutenables. Il rappela. Une dame, sans doute proche de la retraite, décrocha. Sa voix en disait long sur la pénible carrière d'une employée administrative dans ce lieu chargé de destins brisés. Aaron dut lui réexpliquer le motif de son appel, car elle n'écoutait jamais les messages du répondeur. Son identité, qu'il dut décliner à trois reprises, revint en mémoire de la secrétaire. Si elle n'écoutait pas les messages, elle notait dans un carnet officieux tous les contacts de ses pensionnaires. Elle avait rajouté Aaron Cunningham dans son carnet quinze jours plus tôt, suite à la volonté de

Peter de lui adresser un courrier. Elle l'informa des différents fonds que l'établissement cherchait à alimenter pour diverses actions pédagogiques, et elle le prévint qu'un carton d'invitation lui serait bientôt adressé pour la prochaine fête du pensionnat. Il attendit de longues minutes stériles au bout du fil avant que la voix de la mamie réapparaisse près du combiné. Avec sévérité, elle bredouilla : « *Three minutes. No more* [64]! ».

— C'est qui ?

— Peter ? Salut, c'est Aaron, je...

— Ah salut, t'as reçu mon courrier ?

— Oui, je l'ai. Justement, écoute-moi. Tu n'aurais pas gardé un billet ?

— J'en ai brûlé une partie, j'étais trop énervé.

— Faut que tu te souviennes, Peter ! Il me manque dix mille pour que le compte soit bon.

— Pour ce qu'il manque, je te le rendrai quand je pourrai hein ?

— Je te fais confiance. Mais il me manque les dix mille pour que je sois servi. Sinon je dois éliminer un joueur. Est-ce que tu as brûlé le même billet que celui que tu m'as redonné ?

— Oui dix mille, c'est bien ce que j'ai cramé, je m'en souviens ! C'est cool que tu m'appelles, t'sais je m'ennuie grave ici ! Vivement les prochaines vacances, faut vite que je sorte.

— Écoute, Peter. Avec ce qu'il y avait dans l'enveloppe, j'en suis presque sûr maintenant, ta sœur prévoyait de fuir. Elle était en danger. Je ne m'explique toujours pas pourquoi, mais je dois trouver. Et si j'y parviens, je saurai enfin qui l'a enlevée.

— Qui l'a tuée, je dirais plutôt.

— Tu te souviens de quelque chose, d'une personne qui lui aurait voulu du mal ?

— Si j'en avais une idée, ce n'est pas au pensionnat que je serais aujourd'hui.

64 - « Trois minutes, pas plus ! ».

— Essaye de te souvenir du moindre indice, du moindre mauvais regard.

Le souffle de Peter meubla l'attente pénible pour chacun. Se replonger dans cette journée l'exaspéra.

— Je me souviens du chef de police, le soir de ma garde à vue. Il m'a posé beaucoup de questions sur Emmy. Il voulait qu'elle vienne me récupérer au poste pour m'aider. Mais comme on n'a jamais réussi à la joindre, là, il n'a plus cherché à m'aider et a fait venir mon père.

— Il connaissait ta sœur ?

— Je ne crois pas.

— OK, je dois raccrocher, je suis pressé. Et pour l'autre somme, laisse tomber. J'efface ton ardoise si tu me dis comment tu comptes l'utiliser.

Aaron raccrocha. Il y avait bien vingt mille francs dans l'enveloppe initialement, soit deux billets roses, comme pour un nouveau départ au Monopoly. Un nouveau départ dans la vie ? Elle l'avait projeté, c'était dans ses plans, si proche de se réaliser.

Pendant la conversation, un bip signalant un texto lui était parvenu. Le message venait de son boss, après ses appels à maintes reprises sans succès. « *You're fired* ![65] ».

Il reprit sa navigation sur Internet, ne lâcha plus sa seule préoccupation désormais : la résolution de son énigme. Devenu sans emploi, il hésita quelques secondes en grimaçant, puis jura devant son écran. Il dégaina sa carte bleue et cliqua sur « *Buy now*[66] ». L'impression de la transaction du vol pliée en quatre, il la rangea soigneusement dans une enveloppe.

14h venaient de sonner.

Ses yeux étaient devenus de véritables enclumes. Il rassembla ses indices et plaça les enveloppes dans une poche latérale de son sac de sport. Il ne manqua pas de garnir aussitôt l'intérieur d'affaires de première nécessité. Dans la

65 - « Vous êtes viré ! »
66 - « Acheter maintenant ».

précipitation depuis le matin, la sagesse le rattrapa toutefois un instant sur sa soudaine décision. Comment allait-il pouvoir expliquer tout cela ? Quand et comment ?

Le soleil cognait à la fenêtre de sa chambre, mais dans son cerveau régnait une atmosphère de brouillard bien épais et bien sombre. L'expression du contraste ne pouvait lui paraître plus perceptible à cet instant. Il ne lui restait que quelques heures pour se décider enfin. Il se laissa tomber sur le lit, exténué. À l'inverse du réveil de ce matin, sa carcasse était saisissante de réalité.

Un revivant.

Sauf que celui-ci ne pouvait plus continuer à penser.

CHAPITRE 20

Mercredi 17 juin 2015

14h41

Le *Detective Inspector* Lay était en réunion avec ses collègues du *GNECB*. Il était encore noyé dans ses foutus dossiers immobiliers, sans arrêt empêtré dans le montage des preuves à charge, à la recherche de l'alinéa précis ou de l'argumentaire adapté pour faire tomber les non-payeurs de la *Relevant Contracts Tax*. Ou plus gros, le blanchiment de capitaux avec usurpation d'identité. Ces pratiques qui s'intensifiaient depuis près de trois ans lui donnaient du fil à retordre. Même les week-ends, quand il sortait en mer à bord de son bateau «*Mary-Johanna*», il avait l'impression de bosser en constatant les nombreuses baraques fantômes gagnant du terrain sur le littoral, gâchant de plus en plus la vue sur la nature.

De retour à son bureau, Lay consulta son relevé d'informations. Un appel de la ligne téléphonique du domicile d'Aaron Cunningham vers celle du pensionnat d'Athlone y figurait en gras. D'après les informations données par Ermingh, jamais un appel dans ce sens n'avait eu lieu. Non plus depuis que Lay avait pris en main la surveillance de l'éventuel trafic irlando-Sud-Américain. Lay écouta l'enregistrement, puis contacta Ermingh dans la foulée.

Si Lay s'étonna de ce contact alors qu'aucun lien ne s'était établi entre eux depuis la disparition de la grande sœur, Ermingh, lui, s'en affola. Son souffle résonna dans le combiné comme l'effet du vent. Il voulut accéder à la communication enregistrée, bouillant d'impatience de courir jusqu'au GNECB sur *Harcourt Square*. Lay accepta. Il déboula dans le quart d'heure.

— Je tombe des nues, introduisit Lay. On avait rapidement cessé la surveillance de l'ex-copain, car il était, selon tes affirmations, la parfaite victime collatérale de cette disparition. Et le voilà qu'il discute de grosses sommes avec le gamin ! Y a-t-il d'autres choses que tu t'es gardé de nous faire savoir ?

— Je n'ai jamais capté ce genre de propos. Rien ne laissait penser qu'il pouvait y être mêlé. Depuis quand ont-ils des conversations ?

— C'est la toute première. Les rares contacts téléphoniques de Peter se font avec son père. Il y a eu une fois ou deux avec sa mère aussi, mais elle ne nous donne rien, aucune information sur tes « fameuses » écoutes. À part suivre ses voyages, on ne sait quasiment rien de sa vie privée.

Lay se pencha davantage sur son bureau et demanda à Ermingh de se taire pendant qu'il feuilletait ses documents.

— Attends ! Donc si on remet le puzzle dans l'ordre, on aurait : le couple qui continuerait à financer le commerce équitable au Brésil, avec des relevés de comptes visiblement clean. On a vérifié, aucune vague sur les transactions irlandaises. Quelques zones d'ombre au sud, mais on a transmis aux fraudes brésiliennes, et ils semblent bien moins regardants. En tout cas, aucun faux pas et encore moins un raz-de-marée annoncé. Et là, aujourd'hui, on a le gamin qui parle de grosses sommes avec l'ex-copain de la gamine. Il pourrait être quoi ? Un intermédiaire ? Un maillon totalement négligé jusqu'alors ? Selon ta truffe, Boris, l'ex-copain de la copine jouerait-il un rôle dans la gestion du trafic ?

— C'est du délire ! Tu sais que j'avais mis un mouchard sur lui. Et je te l'assure, jamais je n'ai eu ne serait-ce qu'une seule information dans cette direction.

— Mais si l'on reste dans cette idée de trafic, il faut se remettre à surveiller ses anciens camarades alors, les petits dealers. Vérifier s'ils ont gardé des contacts autres que téléphoniques. Car c'est pourtant étrange que cet unique contact ne survienne qu'aujourd'hui.

On frappa à la porte. Un agent se présenta sur le seuil, un document orange à la main.

— Le dernier relevé d'actualité. Une transaction d'Aaron Cunningham vers la compagnie aérienne nationale. L'achat a été fait il y a une heure environ et on vérifie en ce moment même l'adresse IP.

— Et c'est tout ? demanda Lay en réceptionnant le document et jetant un œil vers Ermingh de plus en plus tendu.

— Le vol part ce soir, conclut l'agent qui s'éclipsa ensuite.

— Laisse-moi tirer ce merdier au clair, Lay. Je vais voir...

Ermingh se retint de l'imposer à son confrère, mais son intonation le trahissait.

— Négatif ! « Nous » sommes chargés de l'affaire depuis trois ans.

— Mais je connais les personnes qui sont impliquées, physiquement même. Je veux comprendre, moi aussi ! Et vite !

— Laisse tomber, Boris ! Tu as amorcé la piste c'est vrai, je t'en remercie encore aujourd'hui si besoin. Mais ce n'est plus de ton ressort désormais. Cette affaire relève d'un potentiel crime financier. Je t'ai déjà rendu la pareille, me semble-t-il ? Mais sur ce dossier-là, tu as passé la main. On doit le gérer ici et visiblement tu n'avais pas toutes les informations en main.

— Ne vis pas dans le passé, Lay ! Avec le poste à prendre à *Store Street*, c'est l'opportunité rêvée de m'assurer une belle ligne toute fraîche sur mon CV et déboulonner mon concurrent direct. Laisse-moi cuisiner le gars. Le côté financier, je vous le laisse volontiers !

— Refusé ! Ton côté ambitieux pourrait t'amener à desservir l'enquête et anéantir tout le boulot en amont. Laisse tomber, mais parle-moi plutôt de ta récente cohabitation. Est-ce que mon cher Erwan fera un digne *Superintendent* ? Je lui ai dit de ne pas te lâcher pour bien apprendre le métier et s'imprégner au mieux de ton empreinte à *Fitz'*. J'espère qu'il a bien écouté. Je ne te raccompagne pas, Boris, ces vendeurs de baraques côtières me donnent de l'insomnie.

Ils se serrèrent la main. Ermingh ne manqua pas d'offrir à Lay son regard perçant et tout son mépris. Il tourna les talons et se racla le visage. Lay le scrutait dans le reflet des vitres, désormais certain que son confrère, d'une manière ou d'une autre, outrepasserait ses fonctions.

De retour au poste de *Fitzgibbon*, Ermingh informa ses subalternes, d'un ton frôlant l'insulte, de ne pas venir frapper à sa porte et s'enferma dans son bureau. De temps à autre, l'agent d'accueil percevait l'ombre mouvante du boss à travers les lamelles métalliques des rideaux abaissés. Une heure s'écoula. Ermingh ressortit du bureau, un sac à dos sur l'épaule. Son pas et ses pupilles étaient déterminés. «*I'm gone* [67]*!*» prévint-il en passant devant McKoy.

Il fit un détour à son domicile, récupéra quelques victuailles de base, des fruits, des boissons, avant de s'installer au volant de sa voiture banalisée et partir vers sa prochaine planque sur *Leinster road*. C'était un retour aux sources, là où sa vision très personnelle du métier de flic s'animait. Il alla frapper au domicile d'Aaron, mais personne ne répondit. Le voisinage de palier, une famille d'hindous dont le ballet des entrées ne cessait pas, le fit renoncer à s'introduire dans l'appartement. Il retourna dans son véhicule et son stress monta d'un cran. Il jouait gros, peut-être même sa carrière qu'il projetait glorieuse, tant qu'il s'imaginait déjà se garer chaque matin sur sa place de parking de *Store Street*.

Dans l'espoir du retour d'Aaron, Ermingh patienta deux heures, passant ses nerfs en engloutissant ses barres chocolatées. Il hésita à s'attaquer aux bananes délaissées jusqu'alors, les trouvant moins attirantes. Son flair s'aiguisa et il songea à filer au terminal 1 de Dublin, sa dernière solution pour coincer Aaron.

Ermingh, qui n'en finissait plus d'attendre dans le doute,

67 - « Je suis parti ! ».

s'était ravagé le menton. Pris de démangeaisons, il apaisa sa peau avec sa crème spéciale «peau tendre». Ne tenant plus, il enfonça sa clé dans la serrure. Il s'apprêta à mettre le contact quand Aaron sortit de chez lui, un sac de sport floqué *GAA*[68] bien chargé sur le dos. Il marcha d'un pas vif sur le trottoir. Ermingh enrageait d'avoir fait une entorse à sa naturelle conscience professionnelle et de ne pas avoir enfoncé la porte de l'appartement où sa cible se trouvait. Il démarra et le pista à distance, mais à cran. Stressé, Aaron regarda de chaque côté de la route et la traversa sans prévenir. Il monta de justesse dans le bus, déjà en retard, qui déboula à vive allure et en sens inverse dans la rue. Le volant d'Ermingh en prit pour son grade, et il joua d'imprudence pour faire demi-tour et coller au plus près du bus. Descendu à l'arrêt de *Fade Street*, Aaron continua d'un pas pressé vers *Dame Street* et entra dans un *coffee shop*, au *KC Peaches*, dont l'écriteau de rue affichait à la craie : *Happy Hour !*

Sans la trouver chez ses parents la veille au soir, Aaron espérait revoir Hailey ici, comme il le lui avait glissé à l'oreille lors du *Bloomsday*. Plus jeunes, ils se posaient dans cet endroit branché aux odeurs de sucre chaud embaumant le trottoir à longueur de journée. Rien n'avait changé ou presque.

Ermingh se gara en double file, cent mètres en retrait, dans la rue adjacente. Il plaça le gyrophare sur le toit pour ne pas se faire embarquer et à son tour, il entra dans le café. Aaron buvait un café en guettant la porte quand il vit l'imposant personnage franchir le seuil. Il poursuivit ensuite sa surveillance des allées et venues derrière les larges vitrines.

— Monsieur Cunningham ? mima-t-il sa surprise, comme s'il était heureux de retrouver une vieille connaissance.

Aaron, qui ne pensait pas que cet homme s'arrêterait à sa hauteur, sursauta et se redressa contre le dossier de cuir de la banquette.

68 - Gaelic Athetic Association, fédération des sports gaéliques irlandais.

— Je... On se connaît ?

— Moi, je me souviens de vous. La disparue de *Poolbeg*, vous étiez venu pour une déposition, si ma mémoire se tient, dit-il avec un sourire en se frottant le menton.

Aaron n'eut rien à répondre, mais son expression abattue si vite revenue ne trompait pas.

— Navré pour... enfin, vous savez...

— J'ai refait ma vie depuis.

— C'est une bonne chose. Il faut toujours trouver comment rebondir. Surtout par les temps moroses qui courent ici. J'ai fini ma journée, je vous offre un verre ?

— Merci, mais je ne vais pas tarder et j'ai déjà pris un café.

— Alors puis-je vous confier ma veste, le temps d'aller me commander une collation ?

Aaron acquiesça. Au comptoir, Ermingh récupéra un grand café bouillant et, dans l'espoir de retenir un peu plus sa proie, acheta deux muffins « nouvelle recette ».

— Si vous changez d'avis ou que la faim vous rattrape, servez-vous. Il y en a un au goût de banane-raisin et l'autre, c'est au beurre d'arachide.

— Ma faim s'est envolée.

— Toujours milieu offensif au *hurling* ?

— Vous suivez le championnat ?

— Je suis plus mer que pelouse.

— Votre mémoire est flippante alors. La seule fois où nous nous sommes vus, ça remonte à quoi...

— Trois ans ! répondit Ermingh en tapant sa tête d'un doigt.

— Et que savez-vous d'autre... ?

— À vos pieds se trouve un sac siglé *GAA*. Votre nom et l'équipe des *Saint Vincents* y sont inscrits et, de mémoire, les équipements de clubs ne sont pas en vente publique. Enfin, cette compagnie des eaux qui sponsorise l'équipe n'a été créée que depuis un an. Et pourquoi je sais cela ? Tout simplement parce que j'ai déjà rencontré le patron pour des vols sur leurs installations. Suis-je sur la bonne voie ?

— Vous n'êtes pas dans la police pour rien !

— Plus de vingt ans de carrière, beaucoup d'enquêtes en tout genre et jamais une bavure ! Enfin, aucune recensée !

Ermingh, qui dévorait sa viennoiserie, se mit à rire en cherchant la complicité du jeune homme trop tendu à son goût.

— Des projets ? poursuivit-il après une bruyante lampée de café encore trop chaud pour son gosier.

— Pas dans l'immédiat.

— Pourtant, vous sentez le départ à plein nez.

— J'ai entraînement ce soir.

Aaron mima au mieux l'urgence en constatant sur l'horloge du café qu'il avait encore près de deux heures à patienter.

— L'équipe des séniors ne s'entraîne plus les mardis et vendredis soir ?

— Si ! Aaron passa de la confirmation à la stupéfaction. Si.

Ermingh ne lui laissa pas le temps d'approfondir sa réflexion.

— Mon neveu est fan de ce club. Mais, condamné en fauteuil, c'est au bord du terrain qu'il vit sa passion. Je l'ai déjà emmené à des entraînements et des matchs. Mais jamais il n'a voulu y aller un mercredi pour voir les enfants de son âge jouer.

— Vraiment désolé pour lui.

Ermingh flaira avec plaisir qu'il avait réussi à attendrir le joueur.

— Avec un sac aussi plein, vous transportez le matériel de toute l'équipe ?

— Juste des affaires personnelles.

— Ah, j'y suis ! Un accrochage avec votre copine et vous découchez ? Vous la larguez ? Elle vous a largué ?

— Pourquoi vous insistez ?

— On dit que le charisme d'un bon flic se jauge à son degré de curiosité. Et comme c'est mon métier, je ne peux pas m'empêcher d'imaginer ce que font les gens que je croise, ce qu'ils cachent dans leur subconscient comme dans leurs effets personnels. Et en l'occurrence à cet instant, ce qu'ils transportent. Là, vous voyez, je me mets à votre place. Je vais au sport, mais avec un sac trop chargé. Qu'est-ce que je transporterais pour qu'il y paraisse autant de choses. Si j'étais encore en service, je me demanderais s'il s'agit de recel, de drogue ou d'argent pour en acheter. Rassurez-moi, ce n'est rien de tout cela ?

À court d'arguments et plutôt tendu de cette rencontre fortuite, Aaron se contenta d'une moue négative.

— Il sent délicieusement bon. Toujours pas ? proposa Ermingh en tendant à Aaron le muffin restant.

— Je n'en doute pas, mais je sens d'ici la banane et ce n'est pas pour moi. J'y suis allergique.

— Mauvaise pioche alors. Je le garde en pièce à conviction pour un petit creux à venir, dit Ermingh qui mit la gourmandise dans une serviette et la glissa dans sa poche de veste.

Aaron qui ne croyait plus à la venue de celle qu'il attendait et peu à l'aise avec cette compagnie non désirée, décida qu'il était temps de rejoindre l'aéroport.

— Je dois partir.

Aaron se leva et salua Ermingh d'un bref hochement de tête. Le *superintendent* l'imita aussitôt et porta sa main sur l'avant-bras d'Aaron. Devant sa gêne, le policier ôta sa main et lui tapa sur l'épaule.

— Vous me voulez quoi au juste ?

— On me reproche souvent de ne pas être assez serviable. Alors je mets à profit mes heures de citoyen pour corriger cette imperfection. Je peux même vous déposer, je suis garé juste à côté.

— J'ai déjà acheté un ticket *Airlink*. Merci quand même.

Ermingh quitta son sourire de circonstance, il se frotta le menton et souffla. Puis il se pencha à l'oreille d'Aaron.

— Écoutez ! Je dois vous parler en privé, mais pas ici. Je vous prie de bien vouloir me suivre jusqu'à ma voiture.

Aaron resserra son sac de sport, son regard devint méfiant.

— C’est quoi ? Une interpellation ? Je ne comprends pas.

— Ne vous inquiétez pas ! Juste un détail à discuter plus au calme. Allez, venez !

Aaron quitta le café, suivi comme son ombre par l’officier en civil. L’envie de déguerpir le démangea dès les deux pieds posés sur le trottoir. Mais le policier savait très bien où il se rendait et retourner à son domicile n’était pas envisageable pour lui dans l’immédiat. Sans solution, il s’exécuta. Son cœur s’accéléra davantage quand il aperçut le gyrophare sur le toit de la berline.

—Vous m’avez assuré que vous n’étiez pas en service ! paniqua-t-il.

— Simple avantage du métier pour se garer sans souci. Montez, on va rouler un peu.

Aaron déposa son sac trop imposant sur la banquette arrière et suivit l’instruction d’Ermingh.

— Nous savons que vous êtes entré en contact avec Peter Highdall aujourd’hui même, lança le policier de but en blanc.

— Vous me surveillez ?

— Je dois juste savoir de quoi vous avez parlé avec ce gamin. Estimez-vous chanceux que ce soit moi qui le fasse, ici et sans menottes. Pour avoir le temps de vous sauver, mieux vaut m’en parler maintenant. Car si c’est le GNECB qui vous tombe dessus, l’accueil ne sera pas le même.

— De quelle affaire parlez-vous ? Pourquoi les fraudes pourraient m’en vouloir ?

— OK ! Je vais partir du stupide principe qui consiste à croire que tu es externe à la manigance, d’accord.

Ermingh, qui s’impatientait, préféra se garer sur la première place handicapée trouvée. Le policier expliqua succinctement les soupçons et la surveillance de Madame Highdall et de son nouvel amant quant à leur affaire florissante sur le marché sud-américain et les éventuels financements de drogue.

— Vous me l'apprenez. Je ne savais rien de cette histoire sordide ! Et mon appel avec Peter, ce sont mes affaires, des choses personnelles. Maintenant, je dois vraiment y aller !

Ermingh verrouilla aussitôt les portières et lui empoigna le bras. Il le toisa et ne put s'empêcher d'adopter cette moue menaçante quand les négociations n'allaient pas dans son sens. Coincé, Aaron tenta une explication sur la conversation échangée avec Peter. Le preneur d'otage l'écouta attentivement. Plus l'explication avançait et plus l'officier devenait perplexe.

— Pourquoi je sens le mensonge, la fausse piste à pleines narines ?

— Je me doutais que vous ne me croiriez pas !

— Je ne vois plus qu'une solution.

Il passa son bras derrière son siège et tâta la banquette, sans détourner ses minuscules billes du regard anxieux d'Aaron.

— Tout à l'heure, vous m'avez dit être allergique ?

— Et alors ?

— Je ne crois pas au hasard. Ma gourmandise s'est apaisée avant d'y toucher. Mangez-en une, demanda Ermingh en lui tendant une de ses bananes de sa main droite.

— Vous êtes fou ? Ce fruit peut m'emmener aux urgences !

— Un gaillard comme toi, avec une cicatrice de voyou ne devrait pas en avoir peur. Tu comprendras qu'il m'est impératif de m'assurer de ta confiance. Sois digne, mange !

— Jamais.

Ermingh eut un rictus crispé et, sans qu'Aaron n'ait le temps d'enchaîner ses dires, Ermingh sortit son *Glock 17*. Il enfonça le canon contre les côtes d'Aaron jusqu'à le voir grimacer de douleur. Son expression se figea sur l'embout métallique. Jamais il n'avait été menacé à bout portant, il trembla en silence. Il n'avait pas le choix. Il s'en saisit.

— Il suffit de l'éplucher.

Ermingh maintenait en joue son passager et patientait, à l'affût de sa moindre réaction contrariante. Il alluma la radio pour se distraire pendant qu'Aaron s'efforçait d'ingurgiter ce poison. La bonne humeur de l'animateur radio et les chansons accompagnèrent l'angoisse croissante d'Aaron. Il se répétait mentalement les sensations d'étouffement qui pouvait se manifester à chaque seconde. Après quinze trop longues minutes d'attente chronométrées, Ermingh, qui s'attendait à voir le jeune homme suffoquer ou s'évanouir, ne cacha pas sa déception. Rien ne s'était produit, mais Aaron restait terrorisé par les effets secondaires de son allergie. Mais assurément plus pour une balle perforant sa peau.

— Ma patience s'est envolée. Je considère que tu m'as menti !

— Non, je suis vraiment...

Ermingh, devenu enragé, assena un puissant coup de crosse contre la tempe d'Aaron, d'un geste témoignant d'une expérience incontestable. La tête du jeune homme percuta la vitre, et la crosse du revolver lui occasionna un hématome sanguinolent au-dessus de son arcade. Pris de sifflements assourdissants, l'otage finit par s'évanouir contre la vitre. Ermingh rangea son flingue dans la portière et revêtit une de ses paires de gants bleus en latex. Il boucla la ceinture de son passager puis la sienne, et réinséra sa voiture d'un rythme nerveux dans le trafic dense du cœur de ville. De peur de réveiller sa victime, il n'actionna pas la sirène.

Arrivé en trombe à l'angle de *Trinity College*, Ermingh tenta de forcer le passage pour suivre la file de droite afin de dépasser le *Viking splash* chargé de gamins, qui stationnait sur celle de gauche. Une flopée d'incorrigibles farceurs au casque celte s'agitait là-haut, impatients de continuer la balade. Un trio posté à l'arrière ; sans surveillance de leur responsable de groupe, s'amusait à jeter de l'eau sur les pare-brise des voitures qui les doublaient par la droite. À court de bouteille d'eau alors que ce jeu les amusait beaucoup trop, ils négocièrent une autre munition à un de leur copain. Sa boisson pleine contre une carte rare *Pokémon*. Deal ! La circulation reprit. Ils repérèrent leur prochaine victime. Arrivé à leur hauteur, dans un concert de cris vikings, le pare-brise de l'automobiliste reçut un gobelet entier de coca. Aveuglé par le liquide et pas assez rapide pour actionner les essuie-glaces, la voiture au gyrophare braqua à gauche pour éviter le véhicule freinant juste devant. Mais l'imparable accident survint. Le véhicule s'encastra entre les essieux de la galère touristique. Ermingh vociféra. Sous le choc, contre son volant, son menton s'était ouvert. Le long de sa gorge coulait un filet de sang. Tiré de son sommeil à cause de la rage d'Ermingh, Aaron se réveilla et se jeta sur l'officier. Il resserra ses doigts autour de son cou teinté de rouge et essaya de l'assommer contre la vitre. Une bataille à main nue démarra. Ermingh, plus vaillant et habitué, était sur le point d'étrangler à son tour son captif. Le cou broyé, le teint rouge écarlate et les yeux exorbités, Aaron était sur le point de céder. Saisi d'une poussée d'adrénaline fulgurante, il donna une impulsion avec ses jambes contre le plancher. De cet élan, il réussit à allonger son cou sur l'appui-tête et profiter de cet infime dégagement. Assez pour mordre les doigts épais de son agresseur qui cherchait à l'agripper de nouveau. L'officier hurla et Aaron sentit son sang se glacer. Les phalanges recouvertes de gants bleus en latex se teintèrent d'un pigment rouge vif. Ermingh tira violemment sa main pour l'extraire des canines d'Aaron. Il hurla une seconde fois. Son gant déchiré laissait voir l'un de ses doigts, décharné.

Suite à son acte de démence, Aaron sentit une gêne oppressante dans sa gorge descendre un peu plus à chaque déglutition, le long de sa trachée. Par aubaine, l'accident de la berline avait déverrouillé les portières. Aaron s'éjecta de son fauteuil et se laissa tomber sur la chaussée. Mais son cauchemar n'en finissait pas pour autant. Une voiture arrivant sur la voie de droite arracha la portière avant de s'arrêter au plus près de sa tête. Le chauffeur, sous le choc, descendit pour lui porter secours. Pris de tétanie, Aaron s'aida du chauffeur pour se relever, se dépêcha d'ouvrir la portière arrière et tira son sac de la banquette. Comme un animal blessé et sans se soucier du conducteur qui cherchait à le retenir, le jeune athlète s'enfuit d'une course saccadée dans les ruelles adjacentes de *Trinity College*. Ermingh, blessé et affublé d'un regard meurtrier, désencastra sa berline et brava le trafic pour charger sa portière dans le coffre et dégager loin d'ici.

CHAPITRE 21

Mercredi 17 juin 2015

19h23

— Tout va bien, Monsieur ? Le trajet ne sera plus très long.

Dix minutes passèrent, mais son angoisse ne se calmait pas. Fatigué et suffoquant parfois, il était installé côté couloir, en position allongée. Gêné par le bruit, il se tourna sur le côté et distingua un homme et une femme s'affairer près de son siège. Un couple qui le fit étrangement penser à ses parents. Une sensation troublante. Pris de panique, il manqua d'oxygène, assez pour ne trouver le repos qu'en fermant les yeux.

Aaron arriva à Paris. Le voyage fut rapide. Trop fatigué et fourbu de crampes de sa première nuit, il ne se souvenait de rien, si ce n'est de s'être gratté la cuisse pensant s'être fait piquer par une sorte d'insecte. Dans sa chambre, seul et bien au calme, un lourd sommeil le cueillit sans qu'il ne puisse lutter.

Dès le lendemain, après un réveil endolori, il ressentit une décharge d'adrénaline. Si puissante que le besoin de la retrouver s'empara de son esprit. Au plus vite, il s'engouffra dans le métro, se fondit dans la masse humaine aux visages inconnus, mué dans la peau d'un infiltré qu'il affectionnait tant. Son terrain d'action démarra dans le quartier du cinquième arrondissement. Les indices de la lettre verte d'Emmy ne pouvaient le mener qu'ici, dans le plus irlandais des endroits de la capitale. Comme lui l'aurait choisi, finalement. L'envie de rejoindre des lieux jamais arpentés et se sentir sur les traces de James Joyce le démangea. Mais c'était en tenant la main d'Emmy qu'il voulait le vivre.

Désormais sur la *Place de la Contrescarpe* où les enseignes *Guinness* étaient scellées, cet air de pays le lui confirma, il était sur la bonne voie. Il poursuivit sa quête dans la *rue des Irlandais* et ne put s'empêcher de passer sa main sur la plaque d'émail et ressentir l'ondulation des frappes de ces lettres si familières. Encore quelques pas et l'ancien collège des prêtres immigrés se présenta devant lui. D'architecture haussmannienne, cette bâtisse était le *Centre Culturel irlandais*. Son rythme cardiaque s'emballa avant d'oser franchir le seuil de l'institution. Il allait savoir. Enfin. Puis une toux fiévreuse le prit. Ses pensées s'embrouillèrent un court instant avant de poursuivre. Il devait savoir si derrière ces murs, l'empreinte de sa partenaire d'ivresse de jeu s'y trouvait.

Les larges portes vert d'eau passées, une grande cour intérieure jonchée de graviers blancs se dévoila. Seule et en plein milieu, une silhouette masculine agenouillée lui tournait le dos, au pied d'une étrange sculpture. Armé d'une agrafeuse de gros calibre, l'homme construisait une statue contemporaine assemblée avec des ballons et brassards gonflables, sans aucune interprétation frappante au premier coup d'œil. Aaron n'hésita pas à l'interrompre pour se renseigner. L'individu était un artiste irlandais de passage à Paris pour promouvoir son univers. Simon exposait dès le samedi à venir dans la galerie du centre qui se modelait déjà, avec plusieurs ouvriers en train de fumer au fond de la cour. Captivé par sa tâche, le créateur termina un étage d'objets et s'accorda une pause avec Aaron.

Originaires de Dublin tous les deux, ils parlèrent du pays et du championnat de *hurling* en cours. Aaron lui expliqua qu'il était à la recherche d'une jeune femme brune aux yeux verts et danseuse de *Ceili*, ayant pu séjourner à Paris. Et ceci, dans un laps de temps compris entre aujourd'hui et trois ans auparavant. L'artiste n'était ici que depuis un mois et dans deux semaines, il serait déjà reparti. Mais le dernier détail des grains de beauté au visage lui fit esquisser un sourire en coin. «*Come on* ![69]», dit-il à Aaron, en l'emmenant à la médiathèque. Près du bureau d'accueil, Simon pointa du doigt une affiche. Les simples indications données au sculpteur lui avaient tout de suite fait penser à une personne, vue sur le poster, quand il venait s'y poser pour lire. Sur un fond vert et noir, avec «*Des feets Celtic*» pour titre écrit en orange, une jeune femme entourée de danseurs se tenait devant la troupe. La tension d'Aaron s'affaiblit. De longues secondes. Emmy donnait des représentations de *Ceili* à Paris, chaque vendredi soir, avec une troupe montée deux ans auparavant. Demain, à vingt heures, il pourrait la revoir. Ses muscles débordèrent d'une ardeur incontrôlable, presque animale. Un violent trouble du rythme cardiaque l'assaillit. Après s'être battu de toutes ses forces pour espérer revoir son inoubliable amour, il manqua de s'écrouler, puis se sentit retenu dans le dos. L'adrénaline se répandit à forte dose dans ses veines. Le dénouement était si proche.

L'agrafeur fou ne put confirmer à Aaron si cette jeune femme serait de retour ici. Mais il l'avait croisée plusieurs fois, accompagnée d'un musicien en résidence temporaire ici qui jouait occasionnellement pour la troupe. Mais c'était flou.

Après avoir passé une partie de la journée avec Simon dans la cour du *Centre Culturel irlandais*, Aaron, encore fatigué, repartit. Avant de passer le porche, la petite chapelle consacrée à *Saint-Patrick* l'intrigua. Elle était exactement comme en photo sur Internet. Il s'assit sur un des bancs en face et scruta les voûtes, priant intérieurement dans l'espoir de hurler sa joie un peu plus tard en retrouvant son Emmy. Gagné par la sérénité du lieu de culte et s'y sentant transporté, il s'y allongea sur le côté.

— Hey, Aaron !

Se faire héler le tira de son sommeil, il fut aussitôt tirail-

69 - Allez !

lé par de brèves difficultés respiratoires. Il crut à nouveau reconnaître les traits de son père en cette personne venue se recueillir dans la chapelle. De retour à ses pensées en cours, il découvrit Simon à l'entrée, accompagné d'un autre homme. C'était Nicholas, le musicien occasionnel de la troupe. Le trio irlandais partit s'évader une ruelle plus loin, au pub qu'Aaron avait gardé en mémoire. Ce nouveau scénario non imaginé jusqu'alors, avec cette rencontre de *dubliners* autour d'une pinte, le désorienta quant à sa quête initiale. Mais quand l'excitation toujours frémissante de retrouver Emmy l'envahit de nouveau, son rêve se décupla. Une pure dose d'adrénaline le traversa un court instant, avant d'être rattrapé par la fatigue. Exténué, il quitta les lieux et s'endormit à nouveau. Sans doute le décalage horaire.

Le grand jour arriva, celui où la suite des événements pouvait rendre possible le dénouement heureux de son enquête personnelle. Tout se jouerait ce soir, dans cette chaleur qui l'incommodait. Peu habitué et rapidement transpirant, il s'hydrata et s'humecta le visage fréquemment. S'il était encore en Irlande, il se serait cru dans une pièce trop chauffée. Aimant se promener le long de la *Liffey*, il en fit de même ici et longea les quais de la *Seine*, se laissant enivrer par les trésors des bouquinistes. Aaron y resta un long moment pour passer en revue les reliques littéraires dans l'espoir d'y lire le nom d'Emmy ou au moins qu'un bouquin soit de James Joyce. Cette distraction lui redonna un souffle de vigueur et il se rendit sur le *Pont des Arts,* non loin. L'endroit était comme dans ses souvenirs de télévision. Son attention se focalisa sur l'authenticité du lieu et les milliers de carrés métalliques agglutinés de chaque côté du pont en bois. Il inspecta chaque rangée illuminée par le soleil, à la recherche d'un cadenas griffonné d'un « E » et d'un « A » ou d'un détail appelant au jeu. Si seulement Emmy se trouvait à ses côtés, il aurait pu ressentir cette même émotion que ce couple de jeunes enlacés, heureux de cliqueter leur cadenas dans un rare recoin restant. Ce manque oppressant l'affaiblit instantanément. Il se pencha contre la barrière pour inspirer d'amples bouffées d'oxygène, jusqu'à se calmer. Il poursuivit sa quête du cadenas idéal, et le trouva enfin. Pour ne pas l'oublier, il repéra son emplacement précis, dans l'alignement des flammes en or sculptées sur le pont en amont du fleuve, et pile au milieu. Une voix résonante, semblable à celle de son père et mêlée aux incessants bruits de pas tout autour de lui, le tira subitement de ses pensées. Il se tut puis une silhouette s'éloigna, accompagnée de deux autres. Son état lui imposa une nouvelle halte dans un jardin public. Affalé sur un banc libre, il somnola dans cette allée où se reposaient d'autres personnes. Son voyage et ses émotions constamment en éveil l'épuisaient.

Quelques divagations plus tard, l'heure du *Ceili* approchait et il s'empressa de rejoindre la salle de spectacle. Devant l'entrée de la salle, son cœur battait la chamade. Une fréquence cardiaque démesurée, jamais atteinte. Cette salle aussi, il la connaissait après l'avoir repérée sur Internet, au cas où le mal du pays leur surviendrait lors de leur pseudo-voyage à Paris. La file d'attente commençait à entrer au compte-goutte. Le brouhaha autour de lui le crispait, mais dans cette pièce, pas d'odeur particulière ni de bière collée au sol, c'était comme aseptisé. Mal installé sur son siège, il bouillait, avait le front chaud, le torse en nage sous sa chemise. Il se sentait enfermé dans ce moment qui pouvait tourner au cauchemar ou à la jouissance. Les sifflements et acclamations retentirent. L'adrénaline le cueillit de plus belle. Il retourna dans son état de transe, jamais aussi proche de dévorer du regard celle qui allait se présenter sur scène. Sa scène, la leur, celle de l'amour, déjà vécu. Les musiciens entrèrent, se positionnèrent à leur instrument sous la clameur du public. Celui qui récupéra la guitare sèche était Nicholas. Aaron voulut se lever et bondir sur scène, mais une force étrange l'en empêcha.

La salle fut plongée dans le noir, la musique démarra.

Envoûté, Aaron emprisonna dans sa main droite moite, le médiator peint du drapeau irlandais. Il ne pouvait s'empêcher de gratter les cordes dans le vide, mais s'interrompit quand le spectateur à sa gauche approcha son visage affable pour lui demander s'il se sentait bien. La mélodie des claquettes rejoignit l'orchestre. La troupe était sur scène et encore masquée par la lumière tamisée. L'Irlande celtique, celle des sons mythiques, du rythme qui se glissait sous la peau, qui stimulait les sens, cette Irlande pleine de ferveur, s'empara de la pièce. Aaron connaissait ce démarrage par cœur. Son esprit devança l'enchaînement des pas à venir, persuadé que seule Emmy pouvait orchestrer cette illusion artistique. Et si tout se jouait comme avant, c'est au solo du banjo que la meneuse brune aux yeux émeraude devrait apparaître, au milieu des danseuses en cercle, au centre de la scène. Persuadé de maîtriser le déroulement et d'être le seul à connaître la surprise, il fut envahi d'un sentiment indescriptible. Cette surprise qui, ce soir, pourrait lui assener une petite mort. Lente, déchirante, mais terriblement addictive. Son attention était maintenant toute dévolue à l'homme frêle à la queue-de-cheval qui caressait dans le vide ses quatre cordes du banjo, le pied tapotant le sol, prêt à jouer. Les secondes d'attente à fixer les doigts accolés au banjo et la troupe en mouvement lui donnèrent un terrible mal de crâne. Il se broya la tête entre ses mains, tenta de contrôler ce qui le ravageait. Cette fois-ci, la dose ressentie fut maximale, à la limite du supportable. Son cœur l'en alerta. Pris de tremblements puis de spasmes, le spectateur à sa gauche lui empoigna fermement l'avant-bras. Cet homme bienveillant au ton posé et rassurant observa attentivement ses pupilles. Aaron préféra laisser ses paupières alourdies s'incliner. Le son du banjo démarra, la ronde des danseuses se mit à déambuler dans des directions changeantes en s'aidant par de vigoureux crochets de bras. À l'image d'un kaléidoscope, l'attention du spectateur s'y perdit. Le vacarme de tous ces pas de danse réunis à l'unisson jusqu'alors saisissant se figea. La troupe devint immobile, silencieuse.

Une seule silhouette de dos et à la chevelure ondulée, laissa son corps réagir au son mélodieux. Aaron sentit son rythme cardiaque le boxer d'épisodiques rafales.

Il n'avait plus aucun contrôle sur son corps.

Aaron crut mourir.

La chorégraphie se poursuivit et la meneuse du *Ceili,* restée de concert avec chaque corde percutée du banjo, se tourna lentement pour enfin se dévoiler au public.

Tout ce dont il rêvait était réuni. Saisi d'un influx nerveux, Aaron bondit pour fendre la foule et grimper sur l'estrade. Mais un net mouvement de recul l'en empêcha. Il sentit sa tête s'écraser contre une surface épaisse et douillette, puis obligé à se rasseoir pour savourer le moment de cette place. Son imaginaire se laissa à nouveau envahir d'émotion.

Tout s'interrompit. La guitare, la danse, la clameur du public, plus rien n'existait, à part cet instant.

Tous deux jetèrent leur ancre dans le regard de l'autre.

Emmy Highdall était là.

«*Appelez un médecin !* ».

TROISIÈME PARTIE

« Pour jouer, il faut vivre.
J'ai fait l'inverse. »

CHAPITRE 22

Mercredi 17 juin 2015

23h12

Lanterne en main, Pat attendait sur le bord de la jetée, le phare de *Poolbeg* derrière lui. Cela faisait trois ans, jour pour jour, et dans quelques minutes l'instant précis de sa disparition, autant de temps durant lequel il s'était reconstruit difficilement. Sans la mort de sa fille, sans cet électrochoc, il aurait sombré pour de bon. Il en était certain. Son intérim de déménageur ne le satisfaisait pas. Mais ces heures passées à se ruiner le dos pour vider des maisons, dont certaines qu'il avait fait construire, le maintenaient en vie, lui permettaient de suivre l'évolution de Peter, les rares fois où il avait l'occasion de rafistoler leur lien si fragile.

Emmy lui manquait terriblement. Sa présence, sa fougue, cette nature qui l'animait. Le fait de n'avoir pas pris le temps de lui exprimer tout l'amour qu'il lui portait, de ne pas s'être aperçu de tout ce qu'elle représentait le rongeait. Il aurait dû voir sa « petite » fille fêter ses 23 ans cette année. Elle aurait dû continuer d'être sa fierté, à ses côtés. Il chercha à imaginer ce qu'elle aurait aimé faire ce soir même. *Dîneraient-ils ensemble ? Quelle tenue aurait-elle portée ? De quoi discuteraient-ils ? Sur quelle nouvelle scène se produirait-elle ?*

Toutes ces pensées, il les rumina dans cette nuit calme et ce vent sourd. Il ne quitta pas des yeux la limite de l'eau face à lui ou la lueur du phare qui balayait l'horizon, le regard hébété et les épaules abattues. Terriblement seul depuis que les rares badauds rieurs et les pêcheurs qui erraient encore dans le coin à son arrivée avaient disparu. Toujours assis, les jambes ballantes au-dessus de l'eau, il ne restait plus que cinq minutes avant minuit. Pat commença à parler à sa fille. Une entame timide, des retrouvailles maladroites, puis il se laissa aller dans un monologue élogieux pour son Emmy.

Minuit sonna. Dans le vent, face à la jetée, Pat se leva, réajusta sa tenue et adopta un profil fébrile, mais fier. Il se l'était promis, ce soir il ne devrait plus la pleurer, mais rester stoïque et esquisser au moins un sourire pour elle. Se comporter en père digne venu honorer la mémoire de sa fille et déplorer son rayon de soleil qui ne se manifestait plus.

— Ça mord par ici ?

Surpris par la voix, Pat tressaillit et s'empressa d'éclairer derrière lui. Sur sa gauche approchait un vieil homme tenant une canne à pêche, et affublé d'un veston kaki aux multiples poches et coquetteries de plumes en couleur. Il mâchouillait du bacon séché empestant la nourriture pour chiens.

— Vous avez fait une prise, oui ou non ? insista l'ancien, peu commode.

— Une prise ? Je ne pourrais jamais pêcher ici.

— Et qu'est-ce qui vous en empêcherait ?

— Pas ici, c'est sûr.

— Pourtant on en r'monte d'belles dans ces mauvaises eaux industrielles. On y trouve tas de choses. Pas plus tard qu'...

— Je n'aime pas la pêche. C'est clair ?

Le vieux pêcheur releva un œil, surpris que l'homme en costard s'emporte ainsi alors qu'il s'apprêtait à radoter sur ses plus beaux coups et de compter un nouveau collègue, au moins pour ce soir.

— Ah... Moi j'aime ça, de pêcher ! M'reste plus qu'la pêche pour compter les jours, lâcha-t-il en se tapotant la poitrine.

— Vous partez ?

— L'plus tôt possible j'espère.

— Alors, bon voyage.

Pat baissa sa lanterne et le salua. L'ancien tenta sa chance en lançant sa ligne là où Pat s'était installé.

— J'suis condamné. Sans savoir quand cet' merde m'emmènera enfin pour de bon. Je n'arrive même pas à m'foutre en l'air. Déjà trois fois qu'j'essaye. En mer, sur terre ou dans mon lit, à chaque fois que j'ai essayé, m'suis toujours loupé. Enfin, m'avez compris. Alors j'pêche. Pas un jour que j'suis pas là. Par grand beau comme par gros temps. Tous les jours ici, à tousser et cracher mon sang. Enfin, ici c'est comme chez moi. Qu'est-ce qui vous amène à *Pool'à c't'heure-ci* ?

Pat avait détaillé ce visage marqué d'une petite moustache grise et d'épaisses rides sculptées par le temps. Son double menton vide partait à droite quand il s'exprimait.

— Ma fille.

— Z'êtes sûr qu'elle viendra ?

— Elle était à l'heure.

— J'vois personne à part nous deux ici, mon gars !

— Elle s'est noyée ici.

— Ici ? Mais quand ?

— Il y a trois ans.

— Ah j'me souviens. J'étais là !

Pat sentit son sang ne faire qu'un tour. Les mots du vieillard avaient armé en lui une tension maximale. Il marqua un temps avant de pouvoir lui répondre.

— Ne jouez pas avec mes nerfs, surtout pas.

Pat s'avança vers le vieux, lui colla sa lanterne proche du visage. N'en faisant pas cas, ce dernier continua à rembobiner son moulinet.

— J'étais là. Com' tous les soirs ici, j'vous dis. J'étais là quand z'êtes venu ici l'an dernier. Un gars qui s'pointe ici à minuit et en costume sorti du pressing, jamais vu à part vous. C'est vot' fille qui a été balancée à l'eau ? Celle de la photo dans les journaux ?

— Stop ! Arrêtez de me parler !

— Je comprends qu'elle doit vous manquer vot' pauv' gamine...

Les mots lâchés sans filtre par le pêcheur bloquèrent la poitrine de Pat.

— Retournez à votre pêche si vous ne voulez pas que je vous casse la gueule !

Dermott ne bougea pas. Il réajusta sa canne à pêche télescopique, puis il posa sa main gâtée sur l'avant-bras de Pat.

— J'étais là, j'vous dis ! J'ai tout vu. Tout c'qui s'est passé.

— Espèce de vieux tordu ! Vous savez quoi de cette nuit-là ?

— J'sais que j'étais là. J'sais que c'est moi qui ai pris les photos. C'qui est sorti sur le papier, c'est moi !

Le cadenas emprisonnant la colère de Pat céda sur le coup. Il agrippa le vieux par le col, qui dut lâcher sa gaule et la vit disparaître dans l'eau. Le poing armé et repensant à la raison de sa présence ici ce soir, il le relâcha.

— Qui l'a tuée ? Qui a tué ma fille ? vociféra Pat au nez de Dermott, impassible.

— J'sais pas, bafouilla-t-il les yeux à peine ouverts.

— Va falloir te souvenir, grand-père ! Et tout de suite, si tu ne veux pas crever ce soir !

— J'connais pas celui qui l'a tuée.

Pat réarma son poing. Par instinct, Dermott releva ses bras devant lui afin de se protéger.

— Je sais juste qui m'a demandé les photos.

— Alors, aidez-moi !

— Le policier que vous avez vu ici l'an dernier. J'étais là moi aussi, comme...

— Le chef de *Fitzgibbon* ?

— Oui, Boris.

— Vous en êtes sûr ?

— Certain ! J'pêchais ici, comm' chaque jour. Et ce jour-là, j'venais juste de rentrer quand il m'a contacté. C'était assez tard, j'allais passer à table. Fallait que j'y retourne au plus vite et attend' jusqu'à ce qu'une certaine voiture se pointe et qu'elle reparte déchargée.

Pat reçut les mots comme un coup de mitrailleuse. Une onde de choc le traversa de la tête au pied.

— Mais vous n'avez rien fait pour l'en empêcher ?

— M'avez vu ? Même trois ans plus tôt, j'étais déjà plus bien vaillant. Ma carrière d'marin m'a laissé en miettes.

— Comment avez-vous pu accepter d'assister à ce meurtre sans jamais le dénoncer ?

— Comme beaucoup de gens l'auraient fait à ma place, pour l'argent mon pauv' ! Et à mon âge, j'en ai besoin ! J'traîne une maladie chronique des bronches. Je ne fume plus depuis que j'ai quitté les bateaux et pourtant, j'ai les poumons aussi cendrés qu'un tubard. Ermingh m'avait promis de payer mes soins mensuels si j'postais les photos dans une boîte aux lettres en dehors de Dublin, envoyées à son attention. C'est un homme de parole.

Ces derniers mots étouffèrent Pat. Prêt à étriper sa proie, il resserra ses poings.

— C'est lui qui a demandé de tuer ma fille ?

— C'est lui qui m'a demandé les photos.

— Vous êtes foutu, vieille merde ! Je vais tout balancer et venger ma fille !

— Z'allez avoir mieux. La preuve de ce que j'avance. Allez me chercher ma caisse de pêche vers mes gaules, dit-il en pointant d'un doigt vibrant son campement.

Pat accourut vers les cannes à pêche et ramena la caisse. Il fouilla l'intérieur et laissa tomber au sol tout l'attirail de pêche de l'ancien qui tardait à se prononcer sur la suite.

— Sous la boîte des plombs ! s'exprima enfin le vieux pêcheur.

Pat récupéra un bout de nappe vinyle au motif d'un autre temps dans laquelle était une enveloppe pliée en deux.

— C'est tout c'que je peux pour vous.

À genoux, les mains tremblantes et en train d'éclairer la photo originale, Pat fixa la silhouette retenue dans les mains du truand. Une ombre sans défense, l'allure déjà vaincue. Son Emmy qui vivait ses derniers instants. Abasourdi, son corps se relâcha, mais sa rage grandit pendant qu'il scrutait le moindre détail sur cette photo terne.

Pat se leva. Sans toucher à rien d'autre, il regagna sa voiture et roula en direction du centre de Dublin. Aveuglé par sa colère sanglante, il n'était plus captivé que par une seule idée : trouver Ermingh.

CHAPITRE 23

Jeudi 18 juin 2015

06h07

« *Il se réveille ! Appelez un médecin !* ».

Il se redressa d'un coup, d'une peur bleue.

— Aaron ? Tu m'entends ? Comment te sens-tu ?

Il tarda à refaire surface, tentant de comprendre ce qu'il se passait, si ce qu'il voyait était bien réel. Il porta aussitôt sa main sur ce qu'il ressentit comme une invasion de *midges*[70], piqué à plusieurs reprises. Les stigmates de sa cuisse droite le firent hurler. Enfin, ses pupilles redevinrent capables de mieux voir le monde qui l'entourait.

— Maman ? Mais... t'es venue à Paris ? Qu'est-ce que je fous ici avec... C'est quoi ces fils ?

Tournant la tête dans tous les sens, il aperçut derrière sa mère, deux personnes en blouse blanche partir vers la porte ouverte. Margareth Cunningham chevrotait et cherchait la bonne approche pour ramener le calme chez son fils.

— Je suis si heureuse de pouvoir enfin te parler ! Tu as eu un sérieux choc dû à une allergie. Tu es ici depuis cette nuit, car même avec des injections, tu as subi des épisodes assez inquiétants. Ils veulent te garder quelques jours en observation. Je suis venue au plus vite, et quand j'ai voulu entrer, une équipe d'infirmiers était déjà auprès de toi. Tu aurais fait une sorte de coma dans le centre-ville, pendant près de dix minutes, ils m'ont dit ! Ta respiration s'est arrêtée, j'ai eu très peur, Aaron. C'est un choc anaphy... je n'arrive jamais pas à le dire correctement. Mais le médecin pourra mieux t'expliquer, les infirmiers sont partis le trouver.

— Ça s'est passé où, dans Paris ?

70 - Moustique vorace typique des pays anglo-saxons.

— On parlera de ça plus tard. Reste calme, je vais voir s'il arrive.

Sa mère partit dans le couloir et appela son mari. Elle regardait son fils d'un sourire crispé par la vitre de la chambre. Dans cette pièce, ils étaient cinq, séparés par des grands rideaux tirés selon les besoins des soins. Trois devant lui et un autre patient sur sa gauche.

Le médecin en chef arriva. Il présentait une allure svelte, presque cadavérique, et des cheveux jaunâtres tirés en arrière au peigne. Aaron bloqua sur ses pommettes creusées comme celles d'un cancéreux.

— Bonjour, Aaron. Tu me reconnais ?

Un grand homme aussi en blouse blanche se présenta. Aaron ne pouvait en être sûr, mais son visage lui rappelait vaguement quelqu'un.

— Non. Ma mère m'a dit que j'avais fait un choc, mais où dans Paris ?

— Paris ? Ici, c'est Dublin.

— Quoi ? Mais non !

— Je te l'assure. Mais ton esprit a bien divagué et apparemment, plus que mes présomptions. Tout dépend de ton cortex et ta capacité créative.

— Mais j'y étais, je le sais. Je peux tout vous dire ! Je m'y suis fait des amis et j'ai enfin retrouvé Emmy !

Le médecin lui adressa un sourire gêné. Alors Aaron chercha Emmy du regard par-dessous le faible espace de store relevé qui donnait sur l'extérieur, en espérant la voir, juste l'apercevoir, et prouver au médecin la véracité de ses propos. Puis il devint d'une pâleur saisissante en réalisant qu'il ne trouvait aucune connivence chez le médecin.

— Je n'aime pas votre regard ! lâcha-t-il en creusant l'attitude du médecin.

Pour abréger ses souffrances, ce dernier releva le store. Dehors, la nuit laissait l'énorme bandeau lumineux de *St Vincents University Hospital* éclairer la pelouse et le parking. Le médecin revint s'asseoir sur le rebord du lit et en profita pour contrôler l'état de sa jambe endolorie par les nombreuses injections. Puis, il usa de pédagogie pour lui expliquer le contexte. Aaron masqua sa tête. Il refusait de voir la réalité, voulait croire à un cauchemar qui se jouait dans son cerveau à présent. Mais un regain d'espoir rageur se manifesta en lui.

— Je l'ai vécu ! J'en ai encore le frisson, je peux tout vous raconter.

— Je n'en doute pas. Et cela confirme que tu as une réaction exacerbée à l'adrénaline. Quand tu as été admis aux urgences dans la soirée, tu étais dans le coma. Ton corps était victime d'un choc anaphylactique. C'est-à-dire que tu as fait un arrêt cardio-respiratoire assez prononcé, proche du stade quatre. Autrement dit, il ne fallait pas que tu traînes plus longtemps sur le trottoir. Des particules de latex poudré, comme utilisées en clinique, ont été retrouvées dans ta trachée. On a envoyé ce corps étranger au laboratoire pour analyse. On en saura davantage le moment venu. Et comme tu n'as pas été chanceux ou inattentif, tu avais également consommé de la banane. Ta mère m'a dit que tu savais pourtant qu'en manger te donnait des démangeaisons et des étourdissements. Tu as fait une allergie croisée. Les deux substances, conjointement ingérées par erreur ou non, ont déclenché une grave réaction. Et pour couronner le tout, un troisième facteur, celui de l'effort physique, a aussi été diagnostiqué chez toi selon l'équipe de secours dépêchée sur place. Pour permettre à ton cœur de reprendre du service, le seul traitement efficace a été l'injection d'adrénaline. Pour toi, il en a fallu à plusieurs reprises. Tu en as largement consommé ! C'est la première fois que je vois un patient avec une telle accoutumance à cette substance. Pour être complet, sache que ton choc a été tellement persistant qu'une adjonction de noradrénaline a également été nécessaire. J'imagine que ton parcours de sportif t'y a habitué, mais ton corps s'y accommode trop facilement. Comme s'il était en demande permanente.

L'explication du médecin laissa Aaron démuni, passant d'hyperactif à atone.

— Donc... je ne suis pas allé...

— Tu n'y as pas posé les pieds, j'en suis navré.

Sous l'effet de la colère, Aaron arracha un fil qui lui injectait le fluide d'évasion. Le professeur rattrapa au vol la perfusion et s'empressa de rebrancher les soins encore indispensables. Il s'opposa à la révolte d'Aaron qui le supplia pour un court instant de répit.

— Attendez ! Pouvez-vous me donner ma veste ?

Le docteur se pencha pour récupérer le vêtement sous son lit et le lui tendit.

— Regardez mon billet d'avion, c'est la preuve que j'y étais !

Aaron sortit ce dernier triomphant. Mais sa joie s'éteignit quand il vit, par transparence du papier, que la partie dédiée au compostage n'avait jamais été détachée ni avisée.

— Dans ton imaginaire, il n'y a pas de doute. Mais si tu penses t'y être rendu depuis cette nuit, malheureusement non.

— Mais je me souviens de beaucoup de choses. De tout même ! Je sais que je l'ai fait. Tout était parfait ! Je saurai retrouver mon chemin tout de suite, s'il le fallait.

— Avec la surcharge d'adrénaline et si c'est un désir puissant chez toi, cette combinaison a pu t'y emmener par procuration. Dans ce cas précis, oui.

— C'est horrible... déplora Aaron qui injuria sans retenue le mauvais sort et écrasa son billet.

Interloqués par le bruit, les parents d'Aaron frappèrent à la porte. Le médecin vint leur ouvrir. Ils discutèrent quelques instants sur le seuil, puis il les laissa avec leur fils.

— Comment te sens-tu, mon chéri ? Tu as été pris de démence. Tes sursauts, tes yeux révulsés, tu parlais de Paris... Ça a été dur de te voir ainsi.

— C'est dur, trop dur à réaliser. Je n'ai pas envie de le réaliser ! Tout ce dont je me souviens, je tuerais pour y retourner, et tuerais encore pour que tout soit vrai !

— Ne dis pas cela ! intervint son père. Personne ne doit tuer personne. Attends un peu que ta colère passe, tu veux bien ?

— Je comprends enfin pourquoi, dans mes rêves, je vous voyais avec moi à Paris. Tout simplement parce que vous étiez vraiment là. Et moi ici, mais là-bas aussi...

— Rêver n'a rien de grave, au contraire ! Il faudra être plus vigilant avec tes allergènes. Et que cette histoire de latex, comme nous l'a dit le médecin, ne se reproduise pas.

Tout en écoutant son père d'une oreille, Aaron était également ailleurs. Son regard se montra encore une fois déterminé.

— Je dois me rendre là-bas. Je dois y revivre toutes ces choses ! affirma-t-il avec la mâchoire et les poings resserrés.

— Mais, Aaron, tu n'es pas en état ! Du tout ! s'opposa son père.

— Au contraire, j'ai la sensation d'un pic de forme !

— Et qu'est-ce que tu comptes y faire ? Tu ne connais personne là-bas !

Aaron reprit un élan de vigueur et sauta du lit. Il tenta d'évaluer ses capacités pour partir au plus vite.

— Je suis adulte, non ?

— Aaron ! Calme-toi !

Monsieur Cunningham empoigna l'avant-bras d'Aaron. Cette manière si familière de lui bloquer le bras attestait qu'il n'y avait jamais eu d'utopique spectateur à ses côtés durant le *Ceili.*

— Attends ! Tu ne peux pas t'y rendre. Tu as de la visite, poursuivit son père.

Restée en retrait, sa mère pleurait. Elle fixait son fils, puis changea d'objectif quand la porte s'ouvrit. Aaron vit le profil d'une infirmière parler à une tierce personne masquée par le mur de la chambre. « C'est bien ici. Vous pouvez entrer », dit-elle en souriant vers la porte avant d'en faire de même vers Aaron.

CHAPITRE 24

Jeudi 18 juin 2015

04h28

Injoignable, introuvable.

Le personnel d'accueil se montra incapable de lui dire quand le *superintendent* serait de retour au poste ni lui délivrer une adresse où le trouver. Pat dut se contenter d'un message écrit à la hâte et laissé sur le comptoir de *Fitzigibbon* à l'attention d'Ermingh : «*J'ai vu le vieux pêcheur. Je sais que vous n'êtes pas clair au sujet de ma fille. On doit se voir. Je vous trouverai s'il le faut. Pat*». Il les prévint qu'il reviendrait dès le lendemain à la première heure et tous les jours s'il le fallait.

De retour chez lui, Pat saisit sa bouteille de *whiskey*, en descendit plusieurs gorgées au goulot, puis s'affala sur son fauteuil. Il resta ainsi dans le silence de la nuit. Le bilan de sa journée défilait sans cesse dans sa tête. Ce ne fut qu'un cauchemar en guise de date anniversaire. Il libéra une nouvelle vague de larmes tout en finissant sa bouteille. Le sommeil le rattrapa.

09h12.

La sonnerie du téléphone le tira d'un court sommeil. Il tarda à émerger et comprendre que lui seul pouvait décrocher. Le répondeur prit le relais. L'*Inspector* Finney s'annonça sur la messagerie. Pat pensa que ce dernier lui préciserait quand rencontrer Ermingh.

« *Votre fils Peter a été transféré du pensionnat d'Athlone jusqu'au centre hospitalier de Saint-Vincent, dans le cadre d'une audition. Son interpellation concerne une enquête sur un échange téléphonique le liant à Aaron Cunningham.*

Vous pouvez dès à présent vous rendre à l'hôpital, dans l'aile des urgences où vous serez informé de l'évolution de l'affaire. Bien évidemment, tant que les agents en charge du dossier en disposent, vous ne pourrez pas approcher Peter».

Pat fila à l'hôpital sans prendre le temps de se changer.

CHAPITRE 25

Jeudi 18 juin 2015

09h47

— Megan ?

— Bonjour, Patrick... vous attendez quelqu'un ?

— J'attends Peter.

— Rien de grave ?

— Je n'espère pas !

— Vous ne savez pas pourquoi il est là ?

— J'attends des nouvelles, mais c'est compliqué. Et toi ?

— Mon copain a été blessé, il est en observation.

Un jeune officier empreint de son rôle poussa les portes battantes. Il parada dans l'espace d'attente avec ses mains crochetées à sa ceinture.

— De la famille pour Peter Highdall ? cria-t-il.

Pat bondit de la banquette et se manifesta à l'officier. Sans un mot, le flic lui indiqua le couloir d'où il venait.

— Et pour Aaron Cunningham ?

Megan se figea. Pat la salua. Le flic réitéra sa demande, impatient de quitter cette salle pleine de microbes et gamins pleurants. Elle leva enfin la main et resta le plus longtemps possible dans le sillage de l'officier, masquée de Pat. Une illusion qui ne dura pas longtemps. Pat la toisa, tentant de comprendre quel lien de parenté elle avait avec l'ex de sa fille. Puis il se souvint qu'elle avait dit être venue pour son copain.

— T'es avec Aaron ?

— Qu'est-ce que Peter a à voir avec Aaron ? lui rétorqua-t-elle.

— Réponds-moi !

— Je ne vois pas le souci !

Megan se plaça sur la défensive. Chacun refusant de céder, le ton monta.

— Vous êtes dans un hôpital ! les coupa l'agent de service. Si vous ne savez rien de ce qui vous amène ici, tant pis. Est-ce que je peux vous renseigner ? La réponse est non, car moi-même, je n'en sais rien.

Ils suivirent l'agent dans le silence, et il les mena jusque dans un couloir deux étages plus haut, sous la surveillance d'un collègue somnolant sur son siège.

— Vous attendez ici. Vous ne franchissez pas la porte. Tant que personne ne vient vous dire quoi que ce soit, c'est qu'ils n'en ont pas fini.

— Et quand tout ceci sera fini ? demanda Pat.

— Le temps de leur faire cracher leurs quatre vérités. Je dirai une petite heure s'ils ne sont pas trop chiants.

Pat n'avait plus la patience pour se laisser emmerder par qui que ce soit. Encore moins par un jeune bleu qui se prenait pour un acteur.

— Leurs quatre vérités ? Mon fils n'a rien fait de mal. Il est en pensionnat depuis trois ans, donc surveillé dans ses moindres faits et gestes.

— Peut-être bien que vous avez raison. Ou peut-être bien que vous avez tort. On le saura assez vite. On verra bien s'il repasse par ici avec les bracelets.

Pat enfonça ses incisives sur son poing, ayant encore assez de force et d'envie pour tabasser ce connard contre la machine à café. L'attitude de Pat interloqua Megan. Elle ne se souvenait pas l'avoir connu aussi hargneux. De longues minutes silencieuses entrecoupées de discussions lointaines d'infirmières, de rires, de bips et sonneries, maintenaient l'attente oppressante. Personne n'avait encore passé le couloir depuis leur arrivée. Megan entendit Pat renifler en silence, tête basse et vit des gouttes de malheur s'échouer sur sa chaussure noire ternie.

— Si tu savais comme elle me manque ! se livra Pat, sans prévenir.

Megan se racla la gorge et mit un temps à enchaîner.

— Oui, je... Elle manque à beaucoup de gens, c'est évident.

— Pourquoi personne ne l'a sauvée ? Pourquoi personne n'était avec elle ? Elle était tout le temps avec des amies, pourquoi pas ce soir-là ?

— ...

— Je n'ai jamais rien su de cette soirée. Personne ne peut rien m'en dire.

— Je sais qu'elle a passé une partie de sa soirée avec sa grande copine, Hailey.

— Tu l'as vue alors ? Comment elle avait l'air ? Quelque chose n'allait pas ? Qu'est-ce qu'elle t'a dit ?

— Je ne l'ai pas vue à ce moment-là. C'est un ami qui me l'a dit.

— Je dois lui parler.

— C'est Aaron. J'étais dans un pub avec Aaron.

Pat releva enfin la tête et jaugea Megan.

— Tu te tapais déjà son copain ? s'emporta Pat d'une moue de dégoût. Tu as osé ?

— Non ! Aaron voulait me voir. Rien ne l'interdit, non ?

— Donc ce petit con te voulait déjà dans son lit ?

Pat sautait sur la moindre occasion de trouver son coupable, la moindre preuve.

— À cette époque, je vous assure que non. Il aimait Emmy plus que tout. Mais c'est justement ce genre de réflexion qu'on a dû souffler à Emmy. Je pense que c'est Hailey. Je ne vois personne d'autre.

— Si c'est faux comme tu le dis, pourquoi l'aurait-elle fait croire ?

— Vengeance personnelle, ou peut-être bien qu'Hailey était jalouse de croire qu'Aaron me voulait et pas elle, alors que beaucoup trop de mecs lui sont montés dessus. Bref, je suis rentrée. Il n'était pas très tard pour un dimanche soir, car j'entends encore la cloche du carillon qui retentissait deux coups quand on est venu défoncer ma porte. C'était Emmy. Elle était en furie. Et vous savez mieux que moi qu'Emmy en furie, personne ne pouvait la stopper ni la raisonner. Elle m'a traitée de tous les noms en pensant également qu'Aaron et moi lui cachions une liaison. Comme elle ne se calmait pas, je ne lui ai jamais ouvert. Et elle a fini par partir en promettant de me le faire payer plus tard. C'est à ce moment que je l'ai vue pour la toute dernière fois, par le judas.

— Et c'est tout ?

Megan opina et ne soutint pas plus longtemps le regard inquisiteur de Pat, se gardant d'évoquer l'altercation sordide avec Matthew et le fait d'avoir violé l'âme de son ancienne amie. Rageuse de cette trahison et terrifiée d'être alors délaissée, ce soir-là, Emmy avait atteint le paroxysme du mal-être, prête à tout pour se venger personnellement et défier son avenir avec Aaron, préférant laisser le destin décider pour eux.

— Si elle était entrée, rien ne serait jamais arrivé ! Tu l'aurais sauvée en lui ouvrant !

— Vous déconnez ? Et vous, où étiez-vous à ce moment-là ? Elle vous a appelé, non ?

— Je n'ai pas toujours été un bon père, je le sais. Mais pourquoi je n'ai pas eu le droit de réparer mes torts ? Pourquoi je n'ai pas eu cette chance ?

— Je sais qu'Emmy vous en voulait souvent pour la vie que vous menez. Combien de fois je l'ai entendu !

— Que je menais ! Avant ! Sa perte a tout changé. Je bois beaucoup moins, je bosse, je prends soin de Peter autant que possible. Tous mes week-ends, je les passe dans une chambre d'hôtel miteuse d'*Athlone* pour le voir juste quelques heures. Tu aurais dû lui ouvrir. Tu aurais dû lui parler, tu aurais dû la rassurer, et aujourd'hui je devrais encore profiter du sourire de ma fille.

— C'est facile de me balancer ça, après coup. C'est peut-être vous qui avez loupé la chance de sauver votre fille !

Des infirmières en blouse rose passèrent le sas, leur adressèrent ce sourire si hospitalier du « tout va bien ! », puis disparurent derrière l'autre sas. Mais cette interruption bloqua la conversation, rendant Megan pensive.

— Je crois que ça a commencé le jour où elle s'est enfuie en courant sur la route.

— Qu'est-ce qui a commencé ?

— Vous vous souvenez de ce jour ?

— Je ne me souviens pas avoir eu aussi peur que ce jour-là.

— Le lendemain à l'école primaire, elle me l'avait raconté. Malgré la peur ressentie à cause des voitures, elle a aimé défier sa vie. Elle me l'a dit, ses yeux s'illuminaient. Elle voulait que j'essaye aussi, pour voir ce que ça me faisait. Je n'ai jamais voulu et elle en a pleuré. Depuis ce jour, notre amitié n'a plus été pareille, elle s'est brisée.

— Je ne comprends rien. Où veux-tu en venir ?

— Juste avant qu'elle ne s'échappe, vous étiez apparemment en pleine dispute avec votre épouse...

Ces mots rappelèrent à Pat toute la rancœur qu'il gardait en lui. Il chercha dans le regard de Megan toute son attention.

— C'était pire ! C'était une nouvelle trahison, le crime. Cette garce était revenue après plus d'un mois d'absence, sans nouvelles, pas un mot à ses enfants, et pour m'annoncer qu'elle quittait la maison. Je me doutais déjà qu'elle partait avec l'autre connard ! Elle allait le demander, son divorce ! Avec le partage des biens et mes dettes à vie, elle allait me ruiner jusqu'à me voir crever sous un pont. Et j'aurais dû sourire ?

— Je ne juge pas. Ce jour-là, Emmy vous a montré son dessin, celui du prêtre magicien, vous vous en souvenez ? Elle l'avait fait chez moi.

— Je n'ai pas pris le temps, c'est vrai. J'avais l'esprit bien occupé par des soucis grandissant à l'entreprise...

— Vous ne l'avez jamais regardé ?

— Quand elle m'a dit « regarde Papa, c'est sûr que tout va s'arranger, que Maman va revenir et que votre travail va être encore mieux », j'ai disjoncté. Oui, je me revois l'écraser en boule et le jeter au sol. Je n'aurais pas dû, c'est évident. Emmy dessinait beaucoup, ce n'en était qu'un de plus. Je les ai tous gardés. Tous classés, par année puis par mois. Et puis, quelle était l'importance de ce dessin ?

— Vous les avez encore, ses dessins ?

— C'est resté dans sa chambre, avec toutes ses affaires. Je n'ai jamais pu y toucher depuis.

— Je crois que celui-ci avait une certaine importance à ses yeux...

— J'irai voir dès que l'on quittera cet endroit.

— Oui. Faites-le.

— À quoi sert ton petit jeu ? Si tu insistes tant, c'est que tu sais quelque chose. Parle !

— Vos histoires de famille ne me regardent pas !

— « Notre » famille ! Combien d'après-midi et de nuits as-tu passés chez nous ? Tu as bien changé, Megan. Je préférais nettement la petite fille que j'ai connue, beaucoup plus que la jeune femme que je redécouvre depuis à peine une heure.

— Effectivement, il serait intéressant de connaître qui de nous deux a passé le plus de temps avec Emmy.

— Comment oses-tu me...

La rage montée au visage, Pat se détourna de Megan pour voir qui venait derrière les portes bruyantes du sas. Peter arriva d'un sourire crispé. Pat fixa aussitôt ses mains. Elles étaient bien libres. Il se leva pour aller l'enlacer, comme rarement.

— Qu'est-ce qu'ils te voulaient ? Tu n'as rien fait de mal ?

— Non, non ! Je t'expliquerai, dit-il en voyant que Megan se tenait accrochée à leurs lèvres pour savoir ce qui le liait à Aaron.

Appelé par le jeune officier, Megan s'empressa de franchir les portes et rejoindre la salle où se trouvait son copain.

— Explique-toi ! somma Pat dès le sas franchi.

— Ces flics sont complètement à côté de la plaque. J'ai eu Aaron au téléphone au sujet d'une ancienne lettre de jeu d'Emmy que j'avais retrouvée, et eux, ils ont écouté notre conversation ! Ils croyaient qu'Aaron et moi, on vendait de la drogue et qu'on discutait de grosses sommes d'argent !

— Et c'est faux, hein ?

— Mais oui !

— Et comment as-tu retrouvé une lettre de ta sœur à *Athlone* ?

— Je l'avais embarquée par erreur.

Père et fils passèrent par le hall des urgences et se dirigèrent vers le parking.-

— J'ai super faim ! se plaignit Peter.

— On s'arrêtera sur la route du pensionnat, à mi-chemin.

— On est à cinq minutes de la maison, je me ferai un sandwich, même avec des restes, il sera très bon.

— On ne passe pas à la maison, Peter. Je te ramène à *Athlone*.

— Mais pourquoi ? Depuis que j'y vis, je n'ai jamais profité d'un peu de répit. Tu pourras m'y ramener demain ou me déposer à la gare.

— Hors de question ! On prend la route maintenant.

— J'ai besoin de tee-shirts. J'ai bien le temps de récupérer des tee-shirts ? Et le week-end prochain, tu n'auras pas besoin de venir passer une nuit dans cette chambre d'hôtel pourrie. Allez, p'pa !

Pat ne voulait pas céder pour tenir son rôle de père et Peter dans le droit chemin. C'est alors qu'il se souvint d'Emmy et de sa présence qui ne sera jamais plus.

— Juste une heure, pas plus. Ensuite on file.

— Juste cette nuit ?

— Non. Ce soir, tu dors à *Athlone*.

— Mais pourquoi ?

— J'ai des affaires à régler avant la soirée.

CHAPITRE 26

Jeudi 18 juin 2015

11h47

— Pourquoi tu regardes ces vieux dessins ?

Peter était entré sans bruit dans la chambre d'Emmy, son sandwich à la main et en mastiquant. Dans l'attente d'une réponse, il s'appuya contre le bureau. Assis sur le lit, Pat faisait défiler les pages du classeur délicatement, une à une, avant de s'arrêter sur ce qu'il cherchait.

— Le besoin de m'y replonger, répondit-il sans cœur à l'ouvrage.

— Et pourquoi « maintenant » ?

— Pourquoi, pourquoi ! Va récupérer tes affaires et attends-moi dans la voiture, on doit y aller.

— Je viens à peine de rentrer ! J'ai même pas...

Peter comprit, par le souffle lourd expiré par Pat, qu'insister ne servirait à rien. Il quitta la pièce en traînant des pieds. Pat tira le dessin de sa pochette. Le seul au papier froissé avec en haut à gauche, le prénom, la date et l'âge d'Emmy en années, mois et jours. Tenir ce souvenir l'éprouva, le ramena à ce jour où sa vie avait basculé. Pour la première fois, il avait tout perdu. Sur ce dessin d'enfant aux traits déjà appliqués, chaque personnage avait sa couleur, c'était le style d'Emmy. Quand elle se représentait, c'était toujours en vert. Pat et son épouse se tenaient la main, un grand cœur rouge sur chacune de leurs poitrines, ils se souriaient. Au-dessus de leur tête, une pluie de billets et à leurs pieds, des sacs, comme ceux remplis d'or dans les dessins animés. Tout ce bonheur leur était apporté par des anges volants, partant d'une croix. Sous celle-ci, Emmy et ce qui ressemblait à un homme religieux se tenaient à ses côtés.

Plus proches qu'elle et ses parents sur les autres dessins. La bulle du prêtre disait : «*Si tu es sage, les anges vont arranger tous les soucis de Papa et Maman. C'est notre secret*». Celle d'Emmy répondait : «*Je vous obéirai. C'est notre secret*».

Pat broya la feuille, l'emprisonna au creux de son poing et ne put s'empêcher de verser à nouveau des larmes. Un coup de poignard planté dans le cœur lui aurait fait moins mal, pensait-il. Tiré de sa léthargie par les sanglots de son père, Peter, qui s'était allongé sur son lit, rappliqua aussitôt dans la chambre d'Emmy.

— Il faudrait penser à tout enlever, ça ne la ramènera pas. Si je reste ce week-end, on pourrait débarrasser la pièce une fois pour toutes ?

— Tu trouvais toujours une excuse pour ne pas aller au catéchisme, comme ta sœur.

— Hein ?

— Tu m'as entendu. Quelqu'un te faisait du mal ? Un adulte ? Parle-moi !

— Quoi ? Mais non. Je ne sais plus pourquoi j'y allais moins.

— On ne doit plus avoir de secret entre nous. Je suis prêt à tout entendre.

Peter se foutait royalement de discuter de cette période. Il était bien plus préoccupé par le peu de temps lui restant pour trouver le moyen de passer son week-end ici.

— C'est à cause d'Emmy. Elle ne voulait plus.... Elle me disait que ce n'était pas bien que j'y aille, sans m'avoir jamais expliqué pourquoi. Et elle me menaçait qu'un grand de l'école me frappe si j'y retournais. Au début, je ne l'avais pas cru, mais je me souviens encore de mes deux côtes cassées.

— Ce n'était pas à cause de la balançoire de l'école ?

Peter pouffa.

— Je me suis bien fait casser la gueule. Et je n'avais pas intérêt à revenir à l'église, sinon son pote plus grand et plus gros m'attendrait. Emmy m'avait pourri la vie. Mais, tu ne l'as jamais remarqué...

Pat desserra sa main et jeta la boule de papier dans la corbeille.

— Je crois qu'elle a toujours cherché ton bien.

— En me faisant tabasser ? On n'a pas la même vision des choses !

Pat expliqua, comme à un enfant, sa déduction du passé d'Emmy à l'église, en évoquant brièvement l'affaire *Cold winter*. Après un long silence, des regards douloureux s'installèrent. Peter réalisa que sa sœur avait cherché à l'éloigner de ce qui aurait pu le briser, lui aussi. Il revit alors, dans ses souvenirs encore frais, des moments où il l'avait détestée, un sentiment encore présent jusqu'au dernier jour vécu ensemble. La culpabilité et sa stupidité l'envahirent.

— Allez, ça suffit. On décolle, décida Pat pour couper court au désarroi s'installant chez son fils.

— Les affaires que tu dois régler ce soir, c'est en lien avec Emmy ?

Peter jouait de sincérité et d'opportunité. Il se devait de faire quelque chose pour honorer la mémoire de sa sœur et réparer, a posteriori, ce qu'il pouvait.

— Ce sont des affaires d'adulte.

— D'adulte ? Putain, mais je suis majeur et j'en ai marre que tu me voies encore comme un gamin ! Et c'est toi qui ne veux plus de secrets entre nous ?

Piégé par la cohérence des attentes de Peter, Pat ne souhaitait pas pour autant l'embarquer sur ses envies renaissantes de vengeance.

— L'enquête sur ta sœur a été bâclée, j'en suis convaincu. J'ai besoin d'en savoir plus sur celui qui l'a tuée.

— Tu veux encore le retrouver ?

— Je dois savoir comment et pourquoi.

— Qu'est-ce qui a réveillé tes soupçons ?

— Je le ressens, c'est tout.

Peter lança un regard désabusé à Pat.

— OK ! Mais je ne veux pas que toute cette histoire te perturbe à nouveau. Ton avenir reste à construire.

— Allez, dis-moi, p'pa !

— J'ai rencontré un ancien, hier soir, à *Poolbeg.*

— *Poolbeg* ? Tu t'es mis à la pêche ?

— C'était le jour d'Emmy...

Pat aurait apprécié que son fils s'en souvînt, mais il passa outre.

— Ce vieux pêcheur m'a donné une photo. L'originale qui a servi aux journaux.

— Comment il l'a récupérée ?

— Il n'était pas là par hasard ce soir-là. C'est lui qui l'a prise.

— Je n'ai jamais vu cette photo. Fais voir.

— Je ne crois pas que ce soit une bonne idée.

— Putain, mais je ne suis plus un môme ! File-la-moi, j'te dis !

Avec un temps de retenue, Pat glissa sa main dans la poche intérieure de sa veste. Il lui tendit le papier glacé, ne lâcha plus les yeux de son fils et redouta une épreuve traumatisante. Mais rien de perceptible ne s'afficha sur le visage de Peter.

— C'est super sombre. Je n'en reviens pas de me dire que c'est Emmy qui est retenue dans les bras de cette merde. Et ce vieux te l'a donnée comme ça, sans raison ?

— On a discuté.

— Et tu comptes en tirer quoi de cette photo prise de nuit, déjà publiée et où on ne voit presque rien ?

— Je dois vérifier si, comme il me l'a dit, c'est un policier qui est à l'origine de cette demande. Car si c'est vrai...

Pat se garda bien d'avouer à son fils l'issue qu'il entrevoyait.

— Et tu penses vraiment que le policier va te dire qu'il connaît qui est sur cette photo ? Alors qu'on ne l'a jamais su ? Sans indice et sans preuve ?

— Je sais que ce n'est pas gagné, Peter.

— Et le pêcheur, il est trop myope pour le décrire ?

— Il n'a pas su me dire grand-chose à ce propos. Avant qu'il ne rentre, juste qu'il avait le regard sombre et des joues burinées, rien qui puisse m'aider.

Peter examina à nouveau les obscurs détails de la photo, passa de la silhouette d'Emmy à celle du meurtrier, de la voiture à la jetée.

— Je veux voir l'article.

— Je ne l'ai plus.

— Tu veux me faire gober que tu ne l'as pas gardé ?

— Je ne sais plus où je l'ai rangé !

— Si tu ne me le montres pas là, je vais aller le trouver ailleurs.

— OK, OK. Mais il ne faudra pas tenir compte de tout ce qui est écrit. Il y a beaucoup de conneries racoleuses pour vendre du papier. Ce qui est décrit n'est pas respectueux pour ta sœur.

— Putain, mais arrête de vouloir me protéger ! Avant tu t'en foutais et aujourd'hui tu veux redevenir... C'est trop tard ! On s'est chargé de mon éducation pour toi. File-moi ce papier et maintenant !

Blessé par les mots de Peter, Pat leva son bras, pris par l'envie immédiate de le gifler. Mais Pat savait que son fils avait raison. Il encaissa le coup et partit récupérer l'article. Quand il revint avec, Peter le lui faucha des mains. Il fila dans sa piaule et s'y enferma. Derrière la porte, Pat le somma de ne pas s'attarder, car ils étaient déjà en retard. Cinq minutes pesantes défilèrent, puis Pat entendit la poignée de chambre de Peter grincer et ses pas revenir dans le salon. Le jeune adulte avait les yeux humides. Par respect, Pat l'ignora.

— C'est vrai ?

— Qu'est-ce qui est vrai ?

— Ne me prends pas pour un con !

Peter pointa le sous-titre en gras et alléchant.

— Ce sont des conneries. Je t'avais pourtant prévenu !

— L'autopsie qui recense plusieurs spermes, c'est des conneries ? Soit ma sœur était une vraie pute, soit elle a été forcée et j'espère ne pas me tromper, étaya Peter au bord de l'écœurement et d'une voix tremblante.

— Ta sœur était une danseuse, quelqu'un de bien.

— Elle aurait pu être danseuse et pute !

— Ferme-la, Peter ! Même si c'était vrai, c'est évident que ta sœur a été forcée. C'est évident ! Comment peux-tu penser...

— Peut-être bien que ses expériences de jeunesse... au final, elle aimait ça !

Pat ne se contint pas davantage. Sa colère ardente s'embrasa. Incapable de répondre par le dialogue, il assena une gifle cinglante à Peter. Sa tête partit en arrière. Le coup dessina un épais trait rouge vif sur sa joue. Il sentit le sang boxer sa pommette. Devenu lui aussi enragé par ce raz-de-marée affectif, Peter se jeta sur son père. Pat réussit péniblement à l'empoigner et le maîtriser. Mais il préféra le voir évacuer sa colère ici et maintenant, alors il encaissa sur ses biceps les coups haineux de son fils, d'une force qu'il ne soupçonnait pas. Craignant de ne plus pouvoir le contrôler, Pat le balança sur le canapé. Il lui ordonna de se calmer, dans l'espoir que son ton de voix suffirait.

À distance respectable, chacun soufflait, tous deux n'en revenaient pas de la tournure de cette journée. Il fallait que tout ça cesse.

— La photo sur le journal a été coupée, informa Peter en regardant à peine son père.

— Quelle importance ?

— Sur l'originale, le gars qui tient Emmy a des pointes de chaussures qui reflètent. Elles brillent comme du métal.

— C'est peut-être dû au reflet de la lumière du phare.

— C'est peut-être dû à autre chose.

— Comme ?

— Si je devais réfléchir bêtement, la seule personne que j'ai vue porter des chaussures avec du métal est le boss des dealers dans le secteur nord.

— Comment tu saurais ça, toi ?

Pat qui se montra intéressé, resta néanmoins inquiet quant à la réponse qu'avancerait son fils.

— J'étais devant la maison quand elle est rentrée. Je

traînais avec mes potes et elle se prenait encore et toujours pour Maman. Alors Emmy était ressortie et voulait que je rentre à la maison. Ça a dégénéré... Normal, elle me mettait la honte devant mes potes ! Et ce type-là est passé en voiture. Il s'est garé et il est descendu. Je ne l'avais jamais vu avant. J'ai tout de suite remarqué ses chaussures. Si j'en portais, je penserais direct à m'en servir comme une arme.

— Quel rapport avec Emmy ?

— Moi, je voulais rester avec mes potes et ce gars pensait me recruter pour son trafic. Elle a osé lui tenir tête pour que je rentre. Il a failli la frapper, mais s'est retenu pour que je m'en charge. Mais t'inquiètes, je ne l'ai pas fait.

— Tu connais son nom alors ? s'emballa Pat qui fixait le point de brillance sur la photo.

— Aucun de mes potes ne le savait. Ils l'appelaient le boss, c'est tout.

— On doit le faire arrêter ! Ces petits délinquants doivent savoir où le trouver, non ?

— C'est toujours lui qui donnait les rendez-vous, jamais il ne leur disait où le trouver.

Pat redevint pâle, nerveux, pressé.

— Je te ramène à *Athlone*. Plus vite tu es rentré, plus vite je peux aller voir ce flic.

— Attends ! Si je t'accompagne et que je témoigne, je peux aider à le retrouver !

— Hors de question. Je ne veux plus que ton nom apparaisse dans les registres de police. Une fois, c'est déjà trop. C'est non !

— À part moi, je ne vois pas qui pourra t'aider. Si tu crois que tu vas le retrouver aussi facilement, tu te trompes. Désolé de te décevoir, mais tu n'es pas le héros d'un film et t'en as pas l'air non plus.

— Ta mère !

— Quoi ? Maman quoi ?

— Je t'expliquerai sur le trajet, mais elle peut m'aider.

— Maman, elle deale ? Elle se drogue ? C'est quoi le rapport ?

— Je t'en parlerai en chemin.

— Imagine qu'elle ne soit plus joignable pendant plusieurs jours, tu t'en voudrais. Et moi aussi je t'en voudrais. Appelle-la maintenant.

— Tu m'emmerdes, Peter ! Je m'exprime d'adulte à adulte, là ? Prépare-moi un sandwich pendant que je l'appelle. Mais je te préviens, à la seconde où je raccroche, je te ramène loin d'ici.

Peter fila en cuisine et Pat, qui tenait son téléphone en main, hésita à confirmer l'appel du numéro affiché sur l'écran. Leur dernière conversation téléphonique remontait à plus d'un an. Sans chercher à la récupérer, il espérait l'entendre affaiblie, déceler une chute d'activité, qu'elle ait été quittée, un petit rien qui l'affecterait aurait pu lui remonter le moral. Il appela en interlocuteur masqué.

— C'est moi, Pat.

— Patrick ? Je m'attendais à tout sauf à t'avoir au téléphone, l'offensa-t-elle d'une voix posée et d'une pointe mielleuse.

Son ex-femme semblait parfaitement bien se porter, ce qui ajouta de la rancœur à son urgence.

— J'ai besoin de ton aide.

Ces quelques mots arrachèrent la trachée de Pat et ce qui lui restait de dignité.

— Ce que tu me réclames chaque mois a bien été viré depuis trois jours. Si tu ne l'as pas reçu, vois avec ta banque. Je n'oublie jamais de subvenir à tes besoins.

La température de sa colère grimpa en flèche. Comme conseillé sur Internet, Pat se força à inspirer puis expirer par le ventre, amplement et calmement.

— Je ne te parle pas d'argent ! Tu peux m'aider à retrouver celui qui a tué Emmy.

— Moi ? Et comment le pourrais-je ?

— Je vais être très clair et sûr de ce que j'avance. Notre fille a été tuée par un trafiquant de drogue du coin. Il a des joues burinées et portait, ou porte toujours, des espèces de chaussures aux pointes métalliques.

— Je ne fréquente pas les dealers et ne suis pas non plus spécialiste en chaussures.

— Arrête de me prendre pour un con deux minutes, je t'en supplie ! Ta voix est radieuse, donc ton business doit l'être tout autant. Donc, tu dois toujours agir pour la facilitation du narcotrafic ici. Tu peux prétendre ne pas connaître cette personne, mais, soit tu me mens, soit tu peux le savoir.

— C'est épuisant de constater qu'encore aujourd'hui, tu fabules. Oublie tes délires sur mon business. Tourne-toi vers ta vie et détourne-toi de la mienne.

— Je ne m'énerverai pas davantage. Mais si tu as aimé ta fille au moins un jour dans ta vie, tu dois la venger en dénonçant ce type. Depuis trois ans, elle attend que tu accomplisses ton devoir de mère.

— Mon entreprise n'agit pas pour le trafic de drogue, mais en faveur du commerce latino-irlandais. Et pour ta culture, au sud, ils savent produire autre chose que de la poudre. Si je pouvais venger Emmy, tu oses croire que je ne le ferais pas ?

— Je sais que tu le peux. Alors, fais-le !

Pat raccrocha. Ce bref appel l'avait épuisé. Énervé, il pressa Peter. Sans réponse au bout de trois rappels, il rejoignit la cuisine, mais ne l'y trouva pas. Il descendit vers la chambre de son fils et ouvrit la porte sans ménagement.

— Allez, Peter, je ne vais pas...

Pat relâcha la poignée et sa mâchoire lui en tomba. La chambre était déserte. Sa poche vibra.

«*Je reviens avant ce soir. Ne t'inquiète pas, je retournerai à Athlone bien assez tôt*».

CHAPITRE 27

Jeudi 18 juin 2015

12h16

Pat fit irruption dans l'église. Ses pas frappant le sol sortirent de leur recueillement les hommes de foi présents. Ils fixèrent le perturbateur. Il chercha partout afin de trouver une tête connue. Ne reconnaissant que le vicaire, devenu pâle, il le prit pour cible.

— Mon fils est ici ?

— Je ne vois pas qui est votre fils, Monsieur. Aiguillez-moi.

Frère Amish tentait de rester de marbre, mais fut trahi par sa courbure sur la défensive.

— Doylen est là ?

— Il est en confessionnal.

— Avec qui ?

— Votre requête est indiscrète, Monsieur.

— Si vous ne me dites pas qui est dans cette cabine, je la défonce !

— Calmez-vous, je vous en prie ! Dois-je vous rappeler que cet endroit n'est pas approprié pour...

Pat délaissa le vicaire à sa prose et fonça vers l'isoloir. D'un pas de course mou, l'homme de foi le rattrapa.

— Monsieur ! Vous ne pouvez pas y entrer ! Ce serait une violation divine.

Pat se stoppa, se tourna vers frère Amish et plongea ses yeux dans les siens.

— Qui est dans cette putain de bicoque ?

— C'est un isoloir, Monsieur. C'est un homme plutôt jeune, me semble-t-il. Mais je ne le connais pas.

Les yeux de Pat s'écarquillèrent. Il se rua au confessionnal.

— Peter ! cria-t-il en arrachant la porte.

Le jeune homme au visage triste s'affola de cette intrusion et manqua de tomber du banc. Doylen sortit et blâma aussitôt Pat.

— Que voulez-vous ? s'insurgea Doylen en n'oubliant pas d'adresser toute sa colère au vicaire qui aurait dû intervenir.

— Je cherche mon fils, Peter. Il est passé ici ?

— Pas à ma connaissance. Frère Amish aurait dû vous aiguiller, avant que ce déplorable incident ne se produise, insista Doylen comme une pique à son apôtre. Maintenant, si vous le permettez, ce jeune homme aimerait finir sa rédemption dans la plus grande sérénité.

Pat examina le pécheur, cherchant à détecter la raison de sa venue. Il lui paraissait mauvais, son teint revêche l'accusait sans preuve.

— Il attendra !

L'homme triste protesta et se ravisa quand Pat tira Doylen par le bras et le jeta dans sa cabine. Le prêtre tenta de se défaire, mais Pat le maintint collé contre la paroi et lui glissa à l'oreille : « *Croyez-moi, vous ne préféreriez pas que je m'exprime en public* ». Il claqua la porte du côté cabine de Doylen qui sursauta et déglutit son angoisse.

— Je vous écoute, démarra Doylen, feignant de retrouver son calme.

— Je n'avais pas prévu de vous rendre visite si tôt, mais je ne peux plus vivre avec ce que j'ai sur la conscience.

— Avant de savoir de quoi il s'agit, vous devez retrouver le calme… Ce qui vous perturbe doit pouvoir trouver une réponse et un chemin de rédemption.

— J'aimerais tant ! Depuis hier, il y a trois ans que ma fille, Emmy Highdall, est aux cieux. Plus jeune, elle venait au catéchisme sous votre confiance et la mienne aussi. Aujourd'hui, je crois pouvoir retrouver le barbare qui l'a éliminée.

Doylen se pressa de sortir son mouchoir et s'épongea le

crâne et le cou.

— J'entends votre chagrin et je vous plains, Monsieur Highdall. Le voir être arrêté vous apporterait une sorte de délivrance, c'est évident.

— J'ai décidé de juger par moi-même de cette délivrance, et ce n'est pas la raison de ma présence. Ma fille adorait dessiner, elle y passait des heures et des heures chaque semaine. Je pensais n'en avoir loupé aucun. Sauf que si. Celui qui était vital pour elle. Celui que j'aurais dû voir tout de suite pour la délivrer aussitôt. Vous vous en souvenez ?

— De quoi ?

— Qu'elle aimait dessiner.

— Non... Peut-être. Comment le pourrais-je ?

— Car elle vous a déjà dessiné, mon père.

— Ah ! Je l'ignorais.

— Peu importe. J'ai enfin trouvé ce dessin, et il m'a fallu à peine dix secondes pour comprendre ce qui hantait secrètement ma fille. Un secret infâme et beaucoup trop lourd à porter pendant autant d'années.

Face aux révélations de Pat, Doylen trépignait davantage dans sa cage devenue des plus inconfortables. Son stress monta d'un cran.

— Où voulez-vous en venir ?

— J'en viens au fait. J'implore votre pardon, mon père. Pour un péché imminent.

— Devancer un péché ? C'est invraisemblable ! Trouvons plutôt comment l'empêcher. Libérez-vous de ce poids en m'expliquant la situation. Je suis certain de pouvoir vous aider à trouver comment l'éviter. Sans heurt.

— L'éviter m'est impossible. La prescription ne me permet plus d'agir avec responsabilité ni en bon catholique.

— Détrompez-vous. Dieu le prônera toujours. Il existe toujours un moyen !

Un silence s'installa. Seule la respiration exacerbée de Pat traversait les alvéoles les séparant dans l'isoloir. Doylen attendit dans la douleur la conclusion de Pat.

— Je ne sais pas encore où ni comment. Mais prochainement je vais le faire, que Dieu me pardonne. Je vais tuer un homme. Un homme prétendant être de foi. Pas ce soir, mais je sais que c'est proche. Je le ressens dans mon cœur et dans mes veines.

Dans la foulée de ses dires, la porte de l'isoloir de Pat grinça. Doylen sur le qui-vive, sortit de sa cabine en furie. La silhouette de Pat pressait déjà le pas dans l'allée centrale.

CHAPITRE 28

Jeudi 18 juin 2015

12h17

— Connor ?

Les écouteurs vissés sur ses oreilles et marquant le rythme par des hochements de tête saccadés, l'ancien ami de Peter traînait dans *Fairview Park*, sur ce banc tagué « *By sitting on this bench, I am open to conversation with a complete stranger*[71] », l'ancien QG d'un bout de leur adolescence. Un joint à la main, Connor hallucina de revoir son pote lui taper sur l'épaule.

— Qu'est-ce tu fous là, mec ? T'es plus chez les réac' ? se renseigna-t-il en expirant une taffe.

— J'ai réussi à m'évader ! s'en amusa Peter.

— T'es là depuis quand ?

— Je viens d'arriver et j'étais sûr que je te retrouverais ici. J'ai suivi l'odeur de ton élixir.

Connor rit et proposa son joint à Peter. Les deux amis retrouvèrent une aisance de discussion qui facilita la suite pour Peter.

— Tu bosses toujours pour le Nord ?

— Oh non. Depuis que tu es parti, j'ai dormi une bonne quinzaine de nuits en garde à vue et rajouté plusieurs lignes d'expérience sur mon CV avec des putains de travaux d'intérêt général.

— Tu vois toujours les autres ?

— Non plus. Depuis que j'ai raccroché, je fais attention où je traîne. Les gars du Nord sont devenus à cran. Dès que j'en croise en petit groupe, ils me pourrissent la vie

71 - « En m'asseyant sur ce banc, je suis ouvert à la discussion avec un parfait étranger ».

pour savoir si j'ai des liens avec le Sud. Des vrais paranos ! Mais c'est vrai que je passe par le Sud pour me fournir, leur came est plus aromatique. Et je trouve que j'en consomme plus par mois pour le même prix, alors pourquoi engraisser le boss ? D'ailleurs, ça craint en ce moment. Il se pourrait même qu'une guerre éclate parce que le Sud gagne grave du terrain. Ils ont déjà commencé à servir au-dessus de la *Liffey*. C'est ouf !

— Le boss du Nord, c'est toujours le même ? Celui avec les chaussures métalliques ?

— Toujours. Tant qu'il n'a pas pris une balle dans la tête par le Sud. Tu savais pourquoi il les portait, ces chaussures ?

— ...

— Le jour où j'ai vu un gars se faire briser les tibias en un seul coup, j'ai vite compris l'intérêt.

— Tu sais où on peut le trouver ?

— Tu cherches quelque chose ? Du boulot ?

— C'est clair, j'ai besoin de reprendre du service.

— T'as raison, y'a que ça qui marche. Un emploi du temps très rentable. Des fois, j'me dis que je devrais m'y remettre. Surtout quand j'ai plus de tunes pour me fournir. J'me dis que j'aurais toujours le stock ouvert pour ma conso perso. Mais si tu veux t'y relancer, tu sais maintenant que le business est disputé et que ça risque de devenir sanglant dans le secteur.

— Je vais rester fidèle. Tu sais où ils stockent ?

— C'est quasiment mission impossible de le savoir. Et depuis cette concurrence, je pense que la came doit souvent se déplacer.

— Faut que je le trouve. Je veux engranger un max de billets.

— Tout le monde le voudrait.

— J'ai des projets…

— Toi aussi tu veux partir ?

— L'Australie, c'est l'Eldorado mon pote !

— T'as l'air bien pressé et tendu, Pet'. C'est pas bon pour le business. Tu te ferais gauler rapidos, mon pote.

Fume un peu, tu seras plus dans la bonne ambiance pour être rembauché. Vers chez toi, tu vas forcément retomber sur les petites mains.

— Faut que je le trouve aujourd'hui. Maintenant, en fait.

— Tu fais chier, Pet' !

Connor, qui prenait plaisir à tirer de grandes lattes sur son joint, recracha toute la fumée, regrettant ce moment gâché par le stress de Peter. Il en inspira une nouvelle en regardant son ami, puis autour d'eux.

— Si par pur hasard, je pouvais t'aider, tu me ramènerais de quoi tenir jusqu'à la fin du mois ?

— Je serais obligé ! rétorqua Peter du tac au tac.

Connor expira longuement tout en sortant son smartphone. Il tapa sur son clavier tactile et montra l'écran à Peter.

— À ma connaissance, c'est le dernier endroit qu'ils occupaient.

Connor ferma l'application, effaça le lien de son historique de navigation, puis jeta un œil aux quatre coins du parc.

— Je ne t'ai jamais parlé de cet endroit.

— Je ne te balancerai jamais.

— On va forcément te demander comment tu es venu à eux. Si tu réponds mal, alors tu te feras tabasser, au minimum. Donc, tu diras que c'est Paddy, un gars du Sud, qui t'a proposé leur produit et qu'ils savent très bien où se terrent les loosers du Nord. Insiste bien sur ce terme, si tu ne veux pas que le boss t'empêche de remarcher.

— T'as toujours ce qu'il faut, au cas où ?

— C'est obligatoire maintenant.

— Faudrait que je te l'emprunte, juste le temps du déplacement.

— Et moi, avec quoi j'assure ma sécurité pendant ce temps ? Mon papier à rouler ?

— Avec tes poings ! T'es un dur, c'est grillé d'entrée ! Et puis c'est bien connu, les caïds agissent la nuit. D'ici là, tu l'auras retrouvé, ton papillon.

— Tu comptes vraiment me dépanner pour le mois ?

— T'es mon pote. Je vais tout faire pour !

Connor récupéra l'arme retenue dans sa chaussette et démontra la technique à adopter, en mimant l'action de planter. La pointe de la lame effleura le téton de Peter.

— Si tu dois y mettre du sang dessus, tranche la carotide ou perce le cœur. Comme on crevait nos ballons d'anniversaire. Il faut y prendre autant de plaisir. Si tu hésites, t'es foutu. Alors, n'hésite pas.

— Je te le ramène dans l'après-midi. Dis-moi juste où te trouver.

— Sur *O'Connell.*

Connor salua son ami et lui offrit la fin de son joint pour la route. Peter rangea le couteau dans sa poche de sweat et s'éclipsa capuche sur la tête, d'un pas pressé.

CHAPITRE 29

Jeudi 18 juin 2015

12h22

On frappa à la porte du vieux pêcheur résidant sur *Marine drive.* Dermott était écrit d'un bleu foncé avec de la cordelette marine.

— C'est ouvert ! s'écria-t-il d'une voix fatiguée, désormais appuyé contre une béquille.

C'est à demi surpris qu'il découvrit l'homme sur le seuil.

— Je me disais aussi que c'était encore tôt pour mes soins. Entrez !

Ermingh s'avança sans bruit. Dermott s'assit sur sa chaise dans un râle pénible.

— Comment vont les affaires, *Superintendent* ?

— Mal ! Ces derniers jours, mon flair ne sent que la merde sous le tapis.

Dermott comprit qu'Ermingh n'était pas venu par courtoisie. Son rythme cardiaque s'accéléra, mais il préféra s'en divertir.

— Il m'est arrivé des bricoles, mais je vais mieux, expliqua-t-il en levant sa béquille.

— C'est à dire ?

— À cause de mon corps délabré, j'ai fait une mauvaise chute sur la jetée de *Poolbeg,* alors que j'allais faire une belle prise, j'en reste convaincu. J'ai fini par tomber dans l'eau. Sans ce foutu instinct qui me tient encore en vie, ce n'est pas aux urgences que j'aurai fini, mais bien emporté par la mer.

— Qu'avez-vous dit au père de la gamine ?

— Ce qu'il devait savoir. Vous imaginez sa douleur ? Trois ans qu'il vit sans connaître le meurtrier de sa fille.

C'est sans doute insupportable, vous ne trouvez pas ?

— C'est la vie. Apparemment, vous ne tenez plus à la vôtre. Vos médocs sont devenus trop coûteux ?

— Je lui ai donné l'originale. Celle qui ne cache rien.

Ermingh hocha la tête et ressentit aussitôt le besoin de se caresser le menton, d'un élan nerveux.

— Je vous arrose depuis ce jour-là pour vous éviter de crever, et c'est votre façon de me remercier ? Vous avez trahi notre entente, vous en avez conscience ?

— J'ai conscience de m'être trahi le jour où j'ai accepté votre offre.

— Ma demande n'était qu'un besoin de garantie sur ce qui était inévitable. Vous oubliez que si j'ai fait appel à vous, c'est seulement parce que mon vieux bossait pour vous, sur votre rafiot, et que j'ai pensé à vos vieux jours. Mon paternel aurait apprécié en avoir.

— Votre père n'était pas un bon marin, je peux vous l'avouer maintenant, il y a prescription... Il me coûtait plus que ce qu'il remontait dans mes filets. C'était un bon sous-fifre, rien de plus.

Ermingh lâcha un rire nerveux et reprit son labourage du bas de son visage.

— Je vois que malgré votre béquille et votre gueule de cadavre, vous êtes en pleine forme. J'étais déjà heureux de vous retrouver, mais là, cette conversation devient exquise, dit Ermingh dont la rage s'accentua.

— Ils m'ont injecté un cocktail contre la douleur, alors je n'ai pas à me plaindre. Même ma toux qui habituellement me décolle les bronches, ne semble qu'un vulgaire rhume. C'est que j'y prendrais goût. Vous m'accompagnez autour d'un dernier verre ?

— Vous m'obligez, mon cher Dermott.

— Parfait ! Vous resterez toujours un homme de principe. J'ai conservé un fond d'*Oak single malt*[72] qui doit avoir plus de trente ans d'âge aujourd'hui. Je crois que le moment de se l'offrir est venu.

---

72 - *Whiskey* vieilli en fût de chêne.

Dermott se leva en grimaçant et récupéra dans son living sa fiole en verre noircie par le temps. Il en servit deux rasades identiques puis attendit, seconde après seconde, que la dernière goutte tombe. Ermingh perdit patience.

— Elle est vide cette bouteille !

— J'en ai presque fini. Vous ne verrez pas d'inconvénient à ce que j'enfile ma veste marine ?

— Faites !

Pendant que Dermott ajustait sa veste, Ermingh jeta un œil à l'heure qui tournait bien trop vite depuis son arrivée.

— Une dernière question. J'imagine que vous avez eu le tact d'informer Highdall de la provenance de la demande de photo.

Désormais apprêté, Dermott saisit son verre et s'affaissa dans le canapé en soufflant de plénitude. Sans avoir répondu ni croisé le regard d'Ermingh, il porta le verre à ses narines, huma le bouquet envoûtant de son or liquide qu'il fit valser entre ses doigts. Grisé par cette expérience, il sourit à Ermingh.

— Vous pensez vraiment que j'aurais pu ?

— Abrégez mon vieux, vous jouez avec ma limite de courtoisie.

— J'ai trouvé plus louable de lui préciser d'où venait mon action. Enfin, de qui. Sous mon oreiller, vous trouverez la lettre décrivant notre accord passé il y a trois ans, avec toutes les preuves à l'appui. Bien entendu, ce n'est qu'une copie. Le père de la gamine a l'original, assura-t-il. *Sláinte !*

Dermott brandit son verre d'un bras fébrile tout en fixant les pupilles d'Ermingh devenues ténébreuses. L'officier, qui s'apprêtait à saisir son verre, rétracta sa main. D'un geste automatique, il la glissa contre sa poitrine et braqua aussitôt le vieux marin. Il tira sur le verre qui éclata en mille morceaux, criblant d'impacts le visage de Dermott. Deux autres coups partirent. Un dans chaque genou. Le vieux hurla par deux fois sa souffrance malgré sa volonté de vouloir la retenir. Sous les yeux hagards de sa victime, Ermingh vida son verre d'une traite, avant de le pulvériser d'un lancé contre le mur. Offrant un sourire à Dermott, il pressa une dernière fois la gâchette. Une balle en pleine tête.

Soupirant d'un long râle, il sortit son carnet de notes. Devant sa page de comptes, il raya d'un double trait la ligne affectée au pêcheur.

CHAPITRE 30

Jeudi 18 juin 2015

12h38

La tête couverte de sa capuche grise, Peter traversait le parking de la cité. Le sifflement d'un train se rapprochait. Peu en sécurité au milieu des immeubles de briques rouges d'une froideur sibérienne, sa démarche n'aurait pas été si naturelle sans les effets euphorisants du joint. Face à lui, le bâtiment quatre, là où il devait entrer. Pour y accéder, il contourna un break gris anthracite où deux jeunes fumaient au rythme de la musique. Le gars installé côté passager, qui avait suivi son passage du regard, sortit lui emboîter le pas. En poussant la lourde porte, Peter tourna la tête.

— T'as de la famille ici ? se renseigna le caïd sans courtoisie.

Il devait avoir à peine deux ans de plus que Peter, mais davantage d'assurance.

— Je ne connais personne ici.

— Bonne réponse. Suis-moi.

Peter se laissa guider. Ils prirent l'ascenseur et descendirent au sous-sol.

— Ton frigo est vide ?

— Mon frigo ?

— Tu ne viens pas pour faire tes courses ?

— Je viens offrir mes services. On ne se connaît pas, mais moi aussi avant, je bossais pour le Nord.

— On ne recrute pas en ce moment. Soit t'achètes, soit tu t'casses.

— Je suis sûr que le boss ne sera pas contre un nouvel employé pour conserver le contrôle du coin.

— Et tu penses être un as du marketing ? Je t'ai jamais

vu, j'te connais pas, tu pourrais surtout être le gars de trop, celui qui amène les ennuis. En quoi tu penses pouvoir nous être utile ?

— En n'allant pas faire fortune avec les gars du Sud.

Le caïd se jeta sur Peter et appuya son avant-bras contre sa glotte jusqu'à l'entendre s'asphyxier. Puis il le relâcha. L'examen s'effectua le corps plaqué contre le capot d'une voiture. Fouillé dans les moindres recoins, sans délicatesse, Peter dut encaisser la procédure sans broncher, lui rappelant ses grands débuts d'apprenti, un soir de garde à vue.

— Pas de papillon ici, Ducon. Tu commences bien. C'est ton premier don à la cause, c'est toujours utile.

Le caïd releva Peter d'une poignée de main.

— On bouge ! poursuivit-il l'air saoulé.

Le duo reprit l'ascenseur et grimpa au dernier étage. Ils rejoignirent le fond du couloir, jusqu'à la dernière porte. En se croyant dans un thriller où le personnage ne verrait pas la fin, Peter redevint plus qu'agité.

— Je te souhaite qu'il accepte. Sinon je ne vois pas comment tu pourrais t'en tirer, vu tes ambitions qui contrarieraient profondément nos actions.

Devant la porte, le caïd demanda à Peter de coller sa face contre le mur. Il en profita pour sortir son flingue retenu contre son bas-ventre et avec le canon, décala le panneau d'évacuation incendie. Dans l'encoche creusée à cet effet, il saisit la clé de l'appartement. Toujours avec le canon, il tapota quatre coups avant de le faire traîner en effectuant deux ronds. Puis, il ouvrit la porte et releva Peter de ses obligations. Le couloir d'entrée était plongé dans le noir à cause des volets restés fermés.

— Un chômeur venu avec son CV ! annonça le caïd en direction de l'appartement.

Peter attendit la suite, tendu et sans défense. Il ne pouvait plus reculer.

— Avance dans le couloir, tu vas être reçu.

Puisqu'il ne s'y attelait pas aussi rapidement que souhaité, le caïd donna une tape dans le dos de Peter. Il referma la porte d'entrée et donna un tour de clé. Subitement claustrophobe, Peter avança pas à pas, les mains tâtonnantes contre les murs, dans l'espoir de trouver un interrupteur.

— La porte sur ta gauche !

Peter tressaillit. Il ne parvenait pas à situer d'où provenait le timbre de voix. Ses mains s'agitèrent de plus belle dans la pénombre. Il heurta une poignée avec sa main gauche. Il l'agrippa puis l'actionna. Éclairée d'un unique halogène grésillant, il pénétra dans cette pièce épurée. Juste deux chaises, une table pliable, un téléphone fixe et une bouteille de *whiskey* recyclée en lampe de chevet. Une porte s'entrouvrit dans le fond. La voix qui l'avait guidé présenta son visage en y entrant à son tour. Grand, les cheveux noirs gominés sur l'arrière et rasés sur les côtés, des joues burinées qu'il n'avait pas oubliées. Mais pas de chaussures aux pointes métalliques. L'homme le toisa un instant et s'approcha encore de Peter.

— Besoin d'argent ?

— Je suis revenu dans le coin et je veux bosser avec vous.

— Tu postules toujours armé ?

— Je l'ai toujours sur moi.

— Tu aurais pu répondre qu'en venant ici il valait mieux l'être.

— Je ne pense pas devoir vous craindre.

— Pourtant tu devrais. Car si on me connaît comme bon payeur, au moindre grain de sable par ta faute, tu en payeras le prix fort. Tu saisis ?

— Je veux juste m'y remettre.

— T'as déjeuné ?

— Non.

— Il y a de quoi se faire des sandwichs dans la cuisine. Fais-toi une assiette. On va discuter un peu.

Peter accepta cette proposition comme une bouffée d'oxygène lui offrant un court instant pour faire le point sur la situation. Obtenir les aveux du meurtre de sa sœur ne s'annonçait pas si aisé qu'imaginé dans sa chambre. Peter chercha dans la cuisine ce qui pourrait l'aider. En tentant de limiter tout bruit suspect, il tira chaque tiroir sans bruit en espérant y trouver le moindre couteau ou tout ce qui pourrait couper. Tous les placards étaient vides, aucun couvert, seulement des gobelets plastiques et une assiette. Tout le reste se trouvait dans le frigo. Il se préparait un encas quand le faible entrebâillement des volets de cuisine taquinés par le vent le happa. Il jeta un œil à cet unique espace de lumière. Le point de vue donnait derrière l'immeuble. Tout en bas se trouvait la voie ferrée, puis une seconde paire de rails hors d'usage où stationnaient deux wagons d'un *DART* désaffecté et recouvert de tags. Au fond, la route filait toute droite en direction du nord de la ville.

— Tu fous quoi ? le surprit le boss.

Le nez collé à la fenêtre, Peter manqua de bafouiller un début de réponse naïf, le genre de phrase qui affaiblirait sa crédibilité.

— Je me demandais pourquoi cette pièce était la seule à laisser entrer la lumière du jour.

— Ta conclusion ?

— Je pense que ces wagons doivent avoir un intérêt.

— Tu as de l'imagination, c'est bien. Il t'en faudra pour réussir. C'est dans mon intérêt d'avoir un œil sur les allées et venues de ces routes. Prends ton assiette et ramène-toi.

Peter suivit le boss. Assis face à face, l'assiette sur ses genoux, il mâchait sans envie son pain de mie rance.

— Aujourd'hui, je n'ai pas besoin de revendeurs. Ce genre de crevards, j'en trouve tous les jours à chaque coin de rue, pour quelques euros. J'ai besoin de gars qui n'ont peur de rien pour garder le contrôle du secteur. Des gars qui ont faim ! Des types dévoués, capables d'éliminer la gangrène sudiste qui espèrent s'installer. T'en penses quoi ?

Peter buvait ses paroles sans changer d'expression.

— De ?

— Tuer pour moi, éliminer ces bâtards, c'est dans tes cordes ?

Peter reposa le reste de son sandwich, tentant de cacher

sa nervosité et ne répondit rien.

— J'ai déjà deux gars sûrs, ceux que tu as croisés en venant. Si tu marches, le job est à toi. Tu auras même ton calibre offert par la maison et le plaisir de conduire ce beau break garé en bas. Tous ces avantages en plus d'un salaire que tes parents n'amasseront sans doute jamais en trimant toute leur vie. Mais si tu te chies dessus, que tu me reparles de vendre au détail, alors tu dois vite quitter cette pièce.

Le stress grandissant chez Peter assécha son palais. Il toussa et recracha sa mie gluante dans l'assiette, ce qui fit sourire le boss. En gardant la tête vers le sol, Peter se racla fortement la gorge au point de contracter tous ses muscles. Il les réveilla par de brèves et intenses contractions. Tandis qu'il se relevait et quittait sa chaise, un soubresaut parcourut ses veines. Peter agrippa l'assiette de rage, la jeta au visage du boss. Elle percuta son haut du front. Le coup porté sonna le boss. La chair de son arcade se déchira et un lourd filet de sang dégoulina le long de sa joue. L'assiette se brisa au sol en une dizaine de morceaux. Peter ramassa aussitôt un morceau d'assiette et se posta derrière sa victime. L'objet coupant appuyé contre sa carotide.

— Et maintenant ? lâcha le boss d'une voix posée.

Atteignant le paroxysme du stress, Peter ne pouvait plus reculer.

— Depuis que je suis entré, tu ne m'as jamais demandé mon nom. Tu sais qui je suis ?

— Ne pas oublier un visage, c'est une qualité obligatoire dans mes affaires. La dernière fois que je vous ai vus, toi et ta connasse de sœur qui perturbait mon business, c'était il y a trois ans.

— Tu l'as tuée ! Dis-le que tu l'as tuée ! Je sais tout ! s'époumona Peter en pressant son couteau contre la gorge du boss.

— Sois plus pro ! Tu vas finir par me saigner.

— Avoue !

— C'est quoi le plan ? Quand tu auras trouvé ton coupable, tu comptes me tuer ici ?

— Putain, mais dis-le : *J'ai tué Emmy* !

Le boss ricana. Être otage d'un jeune ne lui était jamais arrivé et l'amusait presque.

— Tu vas être déçu, petit con. C'était le plan, mais je n'ai pas tué ta sœur. Ça te la coupe hein ? Tu as fait tout ce chemin pour rien, mon gars.

— Arrête de mentir ! Je vais te trancher, connard. C'est toi sur la photo du pêcheur.

— Ah, la fameuse photo du journal. Oui, c'est moi. Mais le corps balancé n'est pas celui de ta pute de sœur. C'était une call-girl immigrée dont personne ne s'inquiétait.

— C'était Emmy !

— Si tu y crois, c'est au moins que je suis assez physionomiste. Oui, elle lui ressemble, j'ai passé près d'une heure à chercher, pour qu'on me refourgue la même came. Même taille, même type de cheveux, galbe similaire, mais c'est tout. Des boîtes pour trouver des filles sur mesure, il en existe plus d'une, rien qu'à Dublin. Avec l'argent que tu aurais pu ramasser, tu y aurais pris goût, Peter.

— Je sais que tu mens !

— Si elle portait les vêtements de ta sœur, c'est tout simplement parce que sa valise était restée dans mon coffre. En cinq minutes, j'ai recréé ta sœur avec ses bijoux et vêtements.

— C'est impossible. Emmy n'est jamais revenue.

— Je te le répète. Elle a été bien plus douée que toi pour arriver à ses fins et s'échapper. Ce que ne montre pas la photo, c'est l'avant du véhicule défoncé. Ta salope de sœur a su m'attiser en me proposant ce qui ne se refuse pas, ricana-t-il. Sauf que cette garce ne m'a même pas touché, mais en a profité pour détacher ma ceinture et tirer le frein à main. Ma bagnole s'est encastrée contre un poteau et ma tête s'est cognée contre le volant. Puis elle s'est barrée avant que je ne puisse réagir. Ta sœur a du cran ! Après, je ne l'ai plus jamais revue. Faut que tu me lâches maintenant, j'ai du sang qui commence à pisser sur ma veste.

Le boss sentit la prise de Peter s'affaiblir. Il contre-attaqua. Terrifié à l'idée de perdre le contrôle et sa vie, Peter entailla la gorge de son otage. Son arme tranchante restait prête à sectionner l'artère vitale qu'il ressentit cogner contre ses doigts. Le boss se freina, mais redevint bouillant.

— Réfléchis bien à ce que tu comptes faire, petite merde. Tu crois pouvoir repartir tranquillement d'ici après m'avoir égorgé ? L'entrée est fermée. Le seul qui a la clé est un de mes gars dehors. Pour monter ou laisser ressortir quiconque, ils ont besoin de ma validation.

— Appelle-les ! Dis-leur de me laisser sortir, stressa Peter.

— Ils sont formés et connaissent parfaitement les règles. Allez petit connard, vas-y, agis !

L'ordre virulent du boss affaiblit la garde de Peter une fraction de seconde. Assez longtemps pour remettre en cause le contrôle. Le boss bloqua le poignet de Peter et se propulsa en arrière sur sa chaise. Son geste écrasa au sol la carcasse de Peter. En position de force, il se retourna, lui colla une droite et l'assomma.

Sa tête reposait sur la moquette moelleuse Devenu à son tour prisonnier et retenu sur une chaise, le boss l'aspergea d'un verre de jus d'orange. Peter, qui voulut aussitôt s'échapper, sentit puis vit le bout du revolver coller sa poitrine.

— À toi de m'écouter maintenant, décida le boss en le repoussant du canon.

La paralysie gagna la mâchoire de Peter. Il aperçut sous la table des bottes, avec un renfort de métal sur l'avant. Le boss inspira d'un long sifflement et se rassit face à lui.

— À quoi ta mort me servirait ? se demanda-t-il en haussant les sourcils. Tu viens de me démontrer tes talents. Tu as le bon profil requis pour la tâche qui t'attend. Voyons plutôt ce que tu m'apporterais en restant vivant, poursuivit-il en se servant un verre de jus d'orange puis le descendant d'une traite.

— Dis-moi ce que tu sais sur le Sud ?

Peter expira son soulagement. L'air lui sembla si pur,

malgré le liquide sucré sur son visage.

— Je sais qu'un gars dénommé Paddy cause du tort chez vous.

— Comment es-tu au courant ?

L'air ambiant redevint pollué. Peter ne se souvenait plus de l'astuce à balancer et craignit de devoir balancer Connor comme source, sous peine de représailles. Mais de qui au final ? pensa-t-il. Du boss, s'il ne se livrait pas, ou de Connor, son pote, qui en déduirait qui l'aurait vendu ? Se poser autant de questions submergea Peter de stress, dans son esprit défilaient en accéléré les faits marquants de sa journée. Un léger rictus s'afficha sur sa joue.

— Je le sais. C'est même invraisemblable ! Ma famille est catholique pratiquante. Ce matin, mon père a insisté pour que j'aille reprendre contact avec l'église du quartier. Quand je suis allé dans l'isoloir pour me confesser, le prêtre m'a demandé ce que je voulais.

— Abrège !

— Il y a tellement longtemps que je n'y étais pas retourné qu'il a tout de suite dû croire que je venais pour d'autres raisons. Pour détendre l'atmosphère, je lui ai balancé « par nécessité ». Et il ne s'est pas démonté. Il m'a répondu qu'il n'avait plus rien et que Paddy devrait ravitailler l'église dans la soirée. C'est ingénieux même, du nouveau monde se pointe dans sa paroisse. Des tas de junkies ou hommes d'affaires se pressent à l'isoloir pour une *speed-confession* et repartent avec leur came sous la veste. Et bien sûr, l'organisation du Sud rince le père Doylen. Voilà comment je sais qui est Paddy et où se trouve le point névralgique des nouvelles transactions.

— On lui a déjà cramé sa boutique à ce vieux, il y a déjà trois ans. Ton histoire me semble être une belle connerie. Impossible.

— Je ne serais pas assez fou pour en inventer une avec un flingue braqué sur moi.

Le boss fixa Peter sans changer d'expression, reprit une gorgée de jus à la bouteille.

— C'est parfait alors. Tu tiens ta première mission à effectuer dès cet après-midi.

— Laquelle ?

— Buter ce prêtre, brûler son église et inscrire visiblement que le Nord reste maître chez lui.

Peter bloqua tandis que l'expression « loosers du Nord » lui traversa l'esprit, tandis que le boss le questionnait du regard.

— ...

— Bien sûr, à titre de période d'essai, tu t'en acquitteras gracieusement. Mes deux gars t'accompagneront, mais c'est toi qui appuieras sur la détente et craqueras l'allumette. Le coffre est déjà chargé en essence et ton premier calibre de bienvenue t'y attend, comme promis.

Le boss tendit sa main vers Peter. Le jeune homme fixa le visage du boss puis sa main ouverte tachée de sang. Il la serra sans vigueur. Le boss grimaça, hocha la tête puis se mit à marcher dans la pièce.

— Qu'est-ce qui ne convient pas ? s'inquiéta Peter.

— Je n'en connais pas beaucoup qui auraient accepté ce travail gratuitement. Lève-toi maintenant, je préviens mes gars. Ton destin t'attend en bas de l'immeuble.

Peter s'éclipsa dans le couloir sombre et passa la porte qui était finalement restée ouverte. Entre cet appartement et le bas de l'immeuble, il voulut saisir ce bref instant de liberté. Ne pouvant prévoir la suite ni les conséquences de son choix - s'enfuir ou suivre - il élimina le choix de l'ascenseur pour prolonger ce sentiment et poussa la porte des escaliers. Après deux étages descendus, sa conscience le rattrapa. Il s'assit sur une marche et sortit son portable. Pat lui avait envoyé un texto lui demandant de le rassurer sur ses activités. L'euphorie passagère de sa découverte le décida à l'informer maintenant.

L'excitation exacerbée de Peter s'entendait à travers le combiné. La nouvelle, qu'il annonça avec enthousiasme, foudroya Pat. À court de mots, submergé d'émotion, mais maintenu dans un brouillard épais, son père n'arrivait pas à se convaincre que son fils disait vrai. Percevant de l'agitation un étage plus bas, Peter coupa court, prétextant que sa batterie allait le lâcher. Il préféra rassurer son père et garder pour lui ses prochaines minutes de vie qu'il envisageait terrifiantes. Ce soir, il serait rentré, conclut-il. Avoir entendu la voix craintive de son père le bouleversa. À cet instant, il éprouva pour son père et sa sœur, cet amour resté enfoui en lui. Il ressentait davantage d'estime pour Emmy, plus que jamais conscient qu'elle l'avait sauvé. Il éteignit son mobile et se releva pour rallumer le minuteur de la cage d'escalier. Mais le boss s'en chargea pour lui. Aussi brève que puissante, la lumière jaillit. Un son sourd suivit en écho. Le corps de Peter désarticulé s'effondra en avant, glissa sur les dernières marches pour finir sa course la tête inerte sur le sol. La moquette verdâtre d'une autre époque se gorgea lentement de pourpre au-dessus de l'épaule droite de Peter.

CHAPITRE 31

Jeudi 18 juin 2015

13h02

Au volant de sa berline, Ermingh fit un court détour par *Saint Vincent's Hospital* avant de regagner le centre-ville. Il usa de son talent manipulateur auprès d'un sous-fifre veillant sur l'homme alité, pour obtenir l'information qu'il espérait soutirer. Aaron Cunningham avait signé un rapport d'audition concernant son agression dans la matinée. Sur celui-ci, il était écrit noir sur blanc qu'il n'en avait plus le souvenir et ne le mentionnait pas. Au cas où son cher ami Lay souhaiterait s'interroger à son sujet, il élabora son alibi en à peine dix minutes.

Le ciel avait chassé les nuages et attendre dans le trafic dublinois ne l'embêtait pas aujourd'hui. Son habituel réflexe de sortir le gyrophare pour jouir de son pouvoir anti-bouchon ne s'éveilla même pas. Boris songeait à sa nomination toute proche, s'y projetait en vainqueur. Quand il tourna à l'angle de *Montjoy Square Park,* situé à une rue du poste de *Fitzgibbon*, son téléphone sonna. C'était Finney. Il hésita, mais son instinct du jour l'amena à décrocher.

— Ermingh, j'écoute !

— On est débordé de boulot ce matin. Un renfort de poids ne serait pas de trop.

— Annonce !

— On a un vieux cadavre sur les bras, fraîchement percé de plusieurs balles. C'est une infirmière qui venait pour la première fois à son domicile qui a donné l'alerte. Vu la scène de crime décrite, c'est sans doute l'œuvre d'un psychopathe. J'ai envoyé un gars de chez nous garder l'entrée. J'ai pris connaissance du dossier, il aurait passé la veille au soir à l'hôpital. J'ai envie de plancher sur la crapule dont il a été la victime, car là où l'affaire devient intéressante, c'est que mes premières hypothèses m'amènent à penser qu'il pourrait s'agir du même homme qui l'a jeté à l'eau la veille. Pour s'acharner à ce point, il doit y avoir du lourd caché là-dessous. T'en penses quoi, Boris ?

— Je me charge d'aller prendre les indices, inutile de rameuter des renforts. J'appellerai la *Criminal Investigation*[73] une fois sur place. Quoi d'autre ?

— Ça vient de tomber, on a l'église qui va devoir se trouver un nouveau prêtre. Doylen a été retrouvé cramé dans son isoloir. L'intérieur du bâtiment a été saccagé et des tags « K.O.T.N[74] » sont sur plusieurs murs. J'ai mis les deux plus catholiques du jour sur la recherche d'infos.

— C'est sûr cette histoire ? On a des preuves ?

— C'est avéré par le vicaire. Même si l'autopsie doit le confirmer, tout laisse penser qu'il s'agit de Doylen. Vu ce que tu m'avais raconté sur lui, c'est presque un soulagement, hein ?

— Tout a brûlé à l'intérieur ?

— Ce n'est pas encore précisé.

— Alors changement de plan. Envoie du monde pour le vieux, je me rends à l'église.

— Une brigade est déjà en route pour l'église.

— Ils foutent de la rubalise et tu les renvoies à *Marine drive* ! Je reste le boss de *Fitz'* et j'établis mes priorités.

Ermingh attendit, mal garé, la fin de la communication entre Lay et la brigade.

— Tu m'as annoncé le plus gros, j'espère ?

— J'aurais aimé. Le dernier point t'est personnellement adressé. Monsieur Patrick Highdall est passé ici deux fois en moins de douze heures. À sa tête, McKoy m'a dit que ce gars était pris de démence, ou pas loin en tout cas. Il a dû enregistrer sa déposition pour qu'il se calme enfin. Et elle n'est pas élogieuse. Il a porté de graves allégations à

73 - Unité de police qui fournit de l'expertise et des compétences dans l'enquête sur les crimes graves et organisés.

74 - « King Of The North ».

l'encontre de *Fizgibbon* pour manquement suspect sur l'enquête concernant sa fille. Il t'a laissé deux messages sur ton bureau. L'un à propos d'un vieux pêcheur et le second au sujet de sa fille qui ne serait pas morte, comme conclu trois ans plus tôt. Son fils aurait obtenu l'aveu d'un dealer. Toujours selon McKoy, je crois qu'il veut à tout prix que tu l'entendes.

— Qui a connaissance de ce rapport ?

— McKoy, le dépositaire, moi et désormais toi. Logiquement.

— N'en parle à personne et fous les pièces sous enveloppe dans mon bureau. C'est trop tôt pour s'en affoler. La détresse et son penchant pour l'alcool ont dû le rattraper.

— C'est une déduction que j'ai aussi faite, car s'il dit vrai, on risque de...

— Attends ! Ne la ferme pas tout de suite et envoie-moi une photo du procès-verbal. J'y jetterai un œil, même si j'imagine que rien ne doit tenir la route. On avait fait le job. Considère que je me charge de la globalité. Gère le quotidien, je reviendrai plus tard.

— Dernière chose, n'appelle pas Lay aujourd'hui. Je l'ai eu, il est sur les nerfs depuis la nuit dernière.

— Qu'est-ce qu'il lui arrive encore ?

— C'est plutôt son opération pour coincer le jeune Cunningham à l'aéroport. Il est furax d'avoir moisi une partie de la nuit là-bas pour finalement le retrouver à l'hôpital. Enfin, le plus drôle ou déroutant à entendre, selon le point de vue, c'est qu'au final leurs écoutes aient tourné au canular. C'est ce qui est ressorti de leur interrogatoire mené ce matin.

— Il ne me manquera pas aujourd'hui.

— Le seul bémol est venu de l'ex-femme d'Highdall. Ça a bougé côté téléphone et elle devra, sans doute bientôt, s'expliquer sur ses fréquentations.

— J'y vais. T'as encore quinze jours pour respirer, alors laisse-moi boucler ces affaires pour toi. Vois-le comme mon cadeau d'adieu.

— Je te le souhaite, car je serais chagriné d'avoir à ouvrir une enquête sur toi.

— Pardon ?

— Il y a une évidence que personne ne pourra nier. À ce stade, le seul qui a été en contact avec chaque pièce du puzzle, c'est toi.

Ils raccrochèrent sans un salut. À la fenêtre du bureau de Finney, de dos et scrutant l'horizon, Lay n'avait rien manqué de la conversation placée en haut-parleur. Les mains nerveusement crochetées dans le dos, il se tourna vers son collègue. Sans un mot, mais d'un simple regard consterné, leur détestable conclusion n'avait plus de doute.

— Reste à guetter l'orage, mon cher Erwan.

— On vit en Irlande. C'est chaque jour possible.

CHAPITRE 32

Jeudi 18 juin 2015

13h28

Ermingh termina sa course en défonçant le rétroviseur conducteur du break garé en bas de l'immeuble. Le jeune caïd assis au volant sortit vaseux de sa léthargie due au cannabis. Sa portière bloquée, il se dépêcha de filer par le côté passager, mais au premier pied posé au sol, Ermingh l'attrapa de ses deux mains.

— Tu vas m'accompagner, chuchota-t-il, penché vers son nouveau jouet.

— Il n'est pas là, assura le guetteur aux yeux injectés de sang.

Ermingh garda une poigne ferme sur le cou du caïd et le traîna ainsi, retenu dans un étau jusqu'à la porte de l'appartement. Aucune clé ne se trouvait à l'emplacement prévu, alors Ermingh plaqua le visage de son otage contre le mur et sortit son colt. En deux détonations, la serrure sauta. Sa victime lui servit de bouclier pour enfoncer la porte, avant de finir sa course, la gueule en sang, sur la moquette. Il le promena par le pied et vérifia chaque pièce.

— Il va falloir m'aiguiller. Où est-il ?

— Quel est le problème ?

— Être pris pour un con va rapidement m'obliger à apaiser ce sentiment désagréable, frémit Ermingh.

Sans réponse de la part de sa proie, sa sentence tomba. Il lui assena un aller-retour avec sa crosse. Le « crac » causant la fracture nasale fit gémir le jeune caïd, recroquevillé et tenant son pif. Ermingh le remit sur le dos d'un mouvement de pied et réarma son bras.

— On ne sait pas où il est, je le promets ! On doit juste

garder le QG jusqu'à son retour.

— On ?

— Moi ! Juste moi.

Ermingh, qui le tenait en joue, appuya son pied contre sa pommette, la pointe de sa chaussure écrasant un peu plus son nez. Un gémissement de supplice brusqua l'attente d'Ermingh.

— Ma journée est très compliquée et loin d'être finie. Alors je vais t'obliger à me ménager. T'as cinq minutes pour te confier.

Ermingh le traîna par les pieds jusque dans la cuisine. Il ouvrit le réfrigérateur, se concocta un sandwich avec les victuailles entamées et s'assit pour écouter le jeune drogué. Il haussa un œil sur l'horloge de son portable.

— Cinquante-sept secondes. C'est peu.

Le bruit strident d'un train de marchandises à vive allure leur perça les tympans. Le calme revenu, Ermingh se leva pour se poster en face de l'homme à terre, son entrejambe au-dessus de sa tête meurtrie. La bouche pleine et sandwich en main, il mâchait bruyamment, balaya les miettes de sa veste sur sa proie et lui lança cet ultime regard interrogatif.

— Ils sont dans le train, assura-t-il en essayant de dégager la nouvelle nappe d'hémoglobine pissant de son nez.

— Tu as de l'humour, grimaça Ermingh. Beaucoup trop.

Ermingh s'arrêta de mastiquer et s'agenouilla sur son ami affaibli.

— Je vais t'initier au mien, dit-il après avoir avalé une bouchée faisant avancer sa pomme d'Adam.

À contrecœur, Ermingh n'engloutit pas le dernier tiers de son sandwich bacon-cheddar-moutarde épicée. Il gava sa victime avec pour lui clouer le bec.

— J'espère que les saveurs te conviennent, j'ai eu la main légère sur la sauce.

La victime gigota et lutta pour respirer, mais l'officier lui ôta la vie sans forcer. Finney n'avait pas aimé la méthode matinale appliquée au pêcheur, alors il se freina pour opérer sans arme sur celui-ci. Un second train de voyageurs fit à nouveau grincer les rails. Ermingh se dirigea vers l'entrebâillement de la fenêtre. Le train avait déjà disparu. Il observa les alentours par la fenêtre entrouverte. Son flair s'orienta sur ce wagon fantôme, le faisant cogiter un instant. Il rangea son arme sous sa veste et détala.

Dix minutes passèrent. Le bruit métallique des rails annonça un imminent passage de train. Boris profita du tumulte pour s'en rapprocher à couvert, et dès le dernier compartiment du DART filant sous son nez, il se hissa sous les fenêtres du wagon tagué. Les graffitis « K.O.T.N » étaient inscrits sur plusieurs vitres de plexiglas. Il entendit plusieurs voix et des pas à l'intérieur. Un nouveau train de marchandises passa. Il s'engouffra dans le refuge et pointa son arme sur la tempe du premier dealer à sa portée. Douze jeunes hommes étaient disséminés sur les banquettes. Profitant de l'assourdissant passage de train, l'un d'eux posté sur le côté fonça couteau en main sur l'intrus. Alerte, Ermingh lui aéra la cervelle. Dehors comme dedans, le silence revint et le calme oppressant régna.

— Messieurs, bonjour ! Déjà deux de vos amis dorment en paix. Pour vous éviter un sommeil éternel, rien de plus simple, il vous suffit de me dire maintenant où se trouve votre boss !

Tous le fixèrent, aucun ne répondit. Mais chacun redoutait la suite.

— Toi, tu dois bien le savoir ? s'adressa Ermingh à son premier otage en le molestant.

— Non, s'opposa-t-il d'un ton sûr et cherchant du soutien, un espoir de rébellion chez ses collègues.

Une nouvelle détonation réveilla le lieu, suivi par de nombreux sursauts.

— Toi ! Appelle-le.

Le désigné qui portait des chaînes en or trop scintillantes, toisa ses collègues un instant, mais s'exécuta. Le boss décrocha. Ermingh s'empara du téléphone.

— J'aimerais comprendre ce qui t'a décidé à me foutre dans une telle merde ?

— Ermingh ?

— Tu n’imagines pas à quel point avoir saccagé cette église et immolé Doylen peut terriblement perturber mon CV !

— Cet endroit et ce prêtre nous posaient problème. Pour le bien de mon business, ça devait être réglé en urgence.

— On doit se voir tout de suite.

— C’est impossible, assura le boss.

Les yeux rivés sur le jeune corps encore chaud chargé dans son coffre ouvert, il guettait sans cesse les environs de la zone industrielle désaffectée de *Poolbeg*.

— J’ai su ce qui s’est passé. La petite que tu as balancée il y a trois ans, ce n’était pas Highdall. Il est grand temps de me rembourser et avec un gros dédommagement. On doit en causer tout de suite ! beugla Ermingh en broyant le portable.

— Qui a balancé des conneries pareilles ?

— Je comprends mieux ton retard illogique pour terminer le boulot. Tout se tient !

Un silence s’écoula, le boss raccrocha. Ermingh hurla sa rage en balançant le téléphone sur son propriétaire. Le tournis lui envahit le cerveau et décida de trancher pour sa sécurité. En l’espace de quelques secondes, un à un, chaque jeune homme passa de caïd à fiston dépravé pour parent endeuillé. Étourdi par son action, il se laissa tomber sur la banquette derrière lui, se vautra de tout son poids contre un cadavre encore chaud se vidant de son sang. À nouveau lucide, une épaisse traînée au sol à l’aspect farineux mêlée au sang et devenue rosée l’attira. Une assise de siège, qui avait été perforée par ses soins, retenait un sac de cocaïne. Il récupéra le couteau d’un des cadavres et découpa le reste du siège, creva un nouveau sac de poudre. Il ôta sa lourde veste, se retroussa les manches et s’attaqua à chaque banquette, puis ouvrit tout ce qui pouvait l’être. Le front gouttant d’une sueur âcre et le teint écarlate, sa débauche d’énergie s’avéra plus fructueuse que de miser au loto.

— On dirait que ton avenir n’est pas totalement compromis mon cher Boris ! se félicita-t-il en s'épongeant.

Cent trente mille euros en billets et presque autant en poudre à refourguer étaient réunis sur sa veste. Il chargea le pactole à l'intérieur de son manteau reconverti en sac et se dirigea vers la porte de sortie du wagon. Prêt à quitter ce cimetière, son pied buta contre un aérosol. Il s'en saisit et l'agita jusqu'à entendre le son de la bille. Son œuvre achevée d'un rictus aux lèvres, il claqua la porte du wagon.

Sur la brochette de corps entreposés était fraîchement tagué : « *On se reverra* ».

CHAPITRE 33

Jeudi 18 juin 2015

14h17

Cachés sous leurs parapluies, les passants le toisèrent. Malgré l'épais crachin qui recouvrait Dublin, Pat errait sur les marches de son perron. Il restait ainsi, à se mouiller sans bouger, accaparé par la pensée d'Emmy et guettant le retour de Peter. Malgré le besoin d'éclaircissement sur cette nouvelle reçue comme un raz-de-marée, Pat osait timidement y croire. Il voulait voir l'éphémère visite de son fils au domicile comme un signe. Mais en étudiant l'évidence, rien de réconfortant ne survenait ni ne passait sous ses yeux.

S'y rendre avec Peter l'aurait apaisé, mais les masses nuageuses à l'horizon le décidèrent à décamper.

CHAPITRE 34

Jeudi 18 juin 2015

14h19

Retour à *Marine drive.* Afin de s'annoncer officiellement, Ermingh avait sorti le gyrophare et accéléré sur le dernier kilomètre. Ses pneus crissèrent. Jouer le héros devant les badauds déjà agglutinés contre le portail du vieux pêcheur l'amusa. Il salua son collègue devant l'entrée et le libera de sa garde.

— Qui a vu quoi ? lança-t-il vers la foule.

Hormis des chuchotements de voisinage et un rappel de sa part, personne ne se manifesta.

— Alors, barrez-vous, y'a rien à voir ! gueula-t-il en revêtant ses gants bleus en latex.

Avant d'entrer, il chassa les derniers curieux restés trop près de son coffre de voiture, ce qui ne lui plaisait pas. Il repoussa la porte puis abaissa les rideaux. En moins de cinq minutes, ses douilles furent ramassées par ses soins, le mobilier rajusté selon sa créativité de scénariste macabre et plus une trace pouvant le confondre, figura dans cette pièce. Après un dernier tour du propriétaire, il appela la *Criminal Investigation.* Dans l'attente de leur arrivée, Ermingh fit son marché sur tout ce qui pourrait lui être utile à bord d'un bateau de pêche, mit le butin dans un vieux cabas et le jeta au pied de sa banquette arrière.

Quand la brigade arriva, Ermingh patientait en se massant le menton, le cul posé sur son capot. Une poignée de main échangée, deux trois informations balancées et le chef de *Fitzgibbon* s'éclipsa dans une ruelle plus au calme.

Ermingh prit connaissance de la déposition d'Highdall. C'était écrit noir sur blanc. Pat Highdall l'accusait d'être lié à la disparition de sa fille, attestait détenir les aveux du pêcheur et d'avoir un témoin à l'activité illégale ayant confié qu'Emmy Highdall n'avait pas été jetée dans les eaux de *Poolbeg*. Avec ce merdier et sans Doylen à ses côtés pour booster sa candidature, ses velléités de carrière pourraient l'amener à évoluer sur une tourbière piégeuse. Pat Highdall était un problème. Sur un bout de carton de pizza resté sur le plancher passager, il griffonna quelques mots pour reconstituer le puzzle. Une dernière carte à abattre ranima son âme sombre. Il ralluma le moteur et franchit la *Liffey* pour rejoindre *Ballybough road*. Jouant la sécurité, Ermingh se gara à distance. Le coffre collé contre un muret indiqué « privé », il prit soin d'abaisser son pare-soleil pour rendre visible la signalétique *Garda*. Devant la mesure de l'enjeu imminent, il vérifia ses poches intérieures. La panoplie du parfait bourreau y figurait. Il était prêt.

L'officier tambourina au domicile des Highdall.

— Ici, *Superintendent* Ermingh ! Vous me cherchez, je suis là !

Ermingh se tenait de profil et hors de la porte, car il se méfiait de la réaction possible d'un père désemparé, encore plus du risque d'une balle la traversant. Sa nervosité le rattrapa si vite, qu'il molesta la poignée d'entrée et partit en avant, à sa grande surprise. Il manqua de trébucher. C'était ouvert, étrange, jugea-t-il. Ermingh dégaina aussitôt, son index comprimait d'un rien la gâchette. Trois ans s'étaient écoulés, mais le souvenir d'y être entré un soir était intact. Il rejoignit le salon, arme au poing. Rien n'avait changé, hormis des piles de cartons de déménagements pliés. Mais l'odeur de renfermé et des effluves de *whiskey* manquaient, selon son flair. Précautionneux, il s'approcha de la table, un bout de papier l'avait attiré : « *Si tu veux me rejoindre, je suis à Poolbeg.* »

CHAPITRE 35
Jeudi 18 juin 2015
16h02

La vedette fluviale des garde-côtes frappait la mer par rebonds répétitifs, filait à vive allure au sud de Dublin. Pat regardait l'épaisse écume qui quadrillait le remous des eaux, chahutait la baie de *Poolbeg* jusqu'au pied du phare. Venu ici pour trouver des réponses sur la disparition d'Emmy, lui parler et se convaincre qu'elle respirait encore quelque part, rayonnante et pleine de vie, il sentait qu'il n'était pas le bienvenu aujourd'hui.

Debout pour affronter le vent, mais incapable d'accepter de faire le deuil de sa fille, une immense désillusion le submergea d'impuissance. Cela le rendit incapable d'entrevoir l'espoir du jour où il raconterait à sa fille combien elle avait compté pour lui. Sans elle à ses côtés durant toutes ces années de crise, Pat s'était prédit un avenir précaire. Celui d'un ancien chef d'entreprise devenu un homme dans le besoin ou pire, un clochard avant de rendre l'âme, seul et sous un pont de Dublin, loin de sa terre natale de Galway.

Sans nouvelles de Peter, aucun rappel de la police, pas de connexion avec Emmy, rien ne le ramenait à son état euphorique du midi. Il s'apprêtait à rentrer quand un bateau vert et noir, qui naviguait à faible allure dans sa direction, raviva les flots jusqu'au pied du phare. Quand Pat reconnut le pilote sous sa casquette, il ne le lâcha plus une seconde. Resté à distance raisonnable pour ne pas s'embourber, le pilote délaissa la barre pour lancer un sac de sport sur le pavé de la jetée et demanda à Pat d'ouvrir ce sac. Pat se retint de presser le pas pour récupérer le colis, mais s'exécuta lentement. Il en sortit l'authentique ciré jaune, plié par un élastique, sentant la moisissure iodée et autre chose de plus tenace. Il connaissait cette odeur, c'était la combinaison du vieux pêcheur. Glissé sous l'élastique, un message grossièrement écrit sur un carton gaufré le révulsa : «*Si vous voulez savoir où est Emmy, enfilez ce truc et nagez. Si vous refusez, je ne vous louperai pas*».

Pat enfila la tenue, sa furieuse envie d'en découdre se lisait sur son visage. Pris par l'action, il n'hésita pas longtemps. Il plongea et nagea jusqu'au bateau, lui qui n'avait plus remis les pieds à l'eau depuis le bas âge de ses enfants. Ermingh lui tendit la main, mais il préféra grimper sans son aide. Essoufflé, dégoulinant d'eau salée, Pat se rua sur l'officier. Trop mollement pour espérer renverser le colosse qui le repoussa au sol.

— J'avais espéré un meilleur accueil, s'énerva Ermingh, prêt à agir à nouveau.

— Où est ma fille ?

— Vous n'auriez pas dû déposer cette plainte. Tous ceux qui m'ont contrarié ces derniers temps ne peuvent plus le regretter désormais. Si je fais un pas vers vous, faites-en un vers moi.

— Pas tant que je ne n'aurai pas revu ma fille.

— Pourquoi tant tenir à la revoir. Si elle l'avait souhaité, cela se serait déjà produit, ne croyez-vous pas ?

— Le pêcheur vous a balancé. Tout est dans ma déposition, il témoignera.

— Le pauvre homme a eu un empêchement ce matin. Retrouvé mort de plusieurs balles...

— C'est vous ! C'est évident ! Et je ferai tout mon possible pour le prouver.

— Je n'en doute pas.

— Je donnerais ma vie pour la retrouver, ne serait-ce qu'une heure.

— C'est beau. Mais c'est con. Asseyez-vous, je vous y emmène. En tant qu'hôte sur mon refuge, *Mary-Johanna*, je vous informe que j'assure notre sécurité à bord.

Ermingh rabattit sa veste au niveau de sa hanche, pour

que Pat admire son arme. Puis il mit cap au nord pour contourner la baie de *Howth* en longeant la côte ouest de Dublin sous un temps maussade. La croisière se déroula sans un échange, à peine quelques regards.

Ermingh ralentit le rythme aux abords de *Lambay Island.* Pat n'était jamais venu sur ce rocher appartenant à un riche baron. Il fixa en silence l'imposant château donnant sur le port, une bâtisse longiligne d'un blanc immaculé, recouverte d'un toit gris austère qui, en d'autres circonstances, l'aurait conquis.

— Fin du voyage ! informa Ermingh en manœuvrant pour coller le bateau le long de la digue, bien en retrait de la plage.

— C'est ici ? s'exprima Pat d'un ton monocorde, réprimant son émotion.

— Au lieu de me bassiner avec vos questions, suivez la corde derrière vous et faites un solide nœud pour amarrer. Vous qui étiez dans le bâtiment, vous devez être manuel ?

À défaut de pouvoir tuer cet homme sur-le-champ, Pat passa ses nerfs sur cette corde, la maltraitant jusqu'à étrangler la borne d'amarrage.

— Et maintenant ? Vous allez me raconter que ma fille vit dans ce château ?

— Je n'aime pas les belles histoires. Je vais juste vous rendre service.

Ermingh vérifia l'horizon panoramique, puis chargea son sac de sport sur l'épaule et somma Pat de sauter sur la digue. L'officier contrôlait régulièrement le périmètre autour d'eux et imposa le maintien d'un rythme soutenu jusqu'au hangar à bateau, surplombant la maigre plage de sable grisâtre. La porte grinçante claquait sans cesse à cause du vent. Ermingh défonça l'entrée à coups de chaussures et récupéra une lourde pelle à l'intérieur. Il la jeta aux pieds de Pat.

— Je vous laisse l'honneur de déterrer.

Sur ces mots, une vision d'horreur submergea Pat. Entré en éruption, son cœur se brisa et sa force se décupla l'instant suivant. Il empoigna la pelle de ses deux mains et ressentit ses muscles saturés d'un fluide meurtrier. Il s'élança vers Ermingh. En hurlant sa colère, Pat porta un violent coup de pelle au visage du *superintendent*. Ce dernier, qui s'était crispé, ne broncha pas. Il sentit sa pommette gauche se déchirer et une giclée de sang s'échoua sur son épaule. Sonné, l'officier recula et dégaina aussitôt son colt pour tenir Pat à distance. Il dut tirer un coup au sol pour stopper l'assaut d'un père anéanti et d'une résistance imprévue. Ermingh racla sa joue sanglante avec sa paume de main et s'approcha de Pat désormais à genoux et tête basse, en pleurs.

— Votre fille n'est pas ici. Et je ne l'ai pas tuée. Tout comme vous, je la croyais disparue à *Poolbeg*. Je ne sais pas si elle est encore en vie ni où elle se trouve.

— Pourquoi tout ce cirque ? Cet acharnement ? bredouilla Pat après avoir relevé sa tête pour chercher une lueur de sincérité chez Ermingh qui lui tendit sa main.

— ...

— Le pêcheur vous a pourtant identifié, relança Pat.

— Le vieux perdait la boule. Oui, je lui ai demandé des photos. Tout simplement parce que je n'aurais jamais pu être à temps sur les lieux pour coincer le meurtrier. Et il me fallait des preuves. Manque de bol, l'ancien était meilleur marin que photographe. Et ça, je n'y peux rien.

— La photo que vous avez envoyée au journal, vous l'avez tronquée ! J'ai l'originale et mon fils a confirmé reconnaître le meurtrier. C'est un dealer. Je suis sûr que vous savez son nom !

— Balancer un nom ne suffit pas pour coincer un homme. Il faut des preuves, des certitudes. Et les collecter peut prendre beaucoup de temps. Si des détails l'identifiant clairement étaient parus, il aurait disparu du coin à la première heure. Rien ne dit qu'on ne le coincera jamais.

— Déjà trois ans se sont écoulés ! déplora Pat grelottant de désespoir et les yeux inondés de larmes.

— Mais tout va se terminer. Je vais enfin vous libérer de cette peine dont je pressens que vous ne guérirez jamais.

Le tenant toujours en joue d'une main, Ermingh saisit Pat par le bras pour le relever.

— Cette même peine a aussi entaché ma carrière, compléta l'officier.

Ermingh adressa un regard méprisant à Pat qui devina aussitôt les intentions de son bourreau.

— J'ai un fils qui m'attend et qui a encore besoin de moi, implora Pat.

— Peter devra s'en sortir seul. Je me souviens qu'il rêve de quitter cette île, comme tous nos jeunes. L'Australie ou le Canada, ce sera parfait pour lui. Pour vous, il suffit de passer derrière cette cabane. C'est là qu'est votre exutoire.

— On saura qui m'a tué ! Vous serez retrouvé.

— Peut-être un jour, peut-être dans bien longtemps. Comme pour votre fille. Mais sur votre main, vous allez porter mon sang, car vous avez décidé de m'emmener sur cet îlot pour m'éliminer, après avoir volé mon bateau qui a été amarré par vos soins, donc à la sueur de votre ADN.

— Espèce de malade. Vous savez que tout ceci est faux !

— Pourquoi moi ? Pour que je porte le chapeau de tout ce malheur qui vous a détruit ? Et parce qu'il faut bien que quelqu'un paye ? Car la vengeance d'un père réduit à néant ne peut s'assouvir en douceur et marque ainsi la faiblesse des amateurs agissants dans l'urgence ? Mais après m'avoir tiré dessus de plusieurs balles, vous êtes redevenu vous-même, un être normal, insignifiant, terrifié par son acte irréparable. Alors vous avez cogité, puis préféré vous suicider avec cette même arme plutôt qu'affronter le restant de vos jours qui se dessine sans saveur. Dans la panique, vous m'aurez jeté à l'eau, lesté d'une pierre sèche trouvée à vos pieds. Puisqu'on retrouvera mon imperméable et mon sac flottant au large, on en déduira que j'ai disparu dans les profondeurs. J'aurai effectivement disparu et vous savez où ? Très loin d'ici et avec un beau pactole, sans doute au soleil pour une nouvelle vie. Finalement, je crois que je commence à prendre goût aux belles histoires. La vie est injuste, tout le monde ne peut pas gagner à ce jeu.

Fier de son œuvre, Ermingh ricana. Il se permit même une petite révérence pour conclure et humilier un peu plus l'homme démuni face à lui.

— Vous aviez tout prévu !

— Difficile de toujours tout prévoir. Nous allons devoir écourter notre rendez-vous. Mon bateau m'attend au nord de l'île et je ne voudrais pas naviguer de nuit.

Ermingh revêtit ses systématiques gants bleus en latex et força Pat à récupérer la pelle pour creuser derrière le mur du hangar. Tenu en joue, il souleva une mince couverture de terre herbeuse déjà travaillée et cachant plusieurs bûches de bois entreposées en long. Au fur et à mesure que Pat les dégageait, Ermingh les lançait le plus loin possible dans des directions variées. Quand Pat eut dégagé l'espace creusé, il découvrit avec effroi qu'il y avait juste la place pour y coucher un homme pas plus grand que lui.

— Allez mon vieux, il est temps de rejoindre les cieux. Je vous offre sans doute le plus court chemin vers votre fille.

Éreinté, psychologiquement épuisé et sans ressource sur cet îlot, Pat n'opposa plus aucune résistance. Il s'allongea, bras contre corps, respira en silence. Ermingh se positionna sur le côté, proche de la tête de Pat, cherchant à viser au mieux pour imiter l'impact imparable du suicide.

— Fin de partie ! lâcha-t-il.

La détonation brisa le silence. Des macareux moines pullulant par dizaines s'envolèrent dans un vacarme de cris plaintifs.

Contenant presque sa surprise, Ermingh porta sa main à son épaule. Son flingue atterrit sur l'estomac de Pat. Il n'osa pas le moindre mouvement, mais écarquilla les yeux suite au choc reçu.

— Sauvez-vous ! cria une voix venant du château.

L'aubaine devait être saisie sur-le-champ. Pat se redressa, balança l'arme au loin et s'extirpa de cette tombe improvisée. Ermingh l'en empêcha en agrippant sa cheville. Mais blessé, il ne put la serrer. Ses fibres musculaires déchirées le firent beugler. Pat s'échappa et dévala la pente vers la plage, sans jamais se retourner. Le regard noir, Ermingh se tourna vers le baron des lieux. Croisé en mer un mois plus tôt, ce dernier lui avait fait part d'une absence prolongée pour affaires, mais devenait le responsable de son plan avorté.

— La police est déjà en mer, ils arrivent ! l'informa le baron, concentré à garder son arme braquée sur l'officier.

— Vous ne deviez pas être en vacances ? s'insurgea Ermingh, un genou à terre et encore sous le choc de la situation lui échappant.

— Mon voyage d'affaires a été repoussé, navré. Je n'ai rien loupé de votre manège. La récréation est terminée, officier !

Ermingh, qui comprit que le temps était compté et voyant la silhouette de Pat s'échapper, récupéra son sac avec son bras valide et courut vers le sommet de l'île. À mi-pente et exténué, il distingua deux bateaux de police foncer sur *Lambay Island*. Dans la même direction, un homme nageait vers eux.

Trop clean, trop gourmand, sans doute trop joueur, Ermingh saisit que sa porte de sortie était trop loin, que le jeu se terminait. Un jeu dont il ne sortirait pas vainqueur.

CHAPITRE 36

Jeudi 18 juin 2015

18h57

Tantôt avachi dans son canapé, tantôt tournant en rond, Pat errait dans le salon. La police de *Fitzgibbon* et le futur *superintendent* Erwann Finney avaient accepté d'attendre le lendemain pour recueillir son témoignage sur cette journée rocambolesque. Sa seule réjouissance immédiate survint en apprenant que son ex-femme, mise sur écoute, avait été prise en conversation avec un dirigeant de société à l'export. Ils avaient échangé sur l'impératif de nettoyer une histoire ayant impacté sa famille. Elle serait entendue au plus vite sur le sujet. Depuis midi, il n'avait pas revu Peter, et même en tentant de le joindre, il n'obtint aucune réponse.

Dix-neuf heures sonnèrent, sa nervosité reprit le dessus. Discuter avec son fils, tout mettre en œuvre pour retrouver Emmy, ces impératifs lui coupèrent l'appétit et encore plus l'envie de dévisser sa bouteille de *whiskey*. Il jeta à la poubelle le mot qu'il avait laissé sur la table pour Peter, puis descendit au sous-sol pour quitter son apparence calamiteuse.

On frappa à la porte. Pat tourna la tête vers l'escalier et souffla un grand coup sans arrêter de déboutonner ses manches. Son rythme cardiaque grimpa.

— C'est ouvert, Peter ! cria-t-il, parvenu en haut des escaliers.

La porte s'ouvrit. Le vrombissement du trafic s'engouffra à l'intérieur, puis le claquement de la porte ramena le silence. Pat se hâta dans le couloir. Il tomba nez à nez avec Aaron, animé d'un regard excité contrastant avec son teint livide et ses cheveux ébouriffés. La joie naissante de Pat se dissipa.

— Tu es déjà dehors ?

— J'ai écourté mon séjour. Je pars retrouver Emmy.

— Toi ? Mais où ? l'interrogea Pat sans tact.

— À Paris ! Je sais qu'elle y est, je l'ai ressenti !

En transe, Aaron ouvrit ses bras, paumes étirées pour prouver l'émotion encore éprouvée. Sans approbation dans le regard de Pat, il referma ses poings.

— Je n'ai plus que ça... Plus qu'à croire que mon rêve prenne vie.

— Pourquoi serait-elle là-bas ?

— Je l'ai vécu la nuit dernière. C'était si fort, si réel. J'allais lui parler quand on m'a réveillé.

Pat ne put cacher son avis dubitatif avant de faire le ménage dans ses pensées et constater le peu de branches fébriles auxquelles ils pouvaient s'agripper.

— Mon rêve à moi est que le tien soit vrai. Quand pars-tu ?

— Le dernier vol pour Paris est à 22h31. Quel que soit le prix du billet, je serai à bord, pour de bon, cette fois-ci.

— J'aimerais te donner quelque chose, au cas où tu... Accorde-moi une minute.

Assis dans le salon, Aaron peinait encore à récupérer de son effort presque surhumain pour accourir jusqu'à *Ballybough road*. Bien qu'il en eût l'envie, il se refusa à descendre et entrer dans la chambre d'Emmy, y respirer son odeur à travers ses affaires restées figées, par peur de perturber sa nuit de rêverie encore en mémoire.

Pat réapparut d'un pas timoré et vint s'asseoir à côté d'Aaron. Il lui tendit une enveloppe rose avec, à l'intérieur, une carte d'anniversaire écrite trois ans auparavant pour les vingt ans de sa fille. Aaron lut dans les yeux de Pat toute la tristesse d'un père hanté par une nouvelle désillusion. Il ressentit ses doigts empreints de fébrilité au moment de lâcher l'enveloppe. Son soupir lourd ne trompait pas, son épuisement était total.

— Je vais espérer qu'un jour elle me sourira à nouveau. C'est pour elle.

— Vous allez bien ? Vous avez l'air autant en forme que moi ! l'interrogea Aaron avec un léger rictus.

Pat s'enfonça davantage dans son canapé et frotta ses yeux lourds cernés.

— Depuis hier soir, chaque heure a été une épreuve et à chaque fois imprévisible. Mais nous en reparlerons à ton... votre retour, se reprit Pat, droit dans les yeux d'Aaron.

— Sans elle, je continue à vivre éteint. Durant tout ce temps, j'ai perdu ma drogue, ma dose d'adrénaline, celle sans qui je n'arrive plus à réinventer chaque jour. J'ai déjà la sensation de l'avoir perdue toute une vie.

— Et si...

La note de pessimisme de Pat, devenu muet, raviva la flamme intérieure qui habitait Aaron.

— J'aime Emmy et sans elle, ma vie n'est plus un jeu.

Pat manqua de mot. L'amour d'Aaron pour sa fille, qu'il avait longtemps vu comme néfaste à long terme, devenait sa meilleure chance. Sur le perron, ils se saluèrent. Pat hésita à le serrer dans ses bras comme il l'aurait fait avec ses enfants. Mais il renonça.

— Tu as revu Peter ?

— Oui, ce matin à l'hôpital. Je n'ai pas réussi à le joindre, alors quand il rentrera, remerciez-le de ma part. Sans qu'il se décide à m'envoyer l'enveloppe verte, rien ne serait arrivé.

— Qu'en pensera Megan ?

— Elle comprendra. Il le faudra.

CHAPITRE 37

Jeudi 18 juin 2015

19h12

Megan lui sauta au cou dans une étreinte étouffante. Elle avait eu si peur pour l'homme qui partageait sa vie, qu'elle ne s'en cacha pas. Elle l'assaillit de questions d'un débit bourdonnant, mais lui resta muet, fatigué. Plus que jamais décidé.

— J'appelle tout de suite tes parents, s'empressa-t-elle de dire en récupérant son portable sur son oreiller, après être resté à attendre sur son lit.

— Non ! Je le ferai plus tard. Je voudrais juste que tu m'écoutes.

— Tu dois te reposer. Et pourquoi personne ne m'a prévenue de ta sortie ?

— Écoute-moi ! cria-t-il.

Megan sursauta et prit enfin le temps d'apprécier en détail l'attitude de son homme. Son euphorie s'estompa.

— C'est évident... Personne ne t'a autorisé à sortir ? Tu te rends compte de ton état ? Il faut que je te ramène à l'hôpital.

Comme elle ne l'écoutait toujours pas, Aaron fila dans leur chambre. Il ajouta à la hâte des affaires dans son sac.

— Tu n'as pas besoin d'autant d'affaires, je t'en rapporterai si besoin.

— Je ne crois pas que ce soit possible, lâcha-t-il tout en continuant, sans lui adresser un regard.

— Et pourquoi cela ? répondit-elle d'un timbre plus piquant.

Megan sentit une dose d'imprévu s'annoncer quand il se tourna enfin vers elle et inspira lourdement.

— Je pars, Megan. Je vais la retrouver, osa-t-il enfin.

— Mais reviens sur terre, Aaron ! Elle est morte !

— Plus depuis aujourd'hui.

— Ah oui et comment ? Elle a le don de ressusciter ?

— Celui qui a commis le meurtre a avoué... Ce n'était pas elle.

Megan tressaillit, se sentit au bord du malaise. Aaron ne se précipita pas vers elle. Le silence s'imposa. Il tira la fermeture éclair de son sac et le jeta sur son épaule. Le voyant prêt à s'envoler, Megan se décala de deux pas, lui fit face en barrant la sortie de la chambre.

— Alors c'était elle ?

— ...

— Tout ce qui t'éloignait de moi, de nous. Tout ce qui t'a rendu si étrange, si enfantin ces derniers jours. Tu perds ton temps. Tu ne la reverras pas !

Megan libéra sa rage en frappant la porte du poing, y laissant une marque et un soupçon d'émail de sa bague, sans en ressentir le moindre mal.

— Elle est partie, elle t'a quitté depuis trois ans. Et moi, je suis là ! On s'aime, on vient d'emménager, ta famille m'adore, je t'en prie... Ne gâche pas tout ! implora-t-elle en portant sa main rougie sur le visage d'Aaron et poursuivit d'une caresse langoureuse.

Embarrassé, il saisit sa main, la serra un instant puis l'écarta. Son regard criait sa désolation. Celui de Megan s'était chargé de venin.

— Tu me repousses ? Moi qui t'ai récupéré en miettes, relevé de tes malheurs ? Moi qui ai toujours été là, qui ai tout fait pour toi ? Je n'ai été qu'un jeu ?

Ses élans de tendresse devinrent des coups sur son torse, de plus en plus violents.

— L'évidence m'a rattrapé, je n'y peux rien ! répondit-il en bloquant la main de Megan.

— Mais tu ne la retrouveras pas ! Et malgré cette certitude, tu vas détruire notre vie de couple qui a tout pour être épanouie. Réfléchis !

— Je sais aujourd'hui que notre vie n'est pas la mienne, pas celle qui s'est forgée en moi.

Aaron posa ses mains sur les épaules de Megan, lui dégagea en arrière des mèches de cheveux, conscient de l'instant douloureux.

— On doit arrêter là. Je suis désolé.

Elle le repoussa et s'esquiva jusqu'à la fenêtre du salon d'où elle se rongea les ongles couverts de vernis émeraude, comme Aaron les aimait. Sans se retourner, elle l'entendit se rapprocher.

— Tu vas me laisser ici toute seule. À souffrir ?

— Emmy aussi a beaucoup souffert, et depuis toute son enfance brisée. Il est temps pour moi de lui prouver que son passé ne m'effraie pas. De la sauver de ce qui la rongeait en silence.

Megan exhala un soupir si douloureux, qu'il l'obligea à se recroqueviller. Aaron consulta l'horloge du salon, il devait décamper. Malgré le mal-être de Megan, il se dirigea vers la porte.

— Avant que tu te décides à quitter cet appartement, tu dois savoir une dernière chose, dit-elle, tournée vers Aaron, les yeux rougis.

Mais il souhaitait ne plus rien entendre et lui adressa une intention négative de la tête. Elle le rejoignit avec un regard blessé, aussi déterminée que lui, tandis qu'il s'avançait vers la porte pour foncer à l'aéroport. Megan tenta le tout pour le tout. Elle planta avec force ses griffes sur son biceps et agrippa son pull pour l'attirer vers elle. Elle lui susurra à l'oreille quelques mots, un aveu infâme, puis affirma : « Je t'assure que tu changeras d'avis ! ».

CHAPITRE 38

Vendredi 19 juin 2015

10h

Aaron atterrit à Paris. Ce qui manquait dans sa récente nuit d'ivresse s'y trouvait désormais. L'agitation de la capitale, les odeurs urbaines et cet air épais manifeste complétèrent l'ambiance préalablement désirée. Après une courte nuit passée dans un vieil hôtel du quartier de la gare de Lyon, Aaron démarra ses recherches, celles de sa dose d'adrénaline, en arpentant les rues parisiennes. Il se rendit instinctivement dans l'*Irish corner* du cinquième arrondissement, puis entra dans chacun des pubs *Place de la Contrescarpe*, et enfin au *Centre Culturel irlandais*. Personne ne lui confirma connaître ou avoir croisé, Emmy.

À côté des mères promenant leurs enfants et face au groupe de papys jouant aux boules, Aaron se posa ensuite aux *Arènes de Lutèce*. Il y fit un premier point, mais ne s'avoua pas vaincu et quitta le parc. En franchissant le portail, un bruit métallique l'interpella. Il vit un homme attacher son vélo contre les grilles du parc. Aaron partit dans sa direction, l'ausculta de haut en bas puis fixa son sac à dos.

— Combien pour ton vélo et ton sac ? tenta Aaron en français, avec un sourire pour le cycliste.

Accroupi et ses mains occupées sur le cadenas, le livreur ne cacha pas sa surprise en dévisageant Aaron avec son accent anglophone.

— Ce sont mes outils de travail, aucun n'est à vendre.

— Où est-ce que je peux trouver les mêmes ?

— Présente-toi à l'agence, ils recherchent souvent des livreurs. Tu connais bien Paris ? répondit le coursier en signalant du pouce le nom de sa boîte sur son sac.

— Je viens d'arriver et je ne recherche pas de boulot. Je veux juste ton vélo et ton sac.

Le livreur rit de la requête d'Aron, puis il réfléchit un instant en caressant sa barbe de Hipster.

— Combien tu m'en proposes ?

— Cinq cents ?

— T'es loin du compte. Une bécane «*custom*» comme la mienne vaut au bas mot dans les mille cinq ! protesta-t-il en détaillant les nombreux avantages de sa monture personnalisée.

— Alors, cent pour ton sac ?

Le Hipster resta figé et cherchait à décoder l'attitude d'Aaron pour savoir s'il blaguait. Qui voudrait de son sac ?

— T'es bizarre comme mec, mais c'est ton problème.

Le livreur se déchargea rapidement de son sac, le lui tendit d'une main, et de l'autre attendit la monnaie, paume ouverte. Aaron régla la somme.

— Tu aimes la cuisine indienne, tout ce qui est à base de curry ?

— Oui, pourquoi ?

— C'est ton jour de chance. Le repas est offert et encore tout chaud. Y'a même un dessert à base de lait de coco, un délice.

Aaron endossa son nouvel accessoire et jeta un dernier regard vers le *fixie man*[75] qui dégaina son portable de sa poche de cuissard. Celui-ci appela son boss et d'un ton catastrophé expliquait qu'il venait de se faire voler son sac, que la course était perdue. Il salua Aaron et disparut au guidon de son vélo noir et aux roues à bâtons verts.

Après s'être renseigné dans un magasin de photo, il ressortit avec ce qu'il souhaitait. Sur sa besace, qui disposait d'une glissière transparente réservée pour l'encart publicitaire des livraisons de repas, Aaron la remplaça par un agrandissement de la photo d'Emmy et un bandeau papier au bas : «Recherche Emmy, la femme de ma vie. Help !». Après deux journées marathons et des pieds recouverts de

75 - Homme sur un vélo urbain disposant d'une seule vitesse et souvent dépourvu de freins.

cloques, Aaron choisit de camper plusieurs heures dans les endroits les plus touristiques, s'attirant les rires ou l'indifférence si glaciale, mais bien réelle, des citadins. Touché, mais pas encore coulé, il cassa sa tirelire et s'offrit un *fixie* d'occasion. Il se laissa guider au feeling des directions possibles dans les rues de la capitale, quand il ne profitait pas du sillage d'un livreur à vélo croisé en route.

Dix jours passèrent, ses économies s'amenuisaient et la trace d'Emmy ne se dessinait nulle part. Aaron prit conscience que Paris était une véritable fourmilière qu'il ne maîtrisait pas. Il revendit son *fixie* pour une bouchée de pain, là où il l'avait acheté quelques jours plus tôt. L'enchantement du voyage et de sa quête perdait de sa flamme, autant que sa forme physique et psychique. Nostalgique et ne trouvant plus de repère dans cette capitale, il partit vers le dernier réconfort qu'il entrevoyait avant de rentrer au pays, là où il avait tout perdu, définitivement.

Près des quais de la *Seine* et de *Notre-Dame de Paris*, Aaron franchit le seuil de *Shakespeare & Company*. Cette librairie était désordonnée, garnie de multiples étagères sur chaque mètre de mur disponible et retenait une quantité de livres qu'un homme ne pourrait avoir le temps de lire en une seule vie, et où seuls les non-claustrophobes pouvaient s'y plaire. L'odeur d'un livre ancien que l'on ressort d'un grenier, démultipliée par la quantité d'ouvrages qui l'entouraient, envahit ses narines. La femme à la caisse l'accueillit d'un bonjour à l'accent anglais. À l'étage, encore plus de foutoirs l'attendaient. À côté d'un vieux piano où ronronnait un chat souffrant d'embonpoint, un écrivain était avachi sur un lit de fortune. Il releva un œil par-dessus son bouquin décharné pour conseiller Aaron.

— Je cherche *Ulysse*.

— Figurez-vous que moi aussi ! Des semaines ! On doit nous le rapporter depuis des semaines, pesta-t-il en réveillant le chat qui vint se caler sur son ventre.

— Vous n'en avez qu'un exemplaire ?

— Ce n'est pas un ouvrage à vendre. De toute façon, les

lecteurs ne l'achètent plus. Je l'ai prêté et j'espère chaque jour qu'elle revienne le rendre avant que je termine ma période d'inspiration parisienne.

L'écrivain-vendeur chassa le matou qui roula sur le matelas, puis s'assit au bord du lit.

— Certes, c'est un pavé, mais un chef-d'œuvre de ce rang se dévore. Il faut quoi, un mois tout au plus pour en venir à bout. La lecture ne doit pas être son fort, c'est évident. Comme quoi, être une beauté et cultivée ne va pas toujours de pair.

— Mon ancienne copine aussi avait...

— La vingtaine, des cheveux mi-longs tirant sur le roux, des yeux verts dont on ne se lasse pas. Et trois grains de beauté sur le visage qui subliment tout son charme. Une Écossaise ayant du sang des *Highlands* m'a-t-elle dit. Quand j'ai voulu évoquer avec elle le pays, j'ai vite compris qu'elle connaissait l'Écosse comme moi le Pérou. Bref, ça fait bien deux mois qu'elle me l'a emprunté et j'espère bien le reprendre entre mes mains au plus vite. Mais impossible de retrouver sa trace, même en tapant son nom sur Internet.

Très intéressé, Aaron s'était assis sans gêne, aux côtés de l'écrivain, sous le regard du chat qui se lécha les moustaches avant de poursuivre sa journée de sommeil. Quand il put en placer une, Aaron expliqua son histoire au bouquiniste d'intérim.

— Vous connaissez son nom ?

— Je vends des livres, mon garçon, pas des fichiers de clientèle.

— Alors je suis votre homme. Je vais vous aider à retrouver *Ulysse* !

Ils descendirent au comptoir et grâce à l'ordinateur vétuste, la propriétaire des lieux leur trouva l'identité de cette jeune femme : Norah Dorfea.

Aaron, qui était encore chargé d'espoir, s'effondra aussitôt. Il salua le bouquiniste et la propriétaire d'un hochement de tête, puis quitta la boutique pour se laisser happer par le vacarme ambulant. Sans impératif, il resta un moment immobile sur la placette de la boutique, à noyer sa confusion face à la cathédrale monumentale. Exténué, il se posa à côté d'une lectrice assise sur le banc encerclant un magnolia en fleur. La fille lisait tout en écoutant de la musique. La puissance du son parvenait jusqu'à Aaron. Il jeta un œil vers sa voisine, à sa lecture puis à sa couverture. Elle était plongée dans « *L'étrange cas du Docteur Jekyll et de M. Hyde* », version anglaise. Trop bruyante à son goût, il la quitta et traversa la route pour se pencher vers la *Seine*. C'était écrit, il devait rentrer et construire une nouvelle vie, une nouvelle fois contre son gré. Il essaya de faire le vide et revint près du banc au magnolia, fixa à nouveau cette lectrice férue de musique. Un éclair d'espoir le transperça. Prêt à jeter ses dernières forces dans la bataille, comme lors d'un match de *hurling*, Aaron devait se surpasser pour jouer les prolongations. Captivé par son objectif, il retraversa la route encombrée, s'attirant la foudre des conducteurs et surgit dans la librairie. L'écrivain bouquiniste, surpris, se tourna vers lui.

— Je reviendrai ici chaque jour tant que vous n'aurez pas récupéré *Ulysse* !

Aaron était resté à Paris. Pendant plus d'un mois, chaque jour il se rendit à *Shakespeare & Company*, rentrait chaque soir un peu plus déçu. Et chaque jour, il vidait un peu plus son compte en banque. Quasiment à sec, pour anticiper la santé de son solde proche du nul, il avait prévenu ses parents et demandé à Pat Highdall de l'aider en revendant tout ce qui lui appartenait encore dans le garage de ses parents. Tout y passa, même si à chaque fois, Pat le dissuadait de céder au rabais tout ce qu'il possédait. Les époux Cunningham s'effarèrent à chaque visite de Pat, mais la mère d'Aaron réussit à chaque fois à convaincre son mari de respecter le souhait de leur fils. Une obstination qu'elle aurait aimé retrouver chez Desmond dans pareille situation. Ce qu'Aaron avait emporté à Paris était désormais tout ce qui lui restait.

Un lundi au début de journée sans saveur, Aaron s'était levé plus tard que d'habitude, avait traîné des pieds pour se préparer. Fatigué et démotivé, il partit s'asseoir avec une bonne heure de retard sur le banc au magnolia. Sous sa coiffure rose pâle devenue familière, il se tenait dos à la boutique à cause du soleil agressant la vue, quand il entendit par la porte ouverte l'écrivain-vendeur exulter. Aaron crut qu'il avait enfin achevé son recueil de nouvelles parisiennes et qu'il s'imaginait déjà en écouler des milliers d'exemplaires. Dans la foulée, l'écrivain se présenta sur le seuil de la boutique et chercha dehors. Apercevant la silhouette d'Aaron de dos, il le héla.

— Je vais pouvoir repartir l'esprit tranquille ! dit-il enjoué en agitant un épais livre à la couverture vert bouteille.

— Elle vous l'a ramené ? s'en émeut Aaron qui bondit de son banc.

— *Ulysse* est de retour !

En revenant chez le libraire pour examiner l'ouvrage retrouvé, le propriétaire lui indiqua en rigolant que cette pseudo-Écossaise était finalement irlandaise, mais qu'elle lui avait caché son identité par honte de n'avoir jamais lu l'œuvre de James Joyce. En dédommagement du retard, elle lui avait même apporté une boîte de tartelettes colorées et un petit mot d'excuse avec ses impressions sur le livre. Aaron le lut. Cette écriture le foudroya.

— Où est-elle ? paniqua Aaron en guettant nerveusement les alentours.

Le libraire haussa les épaules tout en conservant son sourire béat.

— Je vends des livres, pas des GPS. Mais plus ici, c'est une certitude.

Aaron attendait ce moment depuis trop longtemps. La dernière minute de son match était arrivée, c'était maintenant qu'elle se jouait, que se profilait l'infime espoir des prolongations. Il sprinta vers *Notre-Dame* en criant sans interruption. Si bon nombre de gens se retournèrent perplexes sur lui ou le prirent pour un fou à sa mine rouge écarlate, il ne reconnut aucun visage. Le temps s'écoulait trop vite et les personnes se déplaçaient à l'image d'une fourmilière. Il se hâta de rebrousser chemin pour s'attaquer aux ruelles derrière la librairie. Une première, une seconde puis encore d'autres à proximité puis… c'était trop tard. Il avait ratissé au plus large et tant donné, pour finir avec le goût du sang dans la bouche et la sensation des poumons décollés.

De retour à la boutique, Aaron était prêt à acheter le bout de papier. La gérante s'en amusa et le lui donna bien volontiers. Il le rangea dans la poche de sa veste, côté cœur, puis s'éclipsa tout proche, au *Square René Viviani*. Seul sur un banc, il relut le recto, puis découvrit le verso. Emmy le mentionnait, en citant que son ex-copain aurait été fier d'elle d'avoir enfin élevé sa culture nationale. Il scruta l'écriture d'Emmy et devint larmoyant sans s'en rendre compte en effleurant de l'index, l'empreinte des lettres creusée au stylo-bille vert.

Une ombre grandissante masqua la lumière du soleil devant lui jusqu'à le plonger dans l'ombre. Il leva les yeux tout en serrant fermement son trésor. Mais celui-ci ne se trouvait plus entre ses mains.

CHAPITRE 39

Lundi 27 juillet 2015

10h31

— Pourquoi ?

Aaron était resté assis, cloué sur le banc. Il la dévorait avec des yeux chargés d'émotion et priait pour que cet instant ne soit pas un nouveau rêve.

— Je ne sais pas comment te le demander autrement, alors pourquoi ? répéta-t-il.

— Et toi ? Pourquoi ne venir que maintenant ? Il y a trois ans que tu aurais dû relever ce défi !

— Mais Emmy, j'ai eu ton courrier par Peter que depuis peu ! À la seconde où j'ai compris, j'ai tout mis en œuvre pour te retrouver !

— Peter ? L'enveloppe verte était glissée dans ta boîte de Monopoly. Après cette partie que nous n'avons jamais terminée. J'espérais bien qu'en récupérant ton jeu, tu retrouverais ma trace !

— Peu importe, l'essentiel est de t'avoir enfin retrouvée. En quelques jours, j'ai enfin réussi à analyser ton défi, décrypter la piste que tu m'avais laissée.

Emmy ne se sentait pas à l'aise avec Aaron, ne retrouvant pas cette étincelle qui les unissait auparavant.

— C'est... tard ! J'ai longtemps espéré, même prié maintes fois. Et, à bout de forces et de désespoir, j'ai dû me résoudre à penser que tu ne souhaitais plus envisager ta vie avec moi. Imagine-moi, ici tous ces jours, et ne jamais te voir me rejoindre !

— Pour en être si certaine, tu aurais dû rentrer. Abandonner cette obsession du jeu.

Emmy s'assit à sa droite, assez proche, mais sans plus

d'affection. Lui prendre la main la tentait, mais elle se retint en joignant les siennes.

— Le soir où ma vie a basculé a été le pire des cauchemars auxquels moi-même je n'aurais jamais pensé. J'ai été traquée ! J'ai cru mourir plusieurs fois en une seule nuit, après avoir croisé tous ces monstres qui voulaient me faire disparaître. Quand j'ai eu l'idée de te proposer ce dernier jeu pour quitter cet avenir incertain sur notre île, c'est parce qu'un officier m'avait promis de l'argent. Une grosse somme immédiate si je me taisais. J'ai joué ma chance. Et je l'ai jouée jusqu'au bout.

— Te taire ? Mais de quoi ?

— On s'en fout ! s'énerva Emmy avec un regard sombre. Je devais quitter l'Irlande et j'ai saisi cette possibilité d'une nouvelle vie, en espérant la reconstruire ailleurs et avec toi ! Mais rien ne s'est passé comme prévu. L'argent devait se trouver dans une voiture. Au volant, c'était le dealer qui cherchait à enrôler Peter dans leur trafic, le jour même. Et j'ai vite compris que ce n'était pas à l'aéroport qu'il m'emmenait. Pour m'en sortir, je devais l'attendrir, j'ai dû... J'ai dû me montrer entreprenante... Emmy cessa de parler et ferma les yeux. Ses mâchoires resserrées tremblaient. Visualiser à nouveau ce souvenir effroyable la déchirait encore.

— Passons ! le somma-t-elle d'un balai de la main.

Elle reprit son souffle et se tint prête à reprendre, sans adresser un regard à Aaron.

— Quand il s'est mis à accélérer pour griller le feu rouge et prendre ce virage à droite, j'ai su que c'était maintenant si je ne voulais pas mourir d'un instant à l'autre. J'ai eu cette pulsion. C'était instinctif ! J'ai tiré le frein à main et appuyé sur l'attache de sa ceinture en même temps. La voiture est partie de travers. Sur le coup, j'ai cru me briser la nuque. On a atterri contre un lampadaire. J'étais sonnée, mais j'ai pu ouvrir la porte et récupérer tout le pognon qu'il gardait dans la boîte à gants. Il y avait largement de quoi démarrer une vie ici ! Mais j'ai dû faire une croix sur ma valise retenue dans le coffre verrouillé. J'ai pourtant essayé, mais il a failli me prendre par surprise. Je l'entends encore me hurler de revenir ou alors j'allais mourir.

Tous deux éprouvés par le récit, un silence glacial suivit.

— Ermingh ne pourra plus te nuire. Il a été mis en taule. Avant, tu es passée pour morte, jetée dans les eaux de *Poolbeg*. Depuis tout ce temps, ton père te pleure et honore chaque date d'anniversaire de ton... « non-décès ».

— Quand j'ai compris de quoi Ermingh était capable, j'étais forcée de partir. Je préférais tous vous perdre, mais vous savoir vivants.

— Et ta famille, tous ces gens qui comptaient pour toi, ils ne t'ont jamais manqué ? On ne t'a jamais manqué au point de tenter de rentrer malgré le risque ? s'en attrista Aaron, gagné par l'émotion.

— Qu'est-ce que tu crois, j'ai bien essayé ! Au bout d'un an, j'en ai eu assez et une amie irlandaise rencontrée ici, devait rentrer à Dublin pour quelque temps. Elle a accepté de me rendre ce service et s'informer sur la situation là-bas. Elle avait réussi à suivre mon père qui se rendait à *Poolbeg*. Quand elle s'est décidée à l'approcher, il a fallu qu'Ermingh débarque. J'ai alors su qu'un retour, ou ne serait-ce qu'un contact, était impossible. J'aurais mis tous mes proches en danger, et continuer à vivre avec ce poids du sang sur les mains m'horrifiait. J'ai dû renoncer.

— Quel est le problème avec Ermingh ?

— Ermingh n'est qu'une conséquence. Le problème, Megan t'en a parlé.

— Megan ?

La stupeur se lut sur le visage d'Aaron.

— Ne me prends pas pour une conne. Ce soir-là, j'ai su par Hailey que tu étais au pub avec cette garce. Tu n'as jamais décroché cette nuit où ma vie en dépendait. J'ai même longtemps cru que c'était un signe, qu'il me fallait avancer sans toi.

La sensation d'un coup de poignard perçant lentement son cœur, saisit Aaron d'un tressaillement en avant. Il l'accepta.

— Oui, je sais ce que tu as toujours voulu garder pour toi, ce qui t'a rongé toutes ces années. Tu n'as rien fait de mal et tu dois encore moins te sentir fautive. On t'a sali et pas l'inverse !

— Elle t'en a vraiment parlé alors ? répondit Emmy, meurtrie.

Elle tourna sa tête pour lire l'expression d'Aaron. Le souvenir de cette nuit où tout avait basculé en Irlande défila à toute vitesse, lui raviva une profonde blessure. Elle se revoyait devant la porte de chez Megan et l'entendait encore lui dire qu'elle dévoilerait son secret à Aaron. Aaron osa enfin lui attraper la main. Toucher sa peau humidifiée par le stress lui ramena un sentiment de plénitude, comme si rien n'avait changé. Mais après une seconde de plaisir partagé, elle l'ôta.

— Oui. Et aujourd'hui je vais t'en délivrer. Crois-moi.

— J'ai grandi avec. J'arriverai à survivre encore avec.

— Megan m'a tout avoué.

— Tu crois que je ne le sais pas ! riposta-t-elle de rage en portant un coup de poing sur le torse d'Aaron.

Avant qu'elle ne l'atteigne, il lui empoigna l'avant-bras puis la secoua avec retenue.

— Écoute-moi, Emmy ! Ce dont tu te souviens avoir vécu avec ce prêtre... C'est un mensonge de Megan ! Un transfert de sa part ! Aussi tordu que cela puisse paraître, c'est elle qui a vécu ces horreurs ! Et c'est elle qui t'a persuadé que tu en avais été la victime. Toi, tu as été victime de l'emprise de Megan !

Emmy se dégagea violemment d'Aaron.

— Tu ne sais pas de quoi tu parles ! C'est impossible !

L'attitude d'Aaron l'excéda autant que de renouer avec les méandres de son enfance. Elle se leva pour quitter le parc. Quitte à se donner en spectacle devant les badauds qui les épiaient déjà, Aaron tenta de la retenir par la main, mais elle l'esquiva.

— Tu étais sous l'emprise de Megan. Tu me l'avais dit toi-même. Plus jeune, tu l'admirais. Tu connaissais l'église et ce prêtre aussi bien qu'elle. Elle t'a bourré le crâne en te martelant tout ce qui te serait arrivé, elle t'a manipulée !

Emmy s'était arrêtée, avait haussé ses épaules avant de souffler et revenir au pas de charge jusqu'à Aaron.

— C'est n'importe quoi ! Je sais mieux que personne ce que j'ai vécu. Une seule fois a suffi pour me briser. Je revois encore chaque geste, je me revois être forcée à genoux ! Ces putains de genoux qui ont claqué le sol et qui sont restés broyés contre la pierre. Megan n'aurait jamais dû en parler.

— Comment Megan saurait toute ton histoire, récitée à la perfection ?

— Parce que je lui ai tout raconté ! Parce qu'elle a tout vu ! Elle m'a aidé à me souvenir de ce cauchemar. Chez moi, à l'école, plusieurs fois, en faisant heurter mes genoux à chaque fois...

— Réfléchis ! Comment aurait-elle pu te détailler chaque scène, chaque geste ? Megan t'a trahie pour se protéger, car c'était inconcevable pour elle d'être une victime. Depuis son enfance, elle a toujours eu la volonté et le sentiment d'être mieux que les autres. Elle s'est enfermée dans le déni et a transféré son malheur sur quelqu'un de proche, quelqu'un qui la considérait trop pour s'opposer. Et avec qui partageait-elle en grande partie son quotidien ? Toi ! Elle a fait de son souvenir refoulé, ta destruction. Les enfants aux gueules d'ange qui sont en réalité de véritables tyrans, ça existe ! Dans chaque école, chaque classe, il y en a toujours un ou une qui terrorise. On en a tous connu ! Aujourd'hui encore, il doit y en avoir des milliers au bas mot qui anéantissent ceux qu'ils estiment plus faibles.

Prise d'étourdissements au fil de l'argumentaire d'Aaron, Emmy se décida à se rasseoir auprès de lui. Sa prestance naturelle s'était congelée. Incapable de se convaincre de cette révélation, tout se mêlait dans sa tête. Encore campée sur sa position, elle se tourna vers Aaron pour l'affirmer, mais elle vit dans son regard qu'il n'avait jamais perdu cette lueur d'amour et de sincérité à son égard. Il ne jouait pas.

— Comment pourrais-je y croire ! C'est tordu. Complètement tordu ! C'est injuste ! Qu'aurais-je fait pour mériter de vivre avec ce poids éreintant jusqu'à aujourd'hui ? Comment une amie pourrait s'acharner sur moi à ce point ? Ce souvenir m'a conditionnée !

— Si un jour tu décides de la revoir, elle te redira mot pour mot cette vérité.

— Il le faudra. Mais même en l'entendant, je n'imagine pas un instant qu'il puisse me quitter... C'est inimaginable... Je ressens encore sa présence, son odeur, ses...

Emmy ne put poursuivre. Cette guerre intérieure et dévastatrice la rendit tremblante et transpirante.

— Ce bourreau de prêtre ne touchera plus jamais personne. Il a été retrouvé brûlé dans l'isoloir de son église.

Aaron se dépêcha de sortir une photocopie d'un *Irish Times* récent. Un large article relatait l'arrestation du *superintendent* Ermingh par un certain Erwan Finney. Sur la photo en couleurs, la tête gardée haute et fière d'Ermingh arborait des balafres juste au-dessus de la mâchoire côté droit et au menton. Elle se souvenait bien de cet homme ayant pénétré son domicile et son cerveau. Sous cet article et sans lien direct dans cette édition, figurait aussi l'incendie d'une église dublinoise avec la dépouille du prêtre ayant péri dans son confessionnal. Il n'y avait pas d'images pour celui-ci. Emmy parcourut le papier, mais ne s'exprima pas. Trop d'informations bouleversantes rodaient au-dessus de son cerveau.

— Dans le cas où je te retrouverais, ton père a tenu à te remettre sa lettre, poursuivit-il en sourdine, en la lui tendant.

Emmy hésita à s'en saisir. Mais à l'évocation de son père, elle avait les yeux humides et chamboulés.

— Mon père se soucie de moi ?

— Plus que jamais, crois-moi.

— Le jour où je n'ai plus donné signe de vie, c'était justement celui où ma vie devait reprendre des couleurs. Je devais emménager dans la colocation, prendre la chambre d'Hailey suite à son départ en Espagne. Tout devait être une surprise ! Un jeu de piste t'attendait depuis *Connolly station*, là où nous avions fixé notre rendez-vous pour que tu me rejoignes à l'appartement. Mon père devait m'aider à déménager en récupérant une camionnette de son boulot, et en me préparant des cartons. Il avait la journée complète pour le peu de choses à charger. Mais en rentrant de l'Office de Tourisme, ce n'est pas en train de m'aider que je l'ai trouvé, mais en dépensant encore son temps et son argent au pub. J'ai compris qu'il n'était pas prêt à me laisser m'envoler. J'ai pété un plomb. Je savais qu'à la moindre occasion je saisirais la chance de changer ma vie. J'ai eu cet accrochage avec Matthew. J'en ai joué et le hasard m'a rattrapée. Lui aussi d'ailleurs, il est devenu des plus violents. Puis j'ai confronté ma soirée à mes démons. J'aurais pu rentrer directement, mais une force intérieure m'a guidée jusqu'à l'église. Et enfin, l'appât du gain par ce policier m'a éblouie. L'accepter était bien moins dangereux que de le refuser ! J'ai vraiment eu très peur, tu sais ! Mais on dit bien que quand les choses font peur, c'est qu'elles sont importantes. Alors je me suis dépêchée pour que cette chance te parvienne. Mais à notre manière, par le jeu, sans me douter de la destinée de mon enveloppe à indices. Puis il y a eu le taxi-dealer, et j'ai couru jusque chez Megan où, devant sa porte, ça s'est très mal passé. Enfin, j'ai patienté jusqu'au premier vol aux abords de l'aéroport, toute seule. Si je ne t'ai jamais appelé, c'est parce que j'étais persuadé qu'elle et toi... On peut dire que cette journée-là, rien ne s'est déroulé comme espéré ! Tout a été enchaînements et rebondissements. Voilà ce qui m'a amenée ici. Comme quoi, la vie est toujours surprenante.

— Je reste sans voix ! Donc le soir où avec ton père, nous sommes allés au poste de police, il savait. Il connaissait le point de départ de ta disparation. Je crois qu'au fond, ton père t'a toujours aimée.

Aaron accusa le coup et lui tendit à nouveau la lettre de Pat. Elle s'en saisit sans émotion.

— En dressant le bilan après toutes ces années, je n'y

crois pas.

— Tu as une famille, tu manques à trop de gens et puis tu as ton pays à retrouver.

— Mon frère, mon cher Peter a été placé. Là-dessus, j'ai fait plus que mon devoir. Mon père, c'en était trop. Certes, il m'a vue grandir, mais son rôle d'éducation, j'ai plus eu la conviction qu'il s'était inversé avec le temps. Ne plus le voir était mon moins mauvais choix pour pouvoir enfin vivre sans subir sa déchéance permanente. Et ma mère, jamais elle ne s'est vraiment souciée de nous, et encore moins de moi depuis leur séparation et son esprit viscéral de carriériste. À part une pile de cartes postales me permettant de suivre à quel point la vie qu'elle avait choisie en nous sacrifiant lui permettait de parcourir le monde, je ne saurais pas citer en quoi elle m'a aidée. Parlons des amies ! Tracy exilée à New York, Hailey happée par ses études *Erasmus* et projetant de s'installer pour de bon en Espagne, je n'avais plus d'amie proche sur qui compter. Vraiment plus rien pour vouloir rester en Irlande. Alors grâce à notre vie de défi, toute cette adrénaline qui me captivait et par tous ces malheurs, j'ai voulu me donner cette chance. Celle de nous offrir un nouveau départ, de relancer les dés. Les billets de Monopoly, la somme de vingt mille[76]. Un nouveau tour depuis la case départ. C'était ça le signe !

— Je l'ai compris. Sauf que Peter en avait brûlé un, ce qui m'a handicapé dans la résolution de l'énigme. Mais j'y suis arrivé. Un jour au boulot à *Guinness*, c'est un touriste qui m'a fait percuter. Il portait un sac à dos avec son étiquette d'embarquement encore accrochée. J'ai lu « E.L.5.5.3 », comme sur l'indice que tu avais laissé. Cette inscription m'a rappelé notre voyage aux États-Unis et je me suis empressé de rentrer pour vérifier quelle ligne de vol c'était. Paris est apparu, puis j'ai complété par les grilles de « *Greyhound Results* » pour l'heure de départ. Ton message qui suivait « S.C.O.R.E.D.R.A.W » me l'a définitivement confirmé. Tu t'attribuais dix points, le même avantage que

76 - Avant le passage à l'Euro, chaque joueur qui démarre un nouveau tour reçoit la somme de vingt-mille francs.

tu m'avais donné pour New York et notre score s'égalisait. Mais pour le médiator ?

Aaron marqua un temps d'arrêt en levant les mains. Un sourire en coin face à leur complicité des jeux qui revenait. Emmy enchaîna.

— Tu ne te rappelles pas du touriste français venu nous saluer après mon dernier spectacle où tu t'étais improvisé guitariste ? Il voulait nous voir ensemble sur scène à Paris. Encore un qui n'avait pas l'oreille musicale, t'avais-je même balancé !

— Ce détail flatteur me revient maintenant. Par contre, pour la couverture *Ulysse* de James Joyce, je dois avouer être fier de toi.

— Qu'as-tu fait des cinq cents euros laissés dans l'enveloppe ? C'était pour l'achat d'un billet aller et au moins deux nuits d'hôtel bon marché avancées par mes soins.

— Ton frère a dépensé les trois quarts de la somme pour ses frais personnels...

— C'est bien mon frère...

— Mais qu'as-tu fait tout ce temps, comment t'es-tu débrouillée pour rester ici ?

— Ne connaissant personne à Paris, je me suis dirigée au point le plus enraciné d'Irlande, donc au *Centre Culturel irlandais*. J'ai pu m'y poser un temps en louant une chambre. Mon parcours de danseuse m'y a aidée. Il y a des artistes en tout genre qui y défilent, alors je m'y suis fait des amis transitoires, et on m'a refilé des tuyaux.

— De quoi vis-tu ici ?

Emmy tarda à répondre. Son esprit ne parvenait pas à se détacher de cette idée, de l'emprise de Megan. Des bribes de souvenirs la rendaient absente, ses pensées se troublaient.

— Emmy ? Comment t'en sors-tu ici ?

— J'ai utilisé mes compétences en donnant quelques cours de *Ceili* et à côté de ça, signé régulièrement de maigres CDD sous-payés en restauration rapide ou mieux, en Office de Tourisme sur les périodes de vacances. Et en plus stable, j'ai fini par obtenir un temps partiel dans une biscuiterie tenue par une Irlandaise, *Broken Biscuits*, c'est juste excellent, comme chez *The Happy Pear*. Le tout cumulé, ce n'est pas le luxe, mais jusqu'à présent, je survis.

— Norah Dorfea, c'est qui ?

Emmy s'autorisa enfin un timide sourire.

— Je t'ai dit que ma mère ne m'avait jamais servi à rien. C'est à un détail près, vrai. Sur ma première fiche de renseignement à remplir, sans hésiter j'ai indiqué le nom de jeune fille de ma mère et son deuxième prénom. Jouer la détective, s'offrir une fausse identité, ne l'avons-nous pas déjà tant fait ? Malgré le contexte, ou peut-être devrais-je dire, à cause du contexte, mon désir de jouer s'était décuplé en arrivant ici, c'était devenu ma vie. Certains prennent de la marijuana, de la coke,… Moi c'était plus pur et impalpable, grâce à toi. Ma came c'était l'adrénaline. Vivre dès que possible la fraction de seconde, l'action où tout est enclenché et durant la seconde qui suit, l'extase qui fourmille dans le corps... En t'attendant, je ne voulais courir qu'après cela ! Plus toi ?

— Si ! Seulement... j'étais sans doute moins accro. Toi, tu t'y étais totalement convertie.

— Tu as vieilli. C'est tout, déplora-t-elle.

— Je ne l'appréciais qu'avec toi, c'était devenu la condition pour en profiter. C'est comme si tu étais celle qui me transfusait. Depuis que ma mère m'a donné ta lettre, je t'ai revue partout, tout le temps. Tu reprenais possession de mon cerveau, de mes pensées. Nos jeux, nos délires, l'inoubliable première fois sur mon Monopoly, j'ai tout vécu une nouvelle fois. Toute notre histoire m'a hantée ces derniers temps.

La connivence les aimanta à nouveau, en subissant cette attraction si forte l'un pour l'autre. Il lui prit la main et cette fois, elle la lui laissa.

— Tu te souviens de la crémaillère chez Hailey ? poursuivit Aaron.

— Comment pourrais-je oublier ma toute première fois ! Raconte-la-moi encore.

— J'étais venu accompagner Matthew qui avait des vues sur Hailey, et on ne se connaissait pas. Puis il y a eu la bénédiction du carton d'emménagement avec ces verres encore protégés dans du journal. Par ennui, tu avais déballé plusieurs verres. Tout le monde dansait, sauf nous deux. J'étais sur le canapé d'en face, dans le même état que toi. Je t'observais quelques fois, tu commençais un jeu de mots casés du journal. Puis on a échangé ce regard. À la grille suivante, tu m'as lancé cette boule de papier tel un dé. Qu'avais-tu entouré ?

— « O.N.S.E.M.M.E.R.D.E.N.O.N ».

— Et te souviens-tu de ma réponse ?

— « P.A.U.L.N.A.R.R.E.T.E.S.P.A.S.D.E.S.E.G.R.A.T.T.E.R.L.E.S.B.O.N.B.O.N.S ». J'ai cru que j'allais m'étouffer après avoir vérifié ce détail. Et en plus, il y allait vraiment de bon cœur !

— Puis très vite, l'idée du premier défi est apparue. Notre tout premier. Que tu ailles lui demander si tout allait bien pour lui. Pour un pauvre billet. Avant la surenchère...

— Et les dix points ? L'apothéose ! Que tu viennes enlever ce chat sournois qui me fixait au-dessus du canapé. J'étais certaine qu'il finirait par me griffer. Tu l'as chopé, mis dans le four, puis alerté Hailey que son félin tentait de se suicider. C'était très con, mais très drôle.

— Sauf qu'en apprenant que c'était mon idée, à cause de toi, elle m'en a voulu un moment. Je pense que tu t'en souviens bien ?

Elle acquiesça en élargissant son sourire, celui qui faisait monter ses grains de beauté, lui donnant cette expression si addictive. Comment avait-il pu vivre sans ? pensa-t-il. Ils auraient pu continuer des heures à se remémorer leurs souvenirs, leurs jeux, leur amour. Mais elle devait partir et rejoindre la biscuiterie. Il voulut l'accompagner, mais sa réponse négative le désarçonna. Emmy était angoissée. Revoir Aaron lui infligeait un choc auquel elle ne s'était pas préparée. Il lui demanda où elle habitait, son numéro, tout ce qui pourrait ne plus les séparer et insista pour qu'elle lui accorde sa journée du lendemain, lui certifiant qu'elle ne serait pas déçue. Toujours déboussolée de voir les choses s'enchaîner trop vite, elle refusa à nouveau l'invitation d'Aaron, celui qui avait partagé la vie de Megan, celle qui l'avait manipulée.

Aaron abattit sa dernière carte. Ils devraient se retrouver demain à dix heures devant le *Centre Culturel irlandais*, sans quoi, il la laisserait tranquille et rentrerait au pays. Mais la peur de la voir s'envoler le tirailla. Et si elle ne réapparaissait plus jamais ?

De retour dans sa chambre d'hôtel, Aaron appela Pat qui décrocha aussitôt, à l'affût de la moindre nouvelle concernant ses enfants.

— Il faut vendre tout ce qui me reste.

— J'aimerais te rendre ce service, Aaron. Mais Megan ne veut pas me laisser entrer. Je ne peux pas aller à son encontre. Et puis, il ne te reste plus grand-chose de tes souvenirs. Tu dois les garder, au risque de le regretter un jour.

— Il le faut. Ma mère ira et il faudra l'aider à tout récupérer.

— Tu n'essayerais pas me dire que... tu l'as..., se tut Pat, envahi par le stress.

— Je dois suivre une dernière fois mon instinct ! Vendez tout ce qui reste dans ce dernier carton. Je préfère l'espoir de nouveaux souvenirs à construire. J'ai besoin de cet argent. Et Peter ?

— Toujours rien. La police devient pessimiste, bredouilla Pat.

Aaron percevait les larmes de Pat couler et son état déplorable à travers le récepteur.

Cette nuit-là, il n'arrêta pas de tourner, virer, se réveiller en sursaut plusieurs fois. Toujours avec la même crainte, rongé par la peur de tout voir disparaître. Qu'elle ne réapparaisse jamais. Muré dans cette effroyable pensée, après que trois coups sonnèrent au carillon, il quitta sa chambre en furie. L'urgence de vérifier au plus vite le moindre détail attestant qu'il se trouvait réellement à Paris l'assaillit. Le veilleur de nuit qui le vit surgir pâle et peu vêtu, essaya de savoir ce qu'il se passait. Mais sans réponse d'Aaron qui passa la porte de l'hôtel, l'homme le suivit sur le trottoir. Il s'en grilla une autour d'une brève discussion avec son client en perdition. Puis il le raccompagna jusqu'à son numéro de chambre.

Une courte nuit faite de cauchemars le poursuivit. Quand le réveil sonna, Aaron se leva trop vite. Saisi de tournis, la force de lutter lui manqua. Il s'effondra. Pris d'un malaise vagal, Aaron s'en releva avec la perte de la notion du temps, la peur d'être en retard à son rendez-vous et qu'Emmy n'y soit plus. Quand il atteignit enfin le portail vert, Emmy trépignait. La découvrir, la redécouvrir, estompa ses traits tirés. Plus il s'en approchait et plus elle lui paraissait somptueuse dans sa veste de cuir violet, ravivant ses cheveux mi-longs de cette nouvelle couleur fauve. Il ne quitta pas ses yeux verts et craqua une nouvelle fois pour ses grains de beauté. D'un élan timide, il s'approcha et l'embrassa sur la joue, laissa ses lèvres collées une longue seconde. Elle accepta sans le lui rendre autrement que par un sourire hésitant.

— Nous allons finir cette partie, affirma Aaron au creux de son oreille.

— Je ne te suis pas, là...

— On va la vivre réellement !

— Toujours pas, secoua-t-elle la tête, encore perplexe.

Il la saisit par la taille pour la placer dos à la porte de gauche et, le sourire aux lèvres, sortit des liasses de ses deux poches.

— Ici, nous sommes sur la case départ, mais équipiers, pour une fois. Voici cent cinquante mille francs pour toi. Notre dé, enfin le taxi, va passer nous prendre. Nous allons parcourir Paris comme un tour de Monopoly ! En deux jours, on fera le tour complet.

— Je ne suis pas libre demain.

— Rappelle-toi ! Tous ces noms de boulevards, ces avenues, ces rues, on les connaît par cœur sans avoir la moindre image en tête !

Le taxi se gara. Il lui demanda sa main et déposa au creux de celle-ci son pion, celui en haut-de-forme. Le sien, c'était le bateau en plomb. Empreints d'une excitation salvatrice, les deux joueurs s'installèrent sur la banquette arrière. Aaron sortit son plan de route, la photocopie couleur de la planche de l'ancienne édition de Paris.

— Direction le *boulevard de Belleville*, s'il vous plaît.

Le chauffeur se tourna vers les deux jeunes et toisa Aaron, bien trop jovial à son goût. Puis il jeta un œil vers Emmy, souriante, mais gênée. Il desserra le frein à main.

— C'est parti ! répondit le conducteur.

— Ensuite, nous nous rendrons rue *Lecourbe* et ?

— La gare *Montparnasse* ! rétorqua Emmy qui revenait dans ce souvenir du jeu.

— Pour commencer, glissa Aaron à l'oreille d'Emmy en prenant son temps pour se délecter des émanations sucrées qu'elle dégageait.

Sentir Emmy à côté de lui à cet instant le rendait heureux, c'était une première victoire.

— Tu as prévu toutes les cases ? Même la prison ?

— Toute mon imagination s'est mise en éveil, crois-moi. Accorde-moi ton dimanche !

En empruntant taxis, métros, bus ou à vélo, ils s'évadèrent des heures durant, case après case, comme sur leur planche de jeu. Les cases roses, bleues, un passage devant la *Prison de la Santé*, puis les violettes et les oranges rythmèrent leurs haltes plus ou moins longues selon leur ressenti. Après une première journée bien remplie, leur taxi se gara devant un hôtel haussmannien *boulevard Saint-Michel*. Emmy resta subjuguée un moment par l'établissement aperçu derrière sa vitre.

— Il semble te plaire ?

— Combien de fois suis-je passée devant des endroits si luxueux...

— Tant mieux. Parce que la nuit est à nous. Et ici.

Emmy, qui tarda à réaliser qu'Aaron ne jouait plus, fut prise de court. Le stress la rattrapa si vite devant l'insoutenable attente d'Aaron.

— Laisse-moi au moins une heure. Le temps de...

Il protesta et tenta de la convaincre, mais elle posa ses doigts sur ses lèvres et lui adressa un simple «patience», avant de rejoindre à pied la station de métro la plus proche.

Il patientait et angoissait dans cette chambre trop luxueuse et froide, pour lui seul. Près de deux heures s'étaient écoulées et un déferlement d'émotions contradictoires s'était joué de lui. Il scrutait souvent la porte, cherchait à croire que les bruits de couloirs feutrés finiraient par s'arrêter devant la sienne, qu'il entendrait frapper. Mais rien ne s'était passé comme espéré. Combien de fois avait-il eu cette pulsion de vouloir saisir la poignée et s'enfuir ?

Trois heures déjà, sa patience avait expiré. Il bondit du lit, saisit son sac de rage et ouvrit la porte. Le poing refermé, prête à frapper, elle le désarçonna une nouvelle fois et l'embrassa sur le palier. Aaron comprit à cet instant que tout était bien réel. Il ne pouvait y avoir de meilleur endroit pour tenter de revivre leur première étreinte. Cette case abîmée du boulevard *Saint-Michel* sur son jeu de société ne pourrait jamais s'effacer de leur mémoire.

Le lendemain, ils reprirent leur partie là où elle s'était stoppée. À mi-chemin entre les deux cases du jeu, la case du parc gratuit ne pouvait être autre que le parc *Monceau,* si utilisé dans les films français. Puis le circuit se poursuivit avec les rangées de propriétés rouges, les jaunes, puis vertes. Les autres gares et enfin, les bleues marines se présentèrent. Jamais encore il n'avait pu ressentir les secousses sur le faux plat pavé des *Champs-Élysées* jusqu'à *l'Arc de Triomphe*. À part l'imaginer derrière un écran pour l'ultime étape du *Tour de France* et entendre son père regretter les sprints furieux de Sean Kelly, il savait juste que les coureurs y étaient malmenés. Viscéralement amoureux d'Emmy, il avait anticipé l’avant-dernière case. Après avoir quitté la prestigieuse avenue, il fouilla dans son sac.

— À qui payons-nous la « Taxe de luxe », si notre lancé de dé nous y amène ? dit Emmy qui préparait son impôt de vingt mille francs en faux billets.

— Nouvelle règle, c’est seulement moi qui paye. Prends-le comme un cadeau !

Comme il avait toujours voulu le vivre, par un détour *Place Vendôme*, près de la colonne emblématique, il lui tendit un petit écrin noir orné d’un ruban vert. Emmy lui sourit, sentant son cœur qui battait la chamade. Aaron lui offrit cet anneau fin d’or simple et surmonté d’un discret diamant scintillant, similaire à celui dessiné sur la planche de jeu. Focalisé sur cet instant si chargé d’émotions, Aaron fut rattrapé par son arythmie cardiaque. Contemplant son doigt fraîchement bagué, ses malheurs s’estompèrent, Emmy reprit goût à sa vie.

La suite, il ne l’avait pas prévue ni imaginée. Ou sa mémoire l’avait tout simplement occultée. Sans un mot, elle se glissa au creux de ses bras. Il voulut se lancer, lui poser cette ultime question quand elle plongea ses yeux verts dans les siens et approcha ses lèvres de son oreille.

— Je crois que l’Irlande me manque.

ÉPILOGUE

Mercredi 29 juillet 2015

08h30

Aaron se réveilla heureux. Ce matin, à dix heures, ils avaient rendez-vous devant *Shakespeare & Company*. Apprêté, avec son billet de vol retour dans sa veste et sa valise bouclée, il descendit prendre son petit-déjeuner en vitesse. Devant son croissant et ses tartines de pain, entrevoir son dernier rendez-vous parisien derrière les vitres de l'hôtel l'excita. En lui apportant son café, le serveur l'ôta de ses pensées. Aaron observa le liquide fumant couler dans sa tasse et huma cette odeur.

— Avez-vous fait bon séjour dans notre établissement, Monsieur Cunningham ?

— Je ne pouvais pas rêver mieux !

Affamé, Aaron plongea sa tartine dans son café quand un second serveur vint d'un pas pressé à sa rencontre.

— Monsieur Aaron Cunningham, je présume ?

Tartine en main et d'un air dubitatif, il acquiesça.

— Ceci a été déposé à votre attention.

Sa tartine tomba dans la tasse. Son cœur boxait sa poitrine, le réveilla pour de bon. Il saisit l'enveloppe verte, d'une teinte qu'il ne pourrait jamais effacer de sa mémoire. Avant de la décacheter, il s'intéressa au dos et reçut cette puissante décharge d'adrénaline en découvrant ces quelques mots.

« Rendez-vous là où tout s'est arrêté. Je t'attends à Poolbeg ».

« Vivre n'est pas joué d'avance, mais jouer se vit sans reculer. »

Emmy

BANDE ORIGINALE

Playlist disponible sur YouTube :
Une dose d'adrénaline Thomas Lejeune

Cette proposition musicale vous fera découvrir la scène irlandaise et des artistes, encore peu connus. Merci à www.craicntracks.com

PROLOGUE. Ports, *The devil is a songbird*
1. Lisa Hannigan, *Fall*
2. The Hard Ground, *Ashes*
3. Hozier, *Take me to church*
4. Lynched, *Lullaby*
5. Jack O'Rourke, *Shinning for you*
6. Kodaline, *All I want*
7. Hozier, *Sedated*
8. Ailbhe Reddy, *Keepsake*
9. Lynched, *Cold old fire*
10. Marc O'Reilly, *Bleed*
11. Marc O'Reilly, *Compromise*
12. Gavin James, *The book of love*
13. Lunasa, *Morning nightmare*
14. The Coronas, *Closer to you*
15. Kygo feat Kodaline, *Raging*
16. Gavin James, *Till the sun comes up*
17. I Have a Tribe, *Lungs*

18. Hozier, *Like real people do*
19. Marc O'Reilly, *Of nothing*
20. The Young Folk, *Drunken head*
21. The Hard Ground, *Coin toss*
22. The Young Folk, *Carry on*
23. Rosie Carney, *Humans*
24. Ailbhe Reddy, *Distrust*
25. Kodaline, *High hopes*
26. Gavin James, *22*
27. The Young Folk, *Remember when*
28. Rejjie Snow, *All around the world*
29. Lynched, *Round and round*
30. Rejjie Snow, *Meddling loops*
31. Eoin Dolan, *Comfort in the sound of tomorrow*
32. September Girls, Sister
33. Lisa Hannigan, *Ora*
34. Sillk, *Switchblades don't sleep*
35. Macklemore feat Fences, *Otherside*
36. Cry Monster Cry, *Old at heart*
37. Maria Kelly, *Stitches*
38. I Have a Tribe, *Cuckoo*
39. The Young Folk, *Letters*

ÉPILOGUE. Hvmmgbyrd, *If love was not enough.*

REMERCIEMENTS

— Voilà, on y est.
— À la fin du livre, je sais.
— Non. Aux remerciements.
— Et donc ?
— Donc, il faut l'écrire. Pour enfin finir le livre. Tu saisis ?
— Ok. Ça doit être long ? Il y a quoi à mettre dedans ?
— Que tu es trop fort, que sans toi, jamais ce livre n'aurait été écrit puisque c'est ton nom qui est en couverture.
— T'es sûr ? Ce n'était pas vraiment l'idée que je m'en faisais...
— Tu me rassures. Si je te dis « Une dose d'adrénaline », ça t'évoque quoi ?

Alors l'auteur inspira un grand coup face à la fenêtre, une tasse de café à la main et, scrutant le ciel bleu ce jour-là, chercha à s'en remémorer le chemin. Et son cerveau rembobina. Eureka ! cria-t-il (paraît-il).

— Je voudrais remercier Estelle. Elle a autant éprouvé que moi ce récit, de sa genèse jusqu'à la dernière ligne. Sans compter les relectures, les doutes, les moments d'euphorie et j'en passe.
— C'est tout ?
— Il y a aussi eu les amis, ceux à qui j'ai demandé de lire le texte (avec le stress de leur avis). Patricia, Cathy, Nathalie, Céline, Catherine, votre retour m'a donné de l'espoir. Et Kerry pour son regard critique et bénéfique, sans qui l'envol n'aurait pu avoir lieu.
— Il ne t'a pas fallu du soutien documentaire ?
— Comment l'oublier ! Ophélie qui vit en blouse blanche pour sauver les convalescents, et Guillaume qui le fait plutôt sur le divan pour soigner les esprits. Vous m'avez été d'une

grande aide médicale pour mes personnages.

— On a fait le tour ? T'as sorti ton imprimante et tout est parti ainsi ?

— Oh que non ! il m'a fallu un trio Livresque pour avoir le bonheur de finaliser ce projet. Alors merci à Jonathan pour avoir validé le projet, à Thibault pour avoir sublimé l'image du texte, à Stéphanie pour son coaching avisé, chapitre après chapitre et ce, jusqu'au dénouement.

— Et il n'y a pas un twist, un truc auquel on ne s'attend pas ?

— On le voit quand même un peu venir, mais c'est trop tentant alors je me lance. MERCI à vous, lecteurs intrigués par ce récit, pour me faire l'honneur de votre attrait pour les livres. J'espère qu'à un moment ou un autre du livre, vous aussi, avez ressenti cette adrénaline galoper dans vos veines et que le voyage fut agréable !

Thomas Lejeune

Dépôt légal : Avril 2020

Imprimé par
PRINT GROUP Sp. z o.o.
ul. Ks. Witolda 7-9
71-063 Szczecin
Pologne (U.E)